AGATHA CHRISTIE POIROT SELECTION

# LORD EDGWARE DIES

AGATHA CHRISTIE POIROT SELECTION

# LORD EDGWARE DIES

에지웨어 경의 죽음 애거서 크리스티 장편 소설 | 김남주 옮김

황금가지

# LORD EDGWARE DIES
*by Agatha Christie*

## 정식 한국어 판 출간에 부쳐

나는 한국에서 우리 할머니의 작품을 정식으로 출간한다는 소식을 듣고 무척 기뻤다. 할머니가 1920년부터 1970년 무렵까지 오랜 세월에 걸쳐 집필한 작품들은 21세기인 지금 읽어도 신선하고 재미있다. 등장 인물들이 워낙 자연스러워서 요즘 사람들과 다를 바 없고 이들이 등장하는 상황과 장소가 전 세계 사람들의 애정과 향수를 자극하기 때문이다. 한국 독자들은 이번에 새로 나온 정식 한국어 판을 통해 그 동안 접하지 못했던 애거서 크리스티의 일부 작품들을 읽을 수 있을 것이다. 덕분에 한국에 새로운 세대의 애거서 크리스티 팬들이 탄생할지도 모르겠다는 생각을 하면 가슴이 벅차다.

애거서 크리스티는 대표적인 두 명의 주인공으로 기억되는 작가이다. 14권의 작품에 등장하는 마플 양은 영국의 작은 시골 마을에서 평온한 나날을 보내며 뜨개질과 수다로 소일하는 미혼의 할머니

5

이지만, 놀라운 기억력과 날카로운 두뇌 회전으로 주변에서 벌어진 살인 사건을 해결한다.

그리고 마플 양과 상반되는 성격을 지닌 에르퀼 푸아로는 자신만 만하고 콧수염을 포함한 자신의 외모와 벨기에라는 국적에 대한 자부심이 상당하다. 그는 이집트와 이라크를 비롯한 세계 각지에서 수수께끼를 해결하며 『오리엔트 특급 살인 *Murder On The Orient Express*』, 『나일 강의 죽음 *Death On The Nile*』, 『애크로이드 살인 사건 *The Murder Of Roger Ackroyd*』 등 애거서 크리스티의 여러 대표작에 모습을 드러낸다.

황금가지의 대담하고 참신한 표지와 전반적인 디자인 덕분에 작품의 성격이 잘 살아난 것 같아 기쁘다. 또한 한국 독자들이 할머니의 원작이 지닌 참된 묘미를 느낄 수 있도록 충실한 번역을 위해 애써 준 점도 높이 사고 싶다.

할머니의 작품이 20세기의 그 어떤 작가들보다 많이 팔리고 있는 이유는 나이와 국적에 상관없이 읽을 수 있는 재미와 감동을 갖추었기 때문이다. 모쪼록 한국 독자들도 황금가지에서 선보이는 애거서 크리스티 작품들을 즐겁게 감상하기를 바란다.

매튜 프리처드
애거서 크리스티의 손자
ACL 이사장

캠벨 톰슨 박사 부부에게

# 차례

## 연극적인 파티

대중들의 기억이란 그 수명이 극히 짧다. 전국을 숨 막힐 듯한 흥분으로 몰아넣었던 앨프리드 세인트 빈센트 마시, 에지웨어 남작 4세의 살인 사건도 어느덧 쓸쓸한 과거지사가 되어 세인들의 기억 속에서 자취를 감추었다. 이제는 새로운 흥밋거리들이 그 자리를 대신하고 있다.

나의 친구 에르퀼 푸아로는 이 사건과 관련해서 한 번도 공공연히 이름이 거론된 적이 없다. 전적으로 본인의 뜻에 따른 것이었다. 그는 앞에 나서지 않았고 공로는 다른 이들에게 돌아갔으며 이는 정확히 그가 바라던 상황이었다. 게다가 푸아로만의 유별난 관점에서 볼 때 이번 사건은 그의 실패작 중의 하나였다. 자신을 바른 길로 이끌어 준 것은 거리에서 우연히 마주친 사람이 무심코 흘린 말이었다는 게 그의 거듭된 주장이었다.

그렇다손 치더라도 결국 사건의 진상을 파헤친 건 푸아로의 천재성이었다. 나는 에르퀼 푸아로가 없었다면 그 사건의 범인이 잡혔을 리가 없다고 굳게 믿고 있다.

따라서 이제부터 내가 알고 있는 바에 대해서만은 그 사건의 전말을 분명히 밝힐 때가 왔다고 생각한다. 이 사건의 내막을 빠짐없이 알고 있는 내가 그것을 밝히면 한 매력적인 여성의 소망도 충족될 것이란 점도 말해 주고 싶다.

나는 작달막한 내 친구 푸아로가 자기 집 아담하고 정갈한 거실의 줄무늬 카펫 위를 이리 저리 거닐며 그 교묘하고 충격적인 사건의 전모를 들려주던 날을 이따금씩 떠올리곤 한다. 우선은 우리가 어디에서 그 사건을 만났는지부터 시작해 보자. 작년 6월 런던 극장이었다.

당시 칼로타 애덤스의 공연은 흥행 가도를 달리고 있었다. 그 전해에 낮 공연을 몇 차례 열었는데 뜻밖의 대성황을 거둔 것이다. 그래서 다음 해 그녀가 출연하는 3주간의 공연이 마련되었고 이제 그 공연 마지막 날을 하루 남겨 두고 있었다.

칼로타 애덤스는 분장이나 무대 장치가 전혀 없는 1인극에 탁월한 재능이 있는 미국 배우였다. 여러 언어를 물 흐르듯 유창하게 구사하는 그녀의 연기는 한 외국 호텔의 하룻밤을 그린 당시 연극에서 더욱 빛을 발했다. 미국 관광객, 독일 관광객, 영국 중산층 가족, 수상쩍은 부인들, 몰락한 러시아 귀족들과 피곤에 지쳤지만 조심스레 행동하는 웨이터들이 장면마다 교대로 등장했다.

그녀의 연기는 희극과 비극 사이를 재빨리 오갔다. 병원에서 죽어 가는 체코슬로바키아 여인을 연기할 때는 관객들의 목구멍에 뜨거운 것이 차 올라왔다. 그로부터 1분 후 치과 의사가 자기의 위치를 과시하며 앞으로 희생자가 될 환자와 익살스러운 농담을 주고받을 때는 좌중에 폭소가 터져 나왔다.

프로그램은 '유명인 흉내' 순서를 끝으로 막을 내렸다.

그녀는 정말 여우처럼 관객을 농락했다. 분장이나 소품의 도움 하나 없이도 그녀의 본 얼굴은 눈 깜짝할 사이 저명한 정치인, 이름난 여배우와 사교계 미녀로 탈바꿈했다. 그리고 간단하지만 각 인물의 특징을 잘 나타내는 대사 몇 마디를 곁들였다. 이 대사들은 더없이 영악하게 그 인물의 약점을 정확히 꼬집었다.

그녀가 모방한 캐릭터 중에는 런던에서 인기를 누리고 있는 미국 출신 배우 제인 윌킨슨도 있었다. 감탄할 수밖에 없는 연기였다. 하잘것없는 단어들을 모든 감정을 실어가며 연기해 마치 이 단어들이 대단히 심오한 의미가 담겨 있는 것처럼 들리게 만들었다. 절묘하게 조절된 그녀의 허스키한 목소리는 중독성이 있었다. 절제된 몸짓 하나하나마다 묘한 의미를 내포하고 있는 것 같았고, 어렴풋이 흔들리는 몸매는 근사하고 매혹적이었다. 어떻게 그런 연기를 할 수 있는 건지 나는 짐작조차 할 수가 없었다.

나는 아름다운 제인 윌킨슨에 대해 언제나 극찬을 하던 사람이었다. 평소 그녀의 감정 넘치는 연기에 박수를 아끼지 않았으며 그녀가 예쁘기는 하지만 진정한 배우라고는 할 수 없다는 사람들 앞에서도 그녀의 신파 연기만은 타의 추종을 불허한다고 주장했다.

나를 언제나 감동시키던 제인의 유명한 쉰 목소리, 연극의 절정에서 손을 쥐었다 폈다 하다가 갑자기 고개를 뒤로 확 젖히는 자극적인 몸짓을 칼로타 애덤스의 육체를 통해 보니 약간 섬뜩한 기분이 들기도 했다.

제인 윌킨슨은 다른 많은 여배우들이 밟던 수순대로 결혼과 함께 무대를 떠났다가 몇 년 후 다시 돌아왔다.

3년 전 그녀는 부유하지만 성격이 괴팍한 에지웨어 경과 결혼했다. 하지만 그 후 얼마 지나지 않아 별거를 한다는 소문이 심심찮게 들려왔다. 아무튼 제인은 결혼한 지 정확히 18개월 만에 미국 영화에 얼굴을 내밀었고 이번 시즌 런던의 연극 무대에도 오른 적이 있었다.

칼로타 애덤스의 영리하지만 가벼운 악의가 섞인 성대모사를 보고 있자니 문득 당사자의 입장에서는 이것을 어떻게 받아들일지 궁금해졌다. 어쨌든 자신의 유명세에 도움을 주고 선전 효과가 있으니 환영할까? 아니면 직업상의 비결을 고의적으로 공개한 데 대해 성을 낼까? 칼로타 애덤스는 이렇게 말하는 얄미운 경쟁자처럼 보였다. '그 사람 연기요? 흔하고 낡은 수법이랍니다. 얼마나 간단한지 제가 직접 보여 드리죠.'

만약 내가 그 대상이라면 씩씩거리며 화를 냈을 거라 생각했다. 물론 노골적으로 드러내지 않으려 노력은 했겠지만 내심 거부감을 느꼈을 것이다. 저런 무자비한 공연을 아무렇지 않은 듯 감상하려면 마음이 태평양처럼 넓거나 고차원적인 유머 감각을 지녀야 할 것이다.

하지만 나는 얼마 후 그 익숙한 허스키 음성이 무대뿐만 아니라 바로 내 뒤에서도 재미있어 못 견디겠다는 듯 메아리치고 있음을 알아챘다.

깜짝 놀라 고개를 획 돌렸다. 내 바로 뒷자리에 오늘의 성대모사 주인공이 입술을 약간 벌린 채 의자에 기대 앉아 있었다. 에지웨어 부인, 아니 그보다는 제인 윌킨슨으로 알려진 그 장본인이었다!

나는 앞서의 내 짐작이 모두 틀렸음을 즉시 깨달았다. 그녀는 편안히 의자에 기대서 무척 유쾌하다는 듯 입을 벌린 채 미소 짓고 있었으며 눈은 즐거움과 흥분으로 반짝거렸다.

그녀는 자기의 흉내 연기가 끝나자 진심으로 활짝 웃으며 누구보다 크게 박수를 치면서 같이 온 그리스 조각상처럼 생긴 키 크고 잘생긴 남자를 돌아보았다. 그는 연극보다는 영화에서 활발한 활동을 하며 당대 최고의 인기를 누리고 있는 배우 브라이언 마틴이었다. 그와 제인 윌킨슨은 몇 편의 영화에 함께 출연한 적이 있었다.

"정말 굉장하다, 안 그래요?"

그는 씩 웃었다.

"제인, 당신 정말 즐거워 보이는군요."

"솔직히 재능 있잖아요. 내 예상보다 훨씬 훌륭해요."

나는 재미있다는 듯이 그 다음에 이어진 브라이언의 대꾸를 듣지 못했다. 칼로타 애덤스가 새로운 인물 연기에 몰입했기 때문이었다.

그 뒤에 일어난 일은 아무리 생각해 봐도 설명하기 어려운 우연의 일치였다.

공연이 끝나고 푸아로와 나는 사보이 호텔로 저녁 식사를 하러 갔다. 우리 바로 옆 테이블에는 에지웨어 부인과 브라이언 마틴, 또 내가 모르는 두 사람이 더 앉아 있었다. 나는 푸아로를 쳐다보며 그들을 손가락으로 가리켰고 그러던 중 다른 커플이 들어와 그 건너편 테이블에 앉았다. 그 여자의 얼굴은 어쩐지 굉장히 낯이 익었는데, 이상하게 그 순간에는 누구인지 떠오르지가 않았다.

그녀는 내가 아까 무대에서 내내 보았던 장본인, 다름 아닌 칼로타 애덤스였다! 함께 있는 남자는 모르는 사람이었다. 머리부터 발끝까지 쫙 빼 입었고 시종일관 쾌활했지만 아무 생각이 없어 보이는 얼굴로, 내가 좋아하는 타입은 아니었다.

칼로타 애덤스는 수수한 검은색 드레스 차림이었다. 순간적으로 눈길을 끌 만큼 미모가 빼어나거나 한 번 보면 어디서든 알아볼 수 있는 뚜렷한 인상은 아니었다. 그러나 표정이 풍부하고 감각적인 얼굴이라 남 흉내를 내기에는 적합해 보였다. 쉽게 다른 인물을 표현할 수는 있으되 정작 자신만의 개성은 드러나지 않는 사람이었다.

나는 마음에 떠오르는 이러한 인상들을 푸아로에게도 전했다. 그는 진지하게 듣더니 달걀처럼 길쭉한 머리를 한쪽으로 기울이고 두 테이블에 날카로운 시선을 던졌다.

"그러니까 저 사람이 에지웨어 부인이지? 그래, 기억나는군. 그녀가 나왔던 연극을 본 적이 있어. 정말 미인이로군."

"그리고 썩 괜찮은 연기자죠."

"그럴 수도 있고."

"별로 동의하지 않는 것 같은데요?"

"무대에 따라 달라진다고 생각할 뿐이네. 만약 저 여자가 연극의 주인공이고 모든 것이 그녀 중심으로 돌아간다면 제 몫의 연기를 해낼 수 있어. 하지만 조연이나 개성 강한 캐릭터도 소화할 수 있을까? 반드시 그녀에 관해, 그녀를 위해 대본이 쓰여야만 해. 그런 타입 있잖나, 오직 자기 자신에게만 관심 있는 사람들. 내가 볼 때 저 여인은 그런 타입이야."

그는 잠시 멈추었다가 뜻밖의 말을 했다.

"저런 사람들은 살면서 큰 고비를 맞기도 하지."

"고비라고요?"

"난 일부러 자네를 놀라게 하는 말만 골라서 하잖나, 친구. 고비. 자네도 잘 봐. 저런 여인들은 오로지 하나씩밖에 못 봐. 자기 자신 말이야. 그 외에 자기를 둘러싼 온갖 위험 요소와 불확실한 면들, 말하자면 인생사의 수백만 가지 복잡한 이해관계에 대해서는 눈길을 주려고도 하질 않아. 그냥 자기 앞길만 바라보는 거야. 그러다 보면 지금이건 나중이건 나쁜 일이 닥치게 되어 있지."

나는 귀가 쫑긋해졌다. 배우로서의 제인 윌킨슨을 좋아하긴 하지만 푸아로의 관점도 일리가 있다는 생각이 들었다.

"그러면 다른 여자는 어떤가요?"

내가 물었다.

"애덤스 양 말인가? 글쎄. 무슨 대답을 바라는 거지?"

그는 미소 지으며 말했다.

"어떤 인상을 받았느냐 하는 거죠."

"이보게, 친구. 오늘 밤 내가 무슨 얼굴을 읽는 관상쟁이라도 된단 말인가?"

"솔직히 소질 있잖아요."

내가 놀려대듯 말했다.

"날 너무 믿는 건 아닌가, 헤이스팅스? 고맙네. 감동이 물밀듯이 밀려오는군. 그래. 하지만 누구에게나 어두운 비밀 하나쯤은 있는 거 아니겠나? 우린 모두 말로는 설명하기 힘든, 뭐랄까 서로 다른 열정과 욕망과 기질을 가진 수수께끼같은 존재란 말이야. 누구든 나름대로 다른 사람을 판단할 수야 있지. 하지만 그 열 개 중 아홉 개는 대개 빗나가고 만다네."

"에르퀼 푸아로는 그런 사람이 아니죠."

나는 벙글벙글 웃었다.

"에르퀼 푸아로도 그런 사람이야. 그래, 자네는 내가 약간 자부심이 강하다고 생각하지. 하지만 말일세, 진심으로 말하는데 나는 대단히, 너무나 평범한 사람이라네."

나는 소리 내어 웃었다.

"정말이라니까. 진심이 담긴 고백이야. 물론 딱 하나 평범하지 않은 것이 있지. 내 콧수염은 좀 자랑할 만하지. 런던을 아무리 눈 씻고 찾아봐도 내 콧수염을 따라올 자가 없더군."

"안전한 작전을 쓰겠다 이거군요. 그렇게 은근슬쩍 넘어가서 칼로타 애덤스에 대한 평가를 보류하겠다는 거죠."

나는 덤덤하게 말했다.

"저 여인은 예술가야."

푸아로의 대답은 간단했다.

"그거 하나면 충분하지 않나, 안 그래?"

"그녀도 위험한 길을 걷게 될까요?"

푸아로는 진지한 얼굴로 말했다.

"이보게, 우리 모두가 그렇지 않은가? 불행은 언제나 우리를 덮치기 위해 호시탐탐 기회를 엿보고 있어. 하지만 간단히 요약하면 말이지, 애덤스 양은 성공할 것 같네. 굉장히 약삭빠르고 뭔가 특별한게 있어. 자네도 저 여자가 유태인인 건 알고 있었겠지?"

사실 몰랐다. 하지만 그의 말을 듣고 보니 얼굴에 살짝 유태계의 특징이 드러났다. 푸아로가 고개를 끄덕였다.

"그게 바로 성공의 표시지. 물론 위험으로 빠지는 길이 하나 보이긴 하지만. 우리가 지금 말하고 있는 인생의 위기 말야."

"무슨 뜻이죠?"

"돈을 너무 사랑해. 돈을 사랑하면 저렇게 영리한 사람도 안전한 길을 벗어날 수 있어."

"그런 우리 모두 마찬가지 아닌가요?"

"그렇지. 하지만 자네와 나 같은 사람은 그 안에 도사리고 있는 위험요소를 볼 수가 있잖은가. 이해득실을 따질 수가 있어. 그런데 돈을 너무 사랑하면 오로지 돈만 보이게 돼. 나머지는 그림자 속으로 숨어 버리는 거야."

"집시 여인 에스메랄다가 아주 좋은 본보기란 말이군요."

나는 그의 진지한 태도를 우스갯소리로 넘겼다.

푸아로는 눈썹 하나 까딱하지 않고 말했다.

"심리학은 굉장히 흥미로운 학문이야. 인간의 심리에 관심이 없다면 범죄 또한 이해할 수가 없어. 전문가들을 사로잡는 건 단순한 살인 행위가 아니야. 그 이면에 숨어 있는 거지. 무슨 말인지 알겠나, 헤이스팅스?"

나는 완벽하게 이해하겠노라고 말했다.

"우리가 같이 사건을 맡으면 자네는 나한테 항상 몸으로 행동하라고 은근히 강요하는 것 같아. 발자국을 재든지 담뱃재를 분석하든지 배를 바닥에 대고 바짝 엎드려서 뭐 놓친 단서가 없나 살펴보라고 말이지. 하지만 눈을 지그시 감고 안락의자 깊숙이 몸을 묻고 앉아서도 문제의 핵심에 가까이 갈 수 있다는 생각은 안 드나? 마음의 눈으로 사건을 꿰뚫어보는 거야."

"아니요. 눈을 감고 안락의자에 깊숙이 몸을 묻고 앉아서 할 수 있는 일은 단 하나 뿐이죠. 그거 있잖습니까? 딱 하나요."

"나도 알아. 내가 자네를 모르는 것도 아니고 말야. 그런데 난 그 점이 이해가 안 가. 그런 순간에 두뇌는 느린 휴식 상태로 들어가는 대신 더 활발히 움직여야 마땅하거든. 정신 활동이 얼마나 재미있고 또 얼마나 자극적인 일인데! 우리 인간의 작은 회색 뇌세포를 활용하는 건 일종의 정신적 쾌락이야. 그 뇌세포만이 우리로 하여금 주위의 안개를 걷고 진실을 향해 나아갈 수 있게 해 주는 거지."

푸아로가 두뇌 속의 회색 뇌세포니 어쩌니 할 때마다 나는 애써 주의를 딴 데로 돌리는 습관을 키워 왔다. 그 말을 너무 많이 들어서 이제는 귀에 못이 박혔다는 점이 문제였다.

이번에 나의 시선은 우리 옆 테이블에 앉은 네 명에게 향해 있었다. 푸아로의 길게 이어지는 독백이 마침내 끝나갈 무렵 나는 그만 키득거리고 웃고 말았다.

"당신이 꽤 유명하긴 한가 봐요. 저 고혹적인 에지웨어 부인이 도무지 당신에게 눈을 떼지 못하고 있군요."

"뭐 내가 누군지 아는 정도겠지."

푸아로는 짐짓 겸손한 체 했다.

"아마 그 소문이 자자한 콧수염 때문인 것 같군요. 그 콧수염에 매료당했나 봅니다."

푸아로는 남몰래 슬쩍 콧수염을 가다듬었다.

"좀 독특한 건 사실이지. 그런데 말이야. 자네가 '칫솔 수염'이라고 부르는 자네 수염은 정말 못 봐주겠어. 무슨 괴상한 악취미인가. 자연의 섭리를 그토록 거스르다니. 못할 짓이야. 당장 포기해. 제발 부탁이네."

"싫은데요."

나는 푸아로의 호소를 한마디로 일축했다.

"부인이 자리에서 일어났어요. 우리한테 오려는 것 같은데요. 브라이언 마틴이 말리고 있군요. 하지만 들은 척도 안 하는 걸요."

확실했다. 제인 윌킨슨은 자리에서 황급히 일어나 우리 테이블로 다가왔다. 푸아로가 의자에서 일어나 인사했고 나도 따라 일어났다.

"실례지만 에르퀼 푸아로 씨 아니신가요?"

감미로운 허스키 보이스였다.

"그렇습니다만."

"푸아로 씨, 잠시 말씀 드릴 게 있어요. 아주 중요한 이야기예요."

"그러시죠. 하지만 부인, 먼저 자리에 앉으시겠습니까?"

"아니에요. 여기선 곤란해요. 개인적으로 이야기하고 싶어요. 제 호텔방으로 함께 올라가는 것이 좋겠어요."

브라이언 마틴이 곁으로 다가와 다시 그녀의 고집을 꺾어 보려고 시도했다.

"제인, 우리 좀 기다립시다. 지금 식사 중이잖아요. 푸아로 씨도 마찬가지고."

그러나 제인 윌킨슨은 마음을 돌이킬 생각이 전혀 없어 보였다.

"왜요, 브라이언? 그게 무슨 상관이죠? 식사를 내 방으로 올려 보내라고 하면 되잖아요. 가서 말해 줘요. 그래 줄 수 있죠? 그리고 브라이언."

그녀는 돌아선 그를 따라가서 몇 가지 부탁을 더 하는 것 같았다. 브라이언이 눈살을 찌푸리고 고개를 흔드는 걸로 봐선 강하게 반대하는 듯했다. 하지만 그럴수록 그녀는 더 단호하게 밀고 나갔고 마침내 그는 어깨를 한 번 으쓱하고는 그녀의 말을 따랐다.

그에게 이야기하는 동안 제인은 칼로타 애덤스가 앉은 테이블을 한두 차례 흘끔거렸고 나는 그녀의 부탁이 저 미국 여배우와 무슨 관련이 있는 건 아닐까 하는 생각을 했다.

의사가 만족스럽게 전달되었는지 그녀는 얼굴을 빛내며 우리 자리로 돌아왔다.

"지금 올라가면 되겠네요."

그녀는 나에게도 눈부신 미소를 보내면서 함께 가자는 뜻을 비쳤다. 우리가 그녀의 제안에 동의하는지 그렇지 않은지는 안중에도 없는 듯했다. 미안한 기색이라고는 찾아볼 수 없었다.

"오늘 저녁 푸아로 씨를 바로 여기서 만나다니 행운이 내 편인가 봐요."

그녀는 왼쪽으로 길을 안내하며 말했다.

"모든 일이 나를 위해 돌아가고 있는 것 같아서 기쁘네요. 아까까지만 해도 앞으로 어떻게 해야 할지 몰라 한숨만 푹푹 쉬고 있었는데, 고개를 들어보니 옆자리에 선생님이 계시지 뭐예요. 그때 생각했죠. '푸아로 씨는 답을 아실 거야.' 하고요."

그녀는 엘리베이터 보이에게 말했다.

"2층."

푸아로가 입을 열었다.

"그런데 제가 무슨 도움이 될 수 있을지……."

"당연히 되시고 말고요. 대단한 수완을 갖고 계시단 소문을 들었는걸요. 누군가 이 덫에서 나를 꺼내 줘야 해요. 그 사람이 바로 푸아로 씨일 거란 확신이 들어요."

2층에 이르러 그녀는 복도를 죽 따라가서 문을 열더니 사보이 호텔의 최고급 객실로 들어갔다.

제인은 흰 모피 숄을 의자 위에 대충 걸쳐놓고 보석이 박힌 작은 핸드백은 테이블에 팽개치더니 의자에 털썩 주저앉으며 소리쳤다.

"푸아로 씨, 무슨 일이 있어도 내 남편을 없애 버려야겠어요."

## 저녁 만찬

에르퀼 푸아로는 잠깐 넋을 잃었다가 얼마 후 제정신으로 돌아왔
다! 그래도 말을 꺼내는 그의 눈은 호기심으로 반짝였다.

"하지만 마담. 남편을 없애는 건 제 전문이 아닌걸요."

"물론 그 점은 나도 알고 있어요."

"지금 부인께 필요한 건 변호사입니다."

"아니요. 그 점은 잘못 아셨네요. 변호사란 작자들에게 완전히 지
쳐 버렸어요. 고지식한 변호사도 고용해 봤고 악덕 변호사와도 일
해 봤는데 다들 아무 소용없더군요. 변호사들은 법에 대해서만 훤
하지, 천부적인 감각이란 게 없어요."

"저한테는 있다고 생각하십니까?"

그녀는 고개를 뒤로 젖히고 웃었다.

"푸아로 씨. 내가 듣기론 푸아로 씨가 고양이 수염을 갖고 있다던

데요."

"코멍(뭐라고요)? 고양이 수염이라뇨? 무슨 뜻인지 이해가 안 되는군요."

"뭐랄까, 당신한테는 남들과는 다른 뭔가가 있어요."

"마담, 제가 똑똑할 수도 있고 그렇지 않을 수도 있지만 말입니다, 뭐 사실 제 머리가 좋긴 합니다. 애써 겸손한 척은 안 하겠습니다. 하지만 마담의 사건은 말이죠, 제 전공이 아니랍니다."

"왜 아니라는 건지 모르겠네요. 이것도 문제는 문제잖아요."

"아, 문제라고요!"

"그리고 어려운 문제지요. 나는 푸아로 씨가 어려운 일에 몸을 사리는 분이 아니라고 말씀드리고 싶은걸요."

제인 윌킨슨이 말을 이었다.

"그 빼어난 통찰력에 박수를 쳐 드리고 싶긴 합니다만 마담, 바로 그렇기 때문에 저는 이혼 뒷조사 같은 건 하지 않습니다. 별로 깔끔한 일이 못 되거든요. 스 메트예 라(그 직업이 좀 그래요)."

"아, 귀여우신 양반 같으니. 내 스파이가 되어 달라고 부탁드리는 게 아니에요. 그럴 필요는 없어요. 그냥 이 남자가 나한테서 떨어져 나갔으면 좋겠어요. 당신이 그 방법을 가르쳐 주시리라 믿어요."

푸아로는 대답을 하기 전에 약간 침묵을 지켰다. 그가 입을 열었을 때는 음색이 확연히 달라져 있었다.

"그럼 일단 말씀해 주십시오. 마담. 왜 그렇게 에지웨어 경을 '떨쳐 내려고' 안달이신 겁니까?"

그녀는 조금도 뜸을 들이거나 주저하지 않고 대답을 했다. 말은 즉각적으로, 거침없이 튀어나왔다.

"왜냐고요? 당연히 다른 사람과 결혼하고 싶어서죠. 다른 이유란 게 있을 리 있나요?"

그녀의 커다랗고 푸른 눈이 천진난만하게 벌어졌다.

"그러시다면 이혼이란 해결책이 있지 않을까요?"

"내 남편을 절대 모르시는군요. 푸아로 씨. 그 남자는요, 그 남자는 말이죠……."

그녀는 한 번 진저리를 쳤다.

"어떻게 설명을 해야 할지 모르겠어요. 남편은 괴상망측한 사람이에요. 다른 사람들과는 달라요."

그녀는 잠깐 숨을 고르고 말을 이었다.

"그 남자는 절대 결혼 같은 걸 해서는 안 되는 남자예요. 이 세상 누구와도요. 난 그 남자를 잘 안다고요. 다만 어떻게 묘사를 해야 할지 모르겠네요. 그 사람은 그냥 괴상해요. 남편의 첫 번째 부인이 도망간 거 아시죠? 그것도 3개월 된 아기를 두고서 말이죠. 그런데도 그가 끝끝내 이혼해 주지 않는 바람에 부인은 외국 땅에서 불행하게 살다 죽었어요. 그런 다음 나랑 결혼했죠. 과연 도저히 그 사람 곁에 있을 수가 없더군요. 너무 끔찍했어요. 그래서 그 남자 곁을 떠나 미국으로 간 거고요. 그런데 이혼을 하고 싶어도 구실이 없어요. 내가 그 구실을 만들어 준다고 해도 그는 눈도 껌뻑 안 할걸요. 그 사람은 약간 미쳤다고밖에 말할 수 없어요."

"그래도 미국 몇몇 주에서는 이혼이 가능할 텐데요, 마담."

"그것으로는 부족해요. 그러면 영국에서는 살 수가 없잖아요."

"영국에서 살고 싶으신 거군요."

"네."

"재혼을 염두에 두고 계신 분은 누구십니까?"

"어, 머튼 공작이에요."

나는 그녀의 말이 끝나기가 무섭게 숨을 들이켰다. 머튼 공작이라면 딸을 양가집에 결혼시키는 것이 꿈인 어머니들을 절망에 빠뜨린 장본인 아니던가. 젊고 명망 있는 가문의 귀공자이지만 수도사나 다름 없는 극단적인 영국 가톨릭 신봉자요, 꼬장꼬장한 공작 부인 어머니의 치마폭에서 벗어나지 못하는 남자라는 말이 무성했다. 그의 인생은 지나칠 정도로 금욕적이고 진지하다, 중국 도자기 모으는 것이 취미이며 심미안이 엄청나게 까다롭다, 여자한테는 털끝만치도 관심이 없는 남자다 등등.

"그분한테 완전히 빠졌어요."

제인이 감상적으로 말했다.

"이제까지 만난 어느 누구와도 달라요. 또 머튼 성은 얼마나 황홀한데요. 요즘 내게는 가장 로맨틱한 관심거리랍니다. 그리고 정말 잘생겼잖아요. 꿈속에 나오는 잘생긴 수도사 같아요."

그녀는 말을 멈추었다.

"결혼만 하면 무대에 서는 건 당장 그만두어도 좋아요. 지금 내게 그런 건 아무래도 상관없으니까요."

푸아로가 딱딱한 음성으로 말했다.

"그렇다면 말입니다, 에지웨어 경이 지금 이 낭만적인 꿈을 가로막고 계시는 거로군요."

그녀는 생각에 잠긴 채 벽에 기댔다.

"그럼요. 그러니 내 정신이 산만할 수밖에요. 우리가 시카고에 있기만 했다면 식은 죽 먹기로 한 방에 처리할 수 있었을 텐데. 하지만 여기선 총잡이를 구할 수가 없잖아요."

"여기서만 말입니까? 모든 인간을 생명을 유지할 권리가 있다고 알고 있습니다만."

푸아로가 웃으며 말했다.

"글쎄 난 그런 거 몰라요. 푸아로 씨도 너무 딱딱한 정치인 근성을 없애면 훨씬 살기 편하지 않을까 싶네요. 내가 에지웨어 경을 처치해 주는 건 그 사람 본인한테도 결코 손해가 아니에요. 오히려 그 반대죠."

그때 노크 소리가 들렸고 웨이터가 저녁 식사를 가지고 들어왔다. 제인 윌킨슨은 웨이터가 있건 말건 전혀 개의치 않고 자기 문제에 대해 언성 높여 이야기했다.

"하지만 푸아로 씨한테 그 사람을 죽여 달라고 부탁하는 건 아니에요."

"참 고맙습니다, 마담."

"푸아로 씨라면 보다 현명한 방식으로 그 사람에게 대처하실 수 있을 것 같아요. 제발 이혼에 대해 고려만이라도 할 수 있도록 해 주세요. 할 수 있으시죠?"

"제 설득력을 너무 과대평가 하고 계신걸요. 마담."

"오! 그렇지 않아요. 적어도 뭔가 방법을 생각해 내실 수는 있잖아요. 푸아로 씨."

그녀는 앞으로 몸을 숙였다. 푸른 눈이 다시 한 번 크게 벌어졌다.

"날 행복하게 해 주실 수 있잖아요. 안 그러세요?"

그녀의 목소리는 부드럽고 낮고 달콤하고 유혹적이었다.

"저는 모든 사람이 행복하길 바라지요."

푸아로는 조심스럽게 말했다.

"하지만 나는 모든 사람까지는 신경 쓰지 않아요. 오로지 나만 생각하죠."

"마담은 항상 그러실 거라고 믿고 있습니다."

그는 살짝 웃음을 지었다.

"내가 이기적이라고 생각하세요?"

"아니, 그런 말이 아니랍니다, 마담."

"솔직히 내가 좀 그래요. 하지만 보면 알겠지만 난 행복하지 않은 걸 못 견딜 뿐이에요. 내 연기에도 영향을 미친다니까요. 나는 계속 이렇게 불행할지도 몰라요. 만약 그 사람이 이혼해 주지 않거나 죽지 않는다면 말이죠."

그녀는 신중한 표정으로 말을 이었다.

"그런데 어떻게 보면 말이죠, 그 사람이 죽어야 내 마음이 온전히 편해질 것 같아요. 그래야 완전히 끝을 낼 수 있잖아요."

그녀는 동정을 구하며 푸아로를 쳐다보았다.

"나를 도와주실 거죠? 그렇죠? 푸아로 씨?"

그녀는 일어나서 흰색 숄을 들고 간절히 호소하는 눈초리로 그를 바라보았다. 그때 복도에서 사람들 목소리가 들리더니 문이 열렸다.

"푸아로 씨가 못하신다면……."

그녀는 말했다.

"제가 못한다면, 마담?"

그녀는 싱긋 웃었다.

"지금 당장 택시를 불러 집에 쳐들어가서는 그 작자를 없애 버릴 거예요."

그녀는 웃으면서 방으로 들어갔다. 그때 브라이언 마틴이 미국 배우 칼로타 애덤스와 그녀를 에스코트하는 남자, 또 자기와 같이 식사하던 손님 두 명을 데리고 나타났다. 그들은 우리에게 위드번 부부를 소개했다.

브라이언이 인사했다.

"안녕하세요. 제인은 어디 있습니까? 부탁 받은 임무를 성공적으로 마쳤다는 말을 빨리 전하고 싶은데요."

제인은 침실 문 쪽에서 나타났다. 그녀는 한 손에 립스틱을 들고 있었다.

"그 여자분을 데리고 왔군요. 아주 잘했어요. 그나저나 애덤스 양, 당신 연기 정말 존경스러워요. 꼭 직접 만나고 싶었답니다. 여기 와서 내가 화장 고치는 동안 이야기 좀 나눠요. 지금 꼴이 말이 아니라서.”

칼로타 애덤스는 초대를 받아들였다. 브라이언 마틴은 의자에 털썩 주저앉았다. 그는 말했다.

“푸아로 씨. 지금 제대로 걸리신 겁니다. 우리 제인이 푸아로 씨에게 함께 싸워 달라고 끈질기게 설득하지 않던가요? 언젠가는 항복하셔야 할 겁니다. 그녀는 ‘아니요’란 단어 자체를 이해하지 못하거든요.”

“그 단어를 모르는 것 같긴 하더군요.”

“아주 재미있는 성격을 가졌죠. 제인이란 여자.”

브라이언 마틴이 말했다. 그는 머리를 뒤로 젖히더니 느긋하게 담배 연기를 천장에 내뿜었다.

“금기란 말도 저 여자 사전에는 없어요. 도덕이란 것도 없습니다. 그렇다고 완전히 부도덕한 인물이라고는 할 수 없고요. 뭐랄까, 도덕을 초월했다고 할 수 있겠죠. 인생에서 단 하나만 제대로 볼 수가 있답니다. 제인 윌킨슨이 원하는 것 말입니다.”

그는 웃었다.

“아마 아무렇지도 않게 누군가를 죽일 수도 있을 겁니다. 그리고 경찰에 잡히고 교수형에 처해지게 되면 아주 속상해서 난리를 피우겠죠. 문제는 저 여자는 잡히고야 말 거라는 겁니다. 머리가 좋은 것과는 당최 거리가 머니까요. 그녀가 생각하는 살인 방법이래 봤자 택시를 타고 가서 이름을 대고 안으로 들어가 말다툼하다가 총으로 쏘는 것 정도겠지요.”

"그런데 왜 제게 그런 말을 하는지 알고 싶군요."

푸아로는 중얼거렸다.

"네?"

"제인에 대해 잘 알고 있죠, 무슈?"

"그렇다고 할 수 있겠죠."

그는 다시 한 번 크게 웃음을 터트렸는데 왠지 그 웃음이 비통하게 들렸다.

"당신들도 내 말에 동의하죠? 안 그렇습니까?"

위드번 부인이 고개를 끄덕였다.

"그렇죠. 제인이 자기중심적이긴 하죠. 하지만 여배우는 그런 면도 있어야 한다고요. 그러니까, 자기의 개성을 표현하고 싶다면요."

푸아로는 한 마디도 하지 않았다. 그는 눈을 브라이언 마틴의 얼굴에 고정한 채 골똘히 생각하는 표정이었는데, 무슨 생각을 하고 있는지는 전혀 알 수 없었다.

바로 그 순간 제인이 방에서 미끄러지듯 나왔고, 칼로타 애덤스가 그 뒤를 이었다. 제인이 자신의 표현대로 만족스러울 만큼 '화장을 고쳤다'는 것을 짐작할 수 있었다. 하지만 내가 보기에는 아까 봤을 때와 전혀 다르지 않았고 특별히 더 예뻐졌다는 생각은 들지 않았다.

이어진 저녁 식사 파티는 화기애애한 분위기였지만 나는 가끔씩 내가 눈치를 못채는 일이 저변에 흐르고 있다는 느낌을 지울 수가 없었다.

나는 일단 제인 윌킨슨이 예민한 성격이 아니라고 결론 내렸다. 그녀는 한 번에 하나씩만 볼 줄 아는 쾌활하고 단순한 젊은 여인일 뿐이었다. 그녀는 푸아로와의 면담을 원했고 자기의 의사를 전달했으며, 지체 없이 자신의 바람을 이루었다. 이제 그녀는 기분이 한껏 들떠 있었다. 칼로타 애덤스를 자기의 파티에 초대하고 싶었던 바람은 단순히 일시적인 변덕에 지나지 않았다. 제인은 마치 아이가 인형을 좋아하듯이 자기 자신의 훌륭한 모조품을 보고 즐거워했을 뿐이었다.

아니다. 내가 느낀 저의는 제인 윌킨슨과는 관련이 없었다. 그러면 어느 방향에 놓여 있는 것일까?

나는 손님들을 차례대로 관찰했다. 브라이언 마틴? 확실히 그 남자의 행동은 부자연스러웠다. 하지만 나는 속으로 그건 아마 영화배우들의 공통된 특징이 아닐까 하는 생각을 했다. 워낙 연기를 하는 데 익숙해지다 보니 자신을 지나치게 의식하는 행동이 몸에 배었을 수도 있다.

칼로타 애덤스는 그 정도면 매우 자연스러운 편이었다. 목소리는 나직했고 몸가짐도 조신했다. 나는 가까이 앉아 있었기에 주의 깊게 그녀를 관찰할 수 있었다. 내 생각에 그녀의 얼굴은 확실히 아름답긴 했지만 어딘지 모르게 부정적인 느낌을 전하는 편이었다. 물론 조금이라도 부자연스럽다거나 거슬리는 구석이라고는 전혀 없었다. 어찌 보면 부드럽고 두드러지지 않는 조화란 바로 그녀를 두고 하는 말인 것 같았다. 연한 갈색 머리에 거의 색깔이 없는 청회색 눈동자, 창백한 얼굴. 말할 때도 입의 움직임이 거의 없었다. 첫 인상은 나쁘지 않았지만 만약 다른 옷을 입고 다른 장소에서 만난 다면 전혀 알아보지 못할지도 모를 얼굴이었다.

그녀는 제인의 관대한 찬사를 기분 좋게 받아들이고 있는 것처럼 보였다. 내가 '누군들 그렇지 않겠어'라고 생각한 바로 그 순간, 그 성급한 결론을 다시 재정비해야 할 작은 일이 일어났다.

칼로타 애덤스는 푸아로와 말하느라 고개를 다른 쪽으로 돌린 그 파티의 주인공을 맞은편에서 쳐다보고 있었다. 그 여자는 호기심 가득한 눈초리로 제인을 찬찬히 응시했는데 그 표정은 마치 신중하게 결론을 내리고 있는 듯했다. 동시에 그 창백한 청회색 눈동자에 서린 것은 분명 일종의 적개심이었다.

어쩌면 부러움일지도 몰랐다. 아니면 직업상의 질투심일 수도 있었다. 제인은 이미 정상의 궤도에 오른 성공한 여배우이며 칼로타는 이제 막 계단을 오르고 있는 신참이었으니까.

나는 다른 세 명의 멤버들도 살펴보았다. 위드번 씨와 위드번 부인은 어떤 사람들일까? 남편은 키가 크고 쇠꼬챙이처럼 마른 반면 부인은 통통한 금발머리에 호들갑스러운 성격을 가진 평범한 여인이었다. 그들은 연극 무대와 관련된 일이라면 사족을 못 쓰는 부유한 부부처럼 보였다. 사실 그들에겐 그것 말고는 대화 소재가 없어 보였다. 최근 영국을 잠시 떠나 있었기 때문인지 나는 그들이 하는 말을 도통 알아들을 수가 없었고, 결국 위드번 부인은 통통한 등을 나에게 돌리고 나라는 존재 자체를 잊어버리고 말았다.

마지막 멤버는 칼로타 애덤스의 동행인, 둥그렇고 쾌활한 얼굴의 까무잡잡한 젊은 남자였다. 나는 처음부터 이 남자가 말짱한 정신이 아니라고 생각했다. 샴페인이 한두 잔 들어갈수록 내 판단은 점점 더 확실해졌다.

그는 최근에 받은 어떤 깊은 상처 때문에 괴로워하는 듯 보였다. 그는 식사가 반 정도 진행될 동안에도 계속 우울한 침묵 속에 앉아 있었다. 하지만 시간이 지나면서 내가 마치 오래된 친구라도 되는 양 속내를 털어놓기 시작했다.

"나는 말입니다. 내가 하고 싶은 말은요. 그게 아니란 겁니다. 아니고말고요. 친구, 아니라니까."

나는 그의 말에서 알아들을 수 없는 말은 흘러 넘겼다. 그는 계속했다.

"내가 하고 싶은 말은, 내가 물었나요? 만약 친구가 여자한테 관심이 있다고 치자고요. 그런데 계속 일을 망치는 겁니다. 그렇다고 내가 뭐 특별히 못할 말을 한 것도 아니라니까. 알죠? 우리의 청교도 선조들이요. 메이플라워니 뭐니 그런 거. 여자한테 부딪쳐 보라고 하잖아요. 하지만 난 말이죠……. 내가 지금 뭔 소리를 지껄이는 거죠?"

"그래요, 괴롭겠군요."

나는 그를 달래며 말했다.

"그래요. 제기랄, 사는 게 힘들어요. 이 양복 빌리려고 양복점 주인한테 외상을 졌어요. 단골로 가는 곳이죠. 아주 친절한 주인이에요. 몇 년 동안이나 돈을 빌려 쓰곤 했답니다. 그래서 우리 사이가 아주 끈끈하죠. 물론 여기 있는 우리 둘처럼 끈끈한 건 아니고요. 친구와 나 친하잖아요. 그런데 당신 대체 누구세요?"

"내 이름은 헤이스팅스라고 합니다."

"말 안 했잖아요. 나는 스펜서 존스인 줄 알았지 뭡니까. 스펜서 존스. 이튼하고 해로우 시절 내가 5파운드 빌린 사람이죠. 내가 말하고 싶은 건요, 세상에는 아주 닮은 사람들이 가끔 있다는 거예요. 그 말을 하고 싶었어요. 우리가 만약 중국인이었다면 평생 모르고 살았을 수도 있겠죠."

그는 서글프게 고개를 흔들다 갑자기 즐거운 표정을 짓더니 샴페인을 몇 잔 더 들이켰다. 그가 말했다.

"최소한 나는 망할 검둥이는 아니잖아요."

그 사실을 떠올리더니 갑자기 들뜬 표정이 되어서는 희망에 찬 말들을 내뱉으며 내게 명했다.

"인생의 밝은 면을 보라고요. 알겠어요? 내가 하고 싶은 말은요, 좋은 쪽으로 생각해야 한다는 거죠. 나도 일흔다섯 살 정도 되었을 때는 아마 부자가 되어 있을 겁니다. 백부가 죽기만 하면요. 그럼요, 그땐 양복집 외상값을 갚을 겁니다."

그는 그 생각을 하며 행복한 미소를 지었다.

뭐라고 콕 집어 말할 수는 없지만 이 남자에게는 정감 가는 구석이 있었다. 그의 둥글넓적한 얼굴 가운데에는 마치 사막 한가운데 내버려진 사람처럼 우스울 정도로 작고 까만 콧수염이 달려 있었다.

나는 칼로타 애덤스가 그를 쳐다보고 있던 것을 알아챘다. 그녀는 이 남자 쪽에서 시선을 거둔 다음에 자리에서 일어나더니 떠나려는 몸짓을 했다.

"여기 올라와서 우리와 함께 해 주다니 너무 고마워요. 나는 원래 순간순간 기분에 따라 행동하는 걸 정말로 즐긴답니다. 아가씨는 안 그래요?"

제인의 말이었다.

"아뇨. 유감스럽게도 저는 원래 어떤 일이건 행동으로 옮기기 전에 계획부터 신중하게 짠답니다. 그러면 쓸데없는 걱정을 덜 수 있으니까요."

애덤스 양이 말했다. 그녀의 태도에 아주 희미하게 반항기가 드러났다.

"그렇게 해서 결과가 아가씨에게 좋은 쪽으로만 난다면 상관없겠죠. 오늘 밤 아가씨 쇼를 본 게 최근 들어서 가장 즐거운 시간이었어요."

제인이 웃었다.

그 미국 처녀의 얼굴이 살짝 풀어졌다. 애덤스 양은 다정다감하게 대답했다.

"정말 친절하세요. 그렇게 칭찬해 주시니 정말 감사하네요. 저는 그런 격려가 정말 필요했거든요. 우리 모두가 그렇지만요."

까만 콧수염의 젊은이가 말했다.

"칼로타, 악수를 해야지. 이렇게 작은 파티를 열어 주셨으니 제인 아주머니에게 고맙다고 인사하고. 이제 가자."

그가 문까지 똑바로 걸어가기 위해서는 엄청난 집중력이 필요했다. 칼로타는 곧장 그의 뒤를 따라갔다.

제인이 말했다.

"아니, 나한테 아주머니라고 부른 저 녀석 뭐야? 이제까지 여기 앉아 있는 줄도 몰랐는데?"

위드번 부인이 말했다.

"아, 제인. 사실 그럴 수밖에요. 그래도 어렸을 때는 우리 옥스퍼드 대학 연극 협회에서 가장 재능이 넘쳤답니다. 그런데 지금은 전혀 그렇게 보이지 않죠? 초반에만 반짝했다가 결국 아무것도 이루지 못하는 사람들을 보면 너무 안타까워요. 어쨌건 찰리와 나도 천천히 일어나야겠네요."

위드번 부부는 제시간에 맞춰 자리에서 일어났고 브라이언 마틴이 그들을 따라 나갔다.

"그런데 푸아로 씨."

푸아로는 그녀에게 미소를 지어보였다.

"에 비엥(예), 에지웨어 부인?"

"하느님 맙소사. 제발 그 이름으로는 부르지 마세요. 제발 잊게 해 주세요. 유럽에서 제일로 무정하신 분이 아니라면 말이죠."

"그럴 리가요. 아닙니다. 제가 무정하다뇨."

내가 보기에 푸아로는 샴페인을 꽤 많이, 아마도 평소보다 한 잔 정도는 더 마신 것 같았다.

"그러시다면 남편을 만나 보시겠어요? 그리고 그 남자가 내가 원하는 대로 하도록 해 주시겠어요?"

"그래요. 가 보겠습니다."

푸아로는 신중하게 약속했다.

"만약 남편이 만남을 거절한다면 말이죠.(십중팔구 그럴 테지만요.) 아주 기발한 계획을 짜셔야 될 거예요. 영국에서 가장 총명한 분이라고 소문이 났잖아요, 푸아로 씨."

"마담. 아까 무정한 사람 운운하실 때는 유럽에서라고 하더니 총명하다고 칭찬할 때는 고작 영국이란 말입니까?"

"그러면 전 세계에서라고 말씀드릴게요."

푸아로는 손을 들어 그녀를 말렸다.

"마담. 저는 약속드릴 수가 없어요. 그저 저는 사람 심리에 관심이 많은 사람이니 한번 부군을 만나도록 노력해 보겠다는 거지요."

"좋으신 대로 그 사람 심리 분석을 해 주세요. 그 사람에게도 도움이 될 테니까요. 하지만 꼭 성공하셔야 합니다. 나를 위해서요. 꼭 로맨스를 이루어야 한단 말이에요. 푸아로 씨."

그녀는 꿈꾸듯이 속삭였다.

"그 일이 이루어지기만 하면 전국적인 센세이션을 불러일으킬 수 있겠죠."

## 금니의 남자

그로부터 며칠 후 우리가 아침 식사를 하던 중 푸아로가 방금 겉봉투를 뜯은 편지를 내 앞에 던져 주었다.

"흠, 몬 아미(친구). 이걸 어떻게 생각하나?"

그것은 에지웨어 경이 보낸 편지였다. 딱딱하고 형식적인 말투로 다음 날 11시에 약속을 잡아 놓겠다는 내용이 쓰여 있었다.

그 편지를 읽는 순간 나는 잠시 말문이 막힐 정도로 깜짝 놀랐다. 나는 푸아로의 말을 술자리에서의 지나가는 농담쯤으로 생각했고 그가 이렇게 실제 행동으로 옮길 것이라고는 전혀 예상하지 못했기 때문이었다.

눈치가 빠른 푸아로는 내 마음을 읽고 눈을 찡긋해 보였다.

"그래. 맞아, 몬 아미. 꼭 샴페인 때문만은 아니네."

"나도 그런 뜻이 아니에요."

"아니야. 그렇잖나. 그때 그렇게 생각했잖아. '저 가엾은 영감이 파티 분위기에 취해서 마음에도 없는 약속을 하는군, 자고 나면 잊어버리고 말 거야.' 하고. 하지만 친구, 에르퀼 푸아로의 약속은 신성한 거라네."

그는 마지막 문장을 말할 때 사뭇 엄격한 태도로 허리를 죽 폈다. 내가 재빨리 말했다.

"물론 그 점은 압니다. 그저 아주 약간이라도 판단력이 샴페인의 '영향'을 받지 않았을까 싶었을 뿐입니다."

"나는 자네 표현대로 판단력이 '영향을 받게' 놔두는 습관은 없어. 헤이스팅스. 어디 한번 최고급의 톡 쏘는 샴페인과 눈부시게 아름답고 유혹적인 금발머리 여인을 내 앞에 대령해 보게나. 이 에르퀼 푸아로의 판단력은 영향 같은 걸 받지 않아. 절대 아니네, 몬 아미. 나는 이 사건에 어떤 흥미가 생겼을 뿐이야. 그 뿐이라네."

"제인 윌킨슨의 연애사에 말입니까?"

"아니 그건 아니지. 자네 표현대로 그녀의 연애사야 뭐 흔히 볼 수 있는 패턴 아니겠나. 한 아름다운 여인이 거치는 전형적인 성공의 사다리잖아. 머튼 공작이 직위나 재산이 없었다면 꿈 속의 수도사 같은 그의 낭만적인 매력이 그녀에게 통하기나 했겠어? 절대 아니지. 헤이스팅스. 내 호기심을 자극한 건 이 문제의 심리학적인 측면이야. 성격의 반응 양식을 살피는 거지. 또한 에지웨어 경을 가까이서 연구할 수 있는 기회라니 적극 환영이고."

"그렇다고 해도 설마 그 임무를 완수할 생각까지는 없죠?"

"푸쿠아 파(못할 건 뭐지)? 모든 사람에겐 약점이 있네. 내가 심리학적인 관점에서 연구를 한다고 해서 임무 완수에 최선을 다하지 않겠다고 생각해선 안 돼. 나는 내 천재성을 실험할 기회를 즐기는 거야."

나는 또 그 따분한 회색 뇌세포 이야기가 나올까 봐 지레 겁을 먹었지만 천만다행히도 이번만은 그냥 넘어갔다.

"그러니까 우리가 내일 11시에 리전트 게이트 저택에 가게 됐다는 말이죠?"

"'우리'라고?"

내 말에 푸아로는 무슨 황당한 소리냐는 듯 눈썹을 치켜 올렸다.

"푸아로! 날 빼놓고 갈 생각은 아니겠죠. 항상 나와 함께 가잖아요."

내가 외쳤다.

"만약 이게 범죄라거나 의문의 독살 사건, 살인 사건 같은 경우라면 자네의 구미가 당기겠지만 말일세. 이건 엄연히 개인적인 조정 문제야."

"말도 안 됩니다. 나도 꼭 갈 겁니다."

나는 아이처럼 고집을 부렸다.

푸아로가 다정한 미소를 짓던 바로 그때 어떤 신사가 우리를 찾아왔다는 소식을 전해 들었다. 놀랍게도 그 방문객은 브라이언 마틴이었다.

밝은 대낮에 보니 이 영화 배우도 나이가 꽤 들어 보였다. 물론 여전히 빼어난 미남이긴 했지만 그것도 이젠 조금 퇴색된 느낌이었다. 어쩌면 그가 약물 중독일지도 모른다는 생각이 스쳤다. 안절부절 못하는 몸가짐으로 보건대 충분히 가능성이 있었다.

"안녕하십니까, 푸아로 씨. 두 분도 참 적당한 시간에 아침을 드시네요. 만나게 돼서 반갑습니다. 그런데 지금 굉장히 바쁘시죠?"

그가 쾌활하게 건넨 인사에 푸아로가 상냥한 얼굴빛으로 말했다.

"아니요, 지금 당장은 그다지 중요한 일이 없습니다."

"그러십니까? 런던 경시청에서 도움을 요청하지 않던가요? 왕실의 미묘한 문제를 조사해 달라고 남몰래 의뢰하지도 않던가요? 거참 믿을 수가 없네요."

푸아로가 웃으면서 대답했다.

"소설을 너무 많이 읽은 모양이로군요, 젊은 친구. 맞아요. 믿어도 됩니다. 지금 이 순간은 일거리가 하나도 없습니다. 그렇다고 실업수당을 받을 정도는 아니죠. 듀 메르시(참으로 다행입니다)."

"저한테는 행운이 아닐 수 없군요. 그러면 제 일을 하나 맡아 주실 수도 있겠군요."

브라이언이 활짝 웃으며 말했다.

포아로는 이 젊은이를 주의 깊게 바라보았다.

잠시 지난 다음에 포아로가 말을 꺼냈다.

"저에게 일을 맡기겠다고요?"

"그렇습니다. 그런데 그럴 수도 있고 그렇지 않을 수도 있습니다."

이번에는 그의 웃음이 약간 불안하게 흔들렸다. 여전히 그를 날카로운 눈으로 주목하던 푸아로는 의자를 가리켰다. 남자가 자리에 앉았고 내가 푸아로의 옆으로 갔다. 그는 우리를 마주 보는 형상이었다.

"이제 그 문제가 뭔지 들어 볼까요?"

푸아로가 말했다.

브라이언 마틴은 그때까지도 긴장을 풀지 못한 채 이야기를 꺼내지 못하고 있었다.

"문제는 제가 원하는 대로 솔직히 다 이야기를 할 수 없다는 겁니다. 어려운 문제지요. 모든 일은 미국에서 시작되었습니다."

그가 망설였다.

"미국에서요?"

"사실 처음에는 대수롭지 않게 시작됐습니다. 저는 기차로 여행을 하던 중이었는데 어떤 남자가 눈에 들어왔어요. 못생기고 볼품없이 작은 친구였죠. 면도는 말끔하게 했고요. 안경을 썼고, 또 금니를 했더군요."

"아. 금니라."

"그렇습니다. 그게 바로 문제의 핵심입니다."

푸아로는 거듭 고개를 끄덕였다.

"무슨 말인지 알겠습니다. 계속 해 보시죠."

"말씀드렸다시피 그 사내가 유독 눈에 띄었어요. 그때가 뉴욕으로 가던 중이었습니다. 그리고 6개월 후에 저는 로스엔젤레스에서 또 그 남자를 본 겁니다. 대체 왜 거기서 또 봐야 하는지 몰랐지만 누 눈으로 똑똑히 보긴 봤어요. 하지만 그건 아무 것도 아닙니다."

"계속하세요."

"한 달 후에 일이 있어서 시애틀에 갔습니다. 거기 도착한 지 얼마 안 되어서 그 친구를 또 봤다니까요. 그런데 이번에는 턱수염을 달고 있더군요."

"누가 봐도 기묘한 일이네요."

"그렇죠? 물론 그때까지만 해도 저와는 무슨 관련이 있을 거라는 생각조차 하질 않았어요. 하지만 로스앤젤레스에서 턱수염이 없는 얼굴로 등장했던 그가 시카고에서는 콧수염과 눈썹을 새로 붙이고 나타났더군요. 또 어느 산간 마을에서는 떠돌이로 분장하고 있지 뭡니까. 그때부터 뭔가 심상치 않은 기운을 느꼈습니다."

"당연히 그랬겠죠."

"그러다가요. 정말 이상하긴 합니다만 확신하게 된 겁니다. 제가 소위 미행을 당하고 있다는 것을요."

"그렇다고 볼 수밖에 없군요."

"그렇죠? 그때부터는 확실해지더군요. 제가 어디를 가나 그 사람이 주위에 있었습니다. 여러 가지 모습으로 변장하고 절 그림자처럼 쫓아 다니더군요. 그래도 그 금니 때문에 언제나 알아볼 수 있었던 건 다행이었습니다."

"아! 금니……. 그래도 우연치고는 다행이었군요."

"그렇습니다."

"그런데요. 마틴 씨. 왜 그 남자한테 말을 붙여 보지 않았습니까? 왜 그렇게 따라 다니는지 그 이유를 캐물을 수도 있었을 텐데요."

배우는 머뭇거렸다.

"아니요. 일부러 안 그랬어요. 한두 번 생각도 해 보았습니다만 항상 그러지 말자는 쪽으로 결론이 나더군요. 그렇게 해서는 그 남자가 경계심만 품게 되고 저는 아무것도 알아내지 못할 것 같았어요. 그 사람들이 제게 당장 다른 사람을 붙일 수도 있잖아요. 제가 쉽게 알아보지 못하는 사람으로요."

"앙 에페(과연), 그 편리한 표시인 금니가 없는 사람 말입니까."

"바로 그거죠. 제 판단이 틀렸을 수도 있었겠지만 그때는 그렇게 생각했어요."

"그런데 마틴 씨. 당신은 지금 방금 '그 사람들'이라고 지칭했는데 '그 사람들'에 무슨 뜻이 담겨 있는 겁니까?"

"아니요, 그냥 말하다보니 그렇게 나오네요. 왜인지는 모르겠지만 배후에 여러 명이 있을 거란 생각이 들어서요."

"그렇게 믿는 이유라도 있습니까?"

"아니요."

"그러니 누가 어떤 목적으로 당신을 미행하는지 전혀 짐작이 가질 않는다는 말씀이죠."

"전혀요. 아무것도 떠오르지 않아요. 적어도……."

"계속하세요."

푸아로가 격려하면서 말을 끌어냈다.

"한 가지가 걸리긴 합니다. 이건 그냥 제 일방적인 추측일 수도 있습니다만."

브라이언 마틴이 뜸을 들였다.

"때로는 추측이 매우 도움이 되지요. 무슈."

"2년 전에 런던에서 일어난 한 사건이 있습니다. 아주 작은 사건이지만 너무 야릇해서 잊을 수가 없었죠. 요즘도 가끔 그때가 떠오를 때마다 고개를 갸웃거리게 됩니다. 그때 당시에 도저히 이해가 가지 않았던 사건이었던 만큼 미행과 그 일을 연관 짓게 되는 겁니다. 하지만 대체 어떻게 그런 건지는 저도 모르겠어요."

"어쩌면 저는 알 수도 있지요."

"그렇습니다, 그런데 말입니다. 또 곤란한 문제는 제가 그 일에 대해 말씀드릴 수가 없다는 겁니다. 지금 당장은요. 아마 며칠 지나면 말씀드릴 수 있을 것 같아요."

그는 다시 안절부절 못하다가 푸아로의 날카로운 눈초리에 하는 수 없다는 듯 말을 이었다.

"실은 어떤 아가씨가 관련되어 있습니다."

"아! 페르페트망(완벽해요)! 영국 여성이죠?"

"네. 일단은 그렇죠. 왜요?"

"간단하죠. 지금은 말할 수 없다. 하지만 하루나 이틀 후에는 말할 수 있을지도 모른다는 말은 그 젊은 여성의 허락을 구하고 싶다는 뜻이죠. 그러니까 영국에 있는 여성인 거죠. 또한 당신이 미행을 당하고 있었던 기간에도 영국에 있었을 겁니다. 만약 그때 미국에 있었다면 그때 거기서 그녀를 찾아갔겠죠. 그러므로 지난 18개월 동안 그 여성은 영국에 있었던 게 되고, 확실하지는 않지만 지금도 영국에 있을 확률이 높죠. 제 논리가 맞죠?"

"그렇습니다. 그런데 푸아로 씨, 만약 그녀가 허락한다면 제 사건을 조사해 주실 수 있겠습니까?"

잠시 침묵이 흘렀다. 푸아로는 마음속에서 그 문제를 저울질하고 있는 듯했다. 마침내 그가 입을 열었다.

"왜 그녀에게 가기 전에 저한테 먼저 왔죠?"

그가 망설였다.

"그게 제 생각에는 말입니다……. 그녀를 설득하고 싶었습니다. 이 문제를 해결하자고요. 그리고 당신이 이 문제를 조사해 주신다면 말이 밖으로 퍼질 일이 없겠지요. 그렇지 않을까요?"

"그거야 상황에 따라 다르죠."

푸아로가 차분하게 대답했다.

"무슨 말씀이신지?"

"만약 범죄와 관련이 있다면 말입니다."

"아닙니다. 범죄와는 상관이 없습니다."

"그건 모르는 거죠. 그럴 수도 있습니다."

"하지만 최선을 다해 주시는 거죠? 그녀를 위해서, 아니 저희를 위해서요."

"그거야 당연하지요."

푸아로는 잠시 생각에 잠겼다가 말을 꺼냈다.

"말해 봐요. 당신을 미행하던 사나이 말입니다. 나이가 어느 정도 들어 보이던가요?"

"꽤 젊어 보였어요. 한 서른 정도 되어 보였습니다."

"아! 그것 참 신기하네요. 그 말을 들으니 이 일이 훨씬 재미있어 지는군요."

푸아로가 말했다.

나는 그를 망연하게 쳐다볼 수밖에 없었다. 브라이언 마틴 역시 그를 쳐다보고 있었다. 푸아로의 언행은 확실히 우리 둘에게는 이해되지 않는 것이었다. 브라이언이 나를 보고 눈썹을 추켜세우며 궁금하다는 표정을 지었다. 나는 고개를 가로저었다.

"맞아, 그거야. 그래야 이야기가 흥미진진하게 전개되는 거지."

푸아로가 혼잣말로 중얼거렸다.

"아니, 제 생각보다 나이가 많을 수도 있어요. 하지만 확실하진 않습니다."

브라이언이 고개를 갸우뚱하며 말했다.

"아니에요. 아마 제대로 관찰한 것 같네요. 마틴 씨. 그런데 아주 재미있군요. 흥미 만점입니다."

푸아로의 수수께끼 같은 말에 충격을 받았는지 브라이언 마틴은 다음 할 말을 잊어버린 것 같았다. 그래서인지 갑자기 엉뚱한 이야기를 꺼내기 시작했다.

"지난 번 저녁 식사 모임은 참 즐겁지 않았습니까? 제인 윌킨슨은 이 세상에서 가장 다루기 어려운 고집쟁이랍니다."

"어찌 보면 참 난순 명료한 시각을 갖고 있더군요. 한 번에 하나씩밖에 보지를 못하죠."

푸아로가 말했다.

"그러면서도 이 세상을 아주 잘 헤쳐 간다니까요. 다른 사람들이 그녀를 어떻게 참아내는지 저는 도저히 모르겠습니다."

마틴이 말했다.

"원래 아름다운 여성에 대해서는 사람들이 참을성을 많이 발휘하지요, 친구. 만약 넓적한 코에 칙칙한 피부, 기름이 좔좔 흐르는 머리를 하고 있는 여성이라면 당신 표현대로 '세상을 잘 헤쳐가지' 못할 겁니다."

푸아로가 눈을 깜빡이며 말했다.

브라이언도 인정했다.

"아마 그렇겠죠. 하지만 가끔씩 저를 아주 돌아 버리게 한다니까요. 물론 제인을 진심으로 아끼는 마음은 있습니다. 하지만 어쩔 때 보면 제자리를 못 찾는 거 같아요."

"제가 보기에는 반대로 그녀가 매우 충실하고 앞가림을 잘 하는 것 같던데요."

"그런 말씀이 아니에요. 물론 자기 이해관계는 누구보다 잘 따지죠. 사업가다운 수완도 보통이 아니고요. 저는 도덕적인 면을 말씀드리는 겁니다."

"아! 도덕이라."

"그녀는 도덕을 초월했다고 말할 수 있습니다. 옳고 그름이 존재하지를 않아요."

"아, 생각납니다. 그날 밤에도 마틴 씨가 이와 비슷한 말을 했죠."

"방금 전에 우리가 범죄 이야길 했었습니다만……."

"네, 그런데요?"

"뭐, 그러니까 저는 제인이 만약 범죄를 저지른다고 해도 전혀 놀라지 않을 것 같다는 말씀이죠."

"그녀에 대해선 당신이 저보다 잘 알겠죠. 함께 연기를 한 적이 많았으니까요. 그렇죠?"

푸아로가 중얼거렸다.

"그렇습니다. 저는 그녀에 대해 속속들이, 뼛속 깊이 알고 있다고 생각합니다. 아마 그녀는 살인도 눈 하나 깜짝 안하고 해치워 버릴 겁니다."

"아! 성격이 다혈질이라 물불을 안 가리는가 보죠?"

"아니요. 절대 그런 게 아닙니다. 때로는 얼음처럼 차갑고 냉정합니다. 제 말은 만약 누가 자기 앞길을 막는다고 하면 두 번 생각할 것도 없이 그냥 처치해 버릴 거라는 거죠. 아무도 그녀를 비난할 수가 없을 겁니다. 도덕의 잣대로는 말이죠. 그녀는 그냥 제인 윌킨슨을 방해하는 사람이 있다면 이 세상에서 사라져야 한다고 생각할 뿐이에요."

그의 마지막 말에는 이제까지는 찾아볼 수 없었던 괴로운 심경이 담겨 있었다. 나는 그가 아픈 기억을 더듬고 있을지도 모른다고 생각했다.

"그래서 당신은 그녀가 살인을 할 수도 있다고 생각합니까?"

푸아로는 그를 뚫어지게 바라보았다.

브라이언은 깊은 한숨을 내뱉었다.

"제 영혼에 대고 맹세할 수 있습니다. 앞으로 제 말이 생각나실 때가 올지도 모릅니다. 저는 그 여자를 알아요. 마치 아침에 차 한 잔 마시듯이 간단하게 누군가를 죽일 수도 있을 겁니다. 정말입니다, 푸아로 씨."

그는 이제 자리에서 일어났다.

"그렇군요. 저도 마틴 씨가 진심이라는 걸 느낄 수 있습니다."

푸아로가 나직하게 말했다.

"저는 그녀를 압니다. 속속들이 알고 있다고 자부합니다."

브라이언 마틴은 얼마동안 얼굴을 찡그리고 서 있더니 어조를 바꾸어서 말했다.

"그리고 아까 말씀드린 그 문제에 대해서는 며칠 후에 곧 알려드리겠습니다. 맡아 주실 거죠?"

푸아로는 대답 없이 그를 빤히 쳐다보다가 한참 후 말했다.

"그러도록 하지요. 한번 해 보겠습니다. 흥미로운 일이 될 것 같으니까."

그가 힘주어 말하는 마지막 단어에는 왠지 모를 여운이 담겨 있었다. 나는 브라이언 마틴과 함께 1층으로 내려갔다. 문 앞에서 그가 내게 말했다.

"그자의 나이에 관해서 푸아로 씨가 뭐라고 하셨잖습니까? 그 남자가 서른 정도 되어 보인다는 데 왜 그런 반응을 보이셨을까요? 도무지 짐작조차 가질 않는군요."

"그 부분은 나도 잘 모릅니다."

나도 솔직히 고백했다.

"그나저나 이해가 잘 가지 않아요. 제게서 무언가를 떠보려고 장난삼아 하신 말씀일까요?"

"아닐 겁니다. 푸아로는 그런 장난을 즐기는 사람이 아니에요. 아마 그렇게 말했다면 정말 거기에 중대한 의미가 담겨 있다는 뜻입니다."

"글쎄요. 제가 그 의미를 파악했다면 얼마나 좋겠습니까. 그래도 대위님도 잘 모르겠다니 솔직히 마음이 놓이네요. 제가 세상에 둘도 없는 머저리처럼 느껴지는 건 정말 싫거든요."

그가 성큼성큼 걸어갔다. 나는 다시 친구에게로 돌아왔다.

"푸아로, 미행하는 사나이의 나이가 왜 중요합니까?"

"아니 그걸 모른단 말인가. 저런, 나의 불쌍한 친구 헤이스팅스!"

그는 실실 웃더니 고개를 흔든 다음 물었다.

"조금 전의 대화가 전반적으로 어떤 것 같나?"

"사실 뭐 이러쿵저러쿵 판단을 내리기에는 부족한 면이 없질 않네요. 뭐라 특별히 할 말은 없습니다. 더 자세히 안다면 몰라도요."

"많은 정보가 있는 건 아니지만 이것만으로도 뭔가 짚이는 게 없단 말인가, 몬 아미?"

마침 그때 전화벨이 울려서 내 머릿속이 텅 비어 있음을 인정해야 하는 치욕스러운 순간을 피할 수 있었다. 전화기를 들자 야무지게 똑 부러지는 여인의 목소리가 들려왔다.

"저는 에지웨어 경의 개인 비서입니다. 유감스럽게도 에지웨어 경은 내일 오전 푸아로 씨와의 약속을 지키시지 못할 것 같습니다. 급한 일로 내일 파리로 떠나셔야 하시거든요. 그래서 오늘 12시 15분에 몇 분 정도 시간을 내서 푸아로 씨와 만날 수 있다고 전하셨는데요. 괜찮으시겠습니까?"

나는 푸아로에게 통화내용을 전했다.

"물론이지, 친구. 우리 지금 가 보도록 하세."

나는 수화기에 대고 그 말을 되풀이했다.

"알겠습니다."

비서는 또렷하고 실무적인 목소리로 대답했다.

"오늘 낮 12시 15분입니다."

전화는 끊어졌다.

## 어떤 인터뷰

푸아로와 함께 리전트 게이트에 있는 에지웨어 경의 저택에 도착했을 때 기분 좋은 기대감이 나를 감쌌다. 사실 나는 푸아로처럼 '심리학'에 천착하는 사람은 아니었지만 에지웨어 부인이 남편을 언급할 때 사용한 몇 마디 말이 내 호기심을 자극했다. 나는 내가 어떤 판단을 내리게 될지 알고 싶었다.

저택은 매우 인상적이었다. 튼튼하게 설계 되고 위엄이 넘쳤지만 왠지 음울한 기운이 감돌았다. 창가에 화분이 놓여 있거나 하는 천박한 장식은 아예 찾아볼 수 없었다.

문을 열어 준 건 집의 외양과 어울릴 법한, 머리가 희끗희끗한 노집사가 아니었다. 반대로 최근에 본 누구보다 눈이 번쩍 뜨일 만큼 잘생긴 젊은이가 문을 열어 주었다. 금발머리에 키가 큰 이 청년은 헤르메스나 아폴로 동상의 모델이라고 해도 믿을 것 같았다. 하지만 반듯하게 잘생긴 외모에도 불구하고 동시에 희미하게 여성스러운 분위기가 풍겼는데, 특히 그 지나치게 가늘고 나긋나긋한 목소리가 귀에 거슬렸다. 그리고 정확히 설명하기는 힘들지만 내가 아는 누군가, 그것도 최근에 만난 사람을 연상시키는 부분이 있었다. 그러나 그 사람이 누구인지는 죽었다 깨어나도 기억이 날 것 같지가 않았다.

우리는 에지웨어 경을 만나러 왔다고 말했다.

"이쪽입니다. 선생님."

집사는 우리를 안내하며 복도를 걸었고 계단을 지나 복도 맨 끝의 방문 앞까지 갔다. 그러고는 문을 열면서 본능적인 거부감을 들게 하는 그 가느다란 목소리로 우리에게 도착했다고 말해 주었다.

우리가 들어간 방은 서재인 것 같았다. 벽마다 책이 빼곡히 꽂혀 있었다. 짙은 빛깔의 육중한 가구들은 다소 무거워 보이기는 했지만 고급임을 단번에 알 수 있었고 의자들은 딱딱해 편하게 앉을 수 있을 것 같지 않았다.

우리를 위해 의자에서 일어난 에지웨어 경은 50세가량의 키가 큰 사내였다. 회색이 간간이 섞인 검은 머리카락, 홀쭉한 얼굴에 냉소적으로 보이는 입 매무새를 갖고 있었다. 그는 곧 폭발할 듯 신경이 날카로워 보이는 게 한껏 인상을 쓰고 있었다. 눈에는 음산하고 비밀스러운 기운이 흘렀다. 나는 보자마자 특히 그의 눈이 왠지 심상치 않다고 생각했다.

그의 태도는 딱딱하고 형식적이었다.

"에르퀼 푸아로 씨죠? 이쪽은 헤이스팅스 대위입니까? 여기 앉으십시오."

우리는 의자에 앉았다. 방은 약간 으슬으슬했다. 단 하나 있는 창문에서 햇살이 엷게 들어왔지만 방이 어둑어둑하니 냉랭한 분위기가 더 가중되는 것 같았다.

에지웨어 경은 푸아로의 필적이 담긴 편지를 들고 있었다.

"물론 당신의 명성은 익히 들어 알고 있습니다. 모르는 사람이 어디 있겠습니까?"

푸아로가 의례적으로 고개를 끄덕였다.

"하지만 나는 이 문제에 있어서 당신의 위치가 어떻게 되는지는 잘 이해가 가질 않는군요. 선생 말이 나를 만나고 싶어 하셨다고요."

그는 잠시 말을 멈추었다.

"내 아내 때문에요."

그의 마지막 단어를 매우 어색하게 내뱉었다. 마치 그 말을 입 밖으로 끄집어내기 위해서 적지 않은 노력이 필요한 것만 같았다.

"그렇습니다."

내 친구 푸아로가 말했다.

"당신은 범죄를 조사하는 분으로 알고 있는데요, 푸아로 씨."

"문제를 조사하죠. 에지웨어 경. 물론 범죄 문제도 있습니다만 우리 인생에는 또 다른 문제들도 있지 않습니까."

"그렇지요. 그렇다면 이건 정확히 어떤 문제라고 부르면 되겠습니까?"

이제 그의 말투에는 명백히 조소가 담겨 있었다. 푸아로는 알아채지 못한 척했다.

"저는 에지웨어 부인을 대신해서 경을 가까이서 뵙고 싶었습니다. 알고 계실지 모르지만 에지웨어 부인은 이혼을 원하고 있어요."

"나도 잘 알고 있습니다."

찬바람이 쌩 하고 지나갈 것 같은 대답이었다.

"부인은 저와 경이 이 문제에 대해서 상의했으면 하는 눈치입니다."

"상의할 것 없습니다."

"그러면 이혼을 거부하신다는 말씀이죠?"

"거부? 거부라니?"

푸아로가 무엇을 기대했건 간에 이런 대답을 기대하지는 않았을 것이다. 내 친구가 이렇게 순간적으로 당황하는 모습은 흔치 않다. 그러나 이번에는 확실히 허를 찔린 것 같았다. 그의 모습은 우스꽝스러웠다. 입은 떡 벌어지고 양팔은 힘없이 쳐졌으며 양 눈썹은 치켜 올라갔다. 마치 신문 연재만화의 주인공 같았다.

"코멍(뭐라고요)? 무슨 말씀이십니까? 거부하지 않는다고요?"

푸아로가 외쳤다.

"당신이 그렇게 놀라니 내가 어쩔 줄을 모르겠군요. 푸아로 씨."

"에쿠테(들어 보세요), 그러면 아내와 이혼하실 의향이 있으시다는 말씀입니까?"

"당연하죠. 이혼할 겁니다. 아내가 누구보다 잘 알고 있어요. 내가 편지도 썼고 말로도 전했습니다."

"편지도 쓰고 말도 하셨다고요?"

"그렇습니다. 6개월 전에요."

"하지만 저는 이해가 가질 않는군요. 전혀 상황이 어떻게 된 건지 모르겠습니다."

에지웨어 경은 아무 말도 하지 않았다.

"저는 경이 이혼은 안 된다는 원칙을 갖고 계신다고 알고 있었습니다."

"내 원칙이 당신에게 왜 상관이 있는지 모르겠습니다. 푸아로 씨. 물론 나는 첫 아내와 이혼하지 않았어요. 도의상 그건 아니라고 생각했을 뿐입니다. 하지만 내 두 번째 결혼은 솔직히 인정하지만 실수였습니다. 아내가 이혼 이야기를 꺼냈을 때 나는 단도직입적으로 거부했어요. 하지만 6개월 전에 구구절절하게 편지를 썼더군요. 아무래도 재혼을 하고 싶은 모양이었죠. 영화 배우나 뭐 그런 종류의 남자하고요. 그 시점에서 나도 내 의견을 수정했습니다. 그래서 할리우드에 있는 그녀에게 그렇게 편지를 썼어요. 그런데 왜 대체 그녀가 당신까지 이리로 보낸 건지 납득이 가질 않는군요. 아마 돈 때문이겠지."

마지막 말을 쓰게 내뱉는 그의 입술이 다시 한 번 뒤틀렸다.

"묘하네요. 정말 이상하다고밖에 할 수 없어요. 전혀 이해할 수가 없습니다."

푸아로는 중얼거렸다.

"돈에 관해서라면 내가 할 말이 있습니다. 아내는 순전히 자발적으로 나를 배신했어요. 다른 남자와 결혼하고 싶다면 그렇게 하라지. 자유를 줄 겁니다. 하지만 나한테 동전 한 푼 받을 이유도 없고 또 받지도 못할 겁니다."

에지웨어 경이 말했다.

"재정적인 문제에 대한 합의는 전혀 걱정하지 않으셔도 됩니다."

"제인이 보나마나 돈 많은 남자를 건졌나 보군."

그가 냉소적인 말투로 중얼거렸다.

"조금 이해가 가지 않는 부분이 있습니다."

푸아로가 말했다. 그의 얼굴은 난처한 기색이 역력했고 생각을 쥐어 짜내느라 잔뜩 찌푸려져 있었다.

"제가 듣기로는 에지웨어 부인이 변호사를 통해서 경과 여러 번 접촉했다고 하던데요?"

"그래요. 영국 변호사, 미국 변호사, 별별 변호사에다 저 밑바닥 불량배까지 동원했지. 그러다가 결국 내가 아까 말한 것처럼 나한테 직접 편지를 쓰더군요."

에지웨어 경이 건조하게 말했다.

"그 전까지는 거부하셨고요."

"그렇습니다."

"하지만 부인의 편지를 받자마자 마음을 바꾸셨나 보군요. 왜 그렇게 갑자기 마음이 바뀌셨죠, 에지웨어 경?"

"그녀의 편지와는 아무 상관없습니다. 살다 보면 생각이란 변할 수도 있는 거죠. 그뿐입니다."

그가 날카롭게 맞받아쳤다.

"하지만 그 변화가 조금 갑작스럽다는 생각이 듭니다만."

에지웨어 경은 대답하지 않았다.

"어떤 특별한 계기 때문에 마음이 움직이게 된 건가요?"

"그건 순전히 내 사정이에요, 푸아로 씨. 그 문제까지 깊게 들어가고 싶지 않아요. 그냥 서서히 여러모로 내게 이득이 될 거란 사실을 인식했다고나 할까요. 내 솔직한 표현을 용서하시오. 그렇게 수준 낮은 부류와 관계를 끊는다면 말이죠. 내 두 번째 결혼은 완전한 실수였습니다."

"경의 아내도 똑같이 말씀하시더군요."

푸아로가 조심스럽게 말했다.

"그러던가요?"

아주 순간적으로 그의 눈에 뜻 모를 절망의 기운이 깜빡이는 것 같더니 그 즉시 사라졌다.

경은 이제 볼일을 마쳤다는 뜻을 전하며 자리에서 일어나다가 우리의 작별 인사를 보고 딱딱했던 태도를 살짝 풀었다.

"약속을 임의로 바꾼 것 죄송하게 생각합니다. 내일 급히 파리에 갈 일이 생겼습니다."

"괜찮습니다. 그러셔야죠."

"사실 미술 작품 거래가 있어서요. 그 동안 눈여겨 봐 둔 작은 조각상이 있는데, 나름 내단한 물건이죠. 죽음을 다룬 겁니다. 나는 원래 죽음에 관한 작품을 좋아하거든요. 내 취향이 좀 독특하지요."

그의 얼굴에 다시 그 기묘한 웃음이 떠올랐다. 나는 책장의 책들을 바라보았다. 『카사노바의 추억』이 보였고 『사드 백작』과 그 밖에 중세 시대의 고문 관련 책들이 꽂혀 있었다.

제인 윌킨슨이 남편에 대해 했던 말을 떠올리자 살짝 소름이 돋았다. 그때 그녀는 절대 연기를 하던 것이 아니었다. 그 말과 행동에는 생생한 진실이 담겨 있었다. 나는 조지 앨프리드 세인트 빈센트 마시, 즉 에지웨어 남작 4세가 정확히 어떤 인간일지 사뭇 궁금해졌다.

그는 매우 점잖게 우리에게 인사를 했으며 역시 매우 점잖게 벨을 눌렀다. 우리는 문을 열고 밖으로 나갔다. 그리스 조각상 같은 그 집사가 복도에서 기다리고 있었다. 나는 뒤돌아 서재 문을 닫으면서 방 안을 흘끔 들여다보았다. 그 순간 너무 놀라 하마터면 비명을 지를 뻔했다.

경의 점잖은 미소는 온데간데없이 사라졌다. 입술은 위로 말려 올라간 채 잇몸을 드러내고 잔인하게 웃고 있었고 눈은 격정과 분노로 활활 티오르고 있었다.

나는 왜 두 명의 아내가 에지웨어 경을 떠나야만 했는지 더 이상 궁금하지 않았다. 내가 정말 감탄한 것은 아까까지 그가 어떻게 그렇게 철저히 자제할 수 있었느냐 하는 것이었다. 어떻게 조금의 흐트러짐 없이 예의를 갖추어 묻는 말에 또박또박 대답할 수 있었던 걸까?

정분//시 가사 오른쪽 문이 얼렸다. 그때 한 여자가 방에서 나오려고 하다가 우리를 보자 깜짝 놀라 뒤로 몇 발자국 물러섰다.

키가 크고 마른 여성으로, 짙은 머리에 얼굴은 희고 창백했다. 깜짝 놀란 검은색 눈이 순간적으로 내 눈과 마주쳤다. 그런 다음 마치 그림자처럼 방 안으로 미끄러지듯 사라졌고 문이 닫혔다.

잠시 후 우리는 거리에 나와 있었다. 푸아로는 손을 들어 택시를 잡았다. 택시를 타자 푸아로가 기사에게 사보이 호텔 쪽으로 가자고 말했다.

"이보게, 헤이스팅스. 방금의 면담은 내 계산과 거리가 멀었네."

그는 눈을 깜빡이며 말했다.

"그랬죠. 정말 그랬어요. 에지웨어 경은 정말 특이한 사람이에요."

나는 아까 서재 문을 닫으면서 본 장면을 그에게 자세히 이야기했다. 그는 생각에 잠긴 채 고개를 천천히 끄덕였다.

"그 남자는 거의 정신병자에 가깝지 않나 싶어. 이제까지 괴상한 악행을 많이 저질러 왔을 것 같은 생각이 드네. 또 그 딱딱한 외양 속엔 뿌리 깊은 잔혹한 본능이 숨어 있을 것 같네."

"두 아내가 모두 떠난 것이 전혀 이상하지가 않아요."

"그러게 말이야."

"푸아로, 우리가 나올 때 얼굴이 백지 같이 하얀 검은 머리 아가씨 봤나요?"

"응. 봤어, 몬 아미. 그 젊은 아가씨는 겁에 질려 있고 불행해 보이더군."

그의 목소리가 어두웠다.

"대체 그 아가씨는 누구일까요?"

"아마 딸이겠지. 딸이 하나 있다고 했잖아."

"정말 겁에 질린 표정이었어요. 젊은 아가씨가 살기에 저택 분위기가 너무 암울해요."

나는 느릿느릿 말했다.

"그래. 정말 그래. 아! 바로 그거야, 몬 아미. 이제 귀부인에게 좋은 소식을 전하러 가세나."

제인은 호텔에 있었고 직원이 전화로 우리가 올라갈 것임을 알렸다. 급사가 우리를 방까지 데려다 주었다.

안경을 쓰고 머리를 깔끔하게 매만진 중년의 여성이 문을 열어 주었다. 침실 쪽에서 제인이 허스키한 목소리로 그녀를 불렀다.

"푸아로 씨인가요, 엘리스? 거기 앉아 계시라고 하세요. 아무거나 걸치고 곧 나갈게요."

제인 윌킨슨이 말한 아무거나는 몸을 가리기보다는 드러내기 위해 만들어진 얇은 천의 네글리제였다. 그녀는 들뜬 얼굴로 다가왔다.

"그래서 잘 됐나요?"

푸아로가 일어나 그녀의 손 쪽으로 고개를 숙였다.

"분부대로 했습니다, 마담. 아주 잘 풀렸지요."

"무슨 말씀이세요?"

"에지웨어 경이 이혼할 의사가 있다고 전하셨습니다."

"뭐라고요?"

그녀의 얼굴에 떠오른 충격이 진심이 아니라면 그녀는 대단한 배우임에 틀림없었다.

"푸아로 씨, 해내셨군요. 그것도 딱 한 번만에요! 그렇게 쉽게요! 정말 당신은 천재 중의 천재에요. 어떻게 그 일을 그렇게 쉽사리 해내신 거죠?"

"마담. 저는 제가 노력해서 얻어내지 않은 일로 그렇게 큰 칭찬을 받을 순 없습니다. 이미 6개월 전에 부군께서 이혼을 허락하는 편지를 쓰셨다고 하던걸요."

"무슨 말씀이세요? 나한테 편지를 써요? 어디로요?"

"할리우드에 계실 때 편지를 보냈다고 하시던데요. 제가 이해하기론 그렇습니다."

"난 그런 편지 못 받았어요. 도중에 분실됐나 봐요. 그렇다면 이 일 때문에 내가 고민하고 계획하고 애태우느라 거의 미쳐 버릴 것 같았던 지난 몇 달 간은 어떻게 되는 거죠?"

"에지웨어 경은 당신이 배우와 결혼하고 싶어 한다는 눈치를 받으셨다고 합니다만."

"아마 그럴 거예요. 내가 그렇게 말했거든요."

그녀는 아이와 같은 순진한 미소를 지으며 말했다. 그러다 갑자기 겁에 질린 얼굴이 되었다.

"푸아로 씨. 나와 결혼할 사람이 공작이란 말은 안 하셨죠?"

"안 했습니다. 걱정 마세요. 전 신의를 지키는 사람입니다. 함부로 그런 말을 하지는 않죠."

"봐서 아시겠지만 그 남자는 괴상하고 야비한 성격을 갖고 있어요. 아마 내가 머튼과 결혼하게 된다는 걸 알면 그걸 내 출세로 생각해서 어떻게든 그 기회를 망쳐 놓으려고 할걸요. 하지만 영화배우는 다르잖아요. 어쨌거나 무척 놀랍네요. 정말 놀라워요. 엘리스, 당신도 놀랍지 않나요?"

나는 그때서야 하녀가 침실과 거실을 분주히 오가면서 의자 위에 대충 걸쳐놓은 옷가지들을 정리하고 있다는 것을 알게 되었다. 그녀는 틀림없이 우리 사이의 모든 대화를 엿들었을 것이다. 아마도 제인의 확실한 신임을 얻고 있는 것 같았다.

"그럼요. 정말 그러네요, 아가씨. 예전에 우리가 보던 모습과는 천지차이네요. 주인님 고집이 상당히 많이 꺾이셨는데요."

그녀는 심술궂게 웃으며 말했다.

"그런가 봐요."

"그분의 갑작스러운 태도 변화가 납득이 가십니까? 조금 아리송하지 않으신가요?"

"그렇긴 해요. 하지만 상관없어요. 더 이상 그 문제에 대해서는 걱정하지 않아도 되잖아요. 그가 마음을 바꾸었다는데 무엇 때문에 바꾸었는지가 뭐 그리 중요하겠어요?"

"당신에게는 흥미가 없겠지만 저에게는 다른 걸요. 마담."

제인은 푸아로의 말에 주의를 기울이지 않았다.

"중요한 건 내가 이제 자유의 몸이라는 거예요. 드디어 말이죠."

"아직까지는 아니죠. 마담."

그녀는 그를 초조하게 바라보았죠.

"곧 그렇게 될 거잖아요. 그게 그거죠."

푸아로는 절대 그렇지가 않다는 듯이 그녀를 바라보았다. 제인이 말했다.

"공작은 파리에 있어요. 지금 당장 연락해야겠네요. 그 사람 어머니가 노발대발하면 어쩌나 싶지만요."

푸아로가 일어났다.

"잘 됐습니다. 마담. 원하시는 대로 일이 풀렸으면 좋겠습니다."

"안녕히 가세요. 푸아로 씨. 정말 어떻게 감사를 표현해야 할지 모르겠네요."

"전 아무것도 한 일이 없는 걸요."

"어쨌건 좋은 소식을 가져다주었잖아요, 푸아로 씨. 그보다 더 감사할 일은 없죠. 진심으로 고맙습니다."


우리가 방을 나갈 때 푸아로가 내게 말했다.

"그렇다고 치지 뭐. 정말 한 번에 하나밖에 생각을 못하는군. 오직 자기뿐이야! 저 여자는 왜 그 편지가 도착하지 않았는지 궁금해하지도 않고 고민할 생각도 없어. 자네도 봤지, 헤이스팅스? 사업적인 감각에서는 남들보다 뛰어날지 모르지만 도무지 지성이라고는 찾아볼 수가 없구먼. 그래, 그래. 우리의 정의로우신 하느님이 한 사람에게 모든 걸 퍼부어 주셨을 리 없지."

"에르퀼 푸아로에게만은 예외셨죠."

나의 짖궂은 말에 푸아로가 차분하게 말했다.

"나를 놀리겠다 이거지. 하지만 괜찮아. 이제 임뱅크먼트 근처를 산책할까 하네. 내 머릿속 생각들을 순서와 논리에 맞게 정리하고 싶거든."

나는 신중하게 침묵을 지키면서 신의 신탁이 내리기를 기다렸다.

강가를 천천히 걷고 있을 때 그가 말문을 열었다.

"그 편지 말일세. 그게 조금 걸린단 말이야. 그 문제에 대해서는 네 가지 가능한 해답이 있네, 친구."

"네 가지요?"

"그래. 먼저 편지가 분실됐을 수도 있어. 있을 수 있는 일이잖나. 하지만 자주 있는 일도 아니지. 사실 거의 드물어. 주소가 잘못되었다면 이미 훨씬 전에 에지웨어 경에게 반송되었을 거야. 그러니 그건 아니야. 이 가능성은 제외하고 싶네. 물론 이게 진실일 수도 있지만 말이네.

두 번째 해답, 우리의 저 아름다운 여인이 편지를 안 받았다고 거짓말 하는 거야. 물론 가능성이 농후하지. 저 매력적인 여인은 순진무구한 표정과 연기력으로 누구든 속일 수 있을 테니까. 하지만 헤이스팅스, 거짓말을 한다고 해서 그녀한테 대체 무슨 이득이 돌아갈까? 어차피 이혼해 줄 거란 걸 알았다면 굳이 나를 시켜서 그를 만나게 할 이유가 없잖은가? 역시 앞뒤가 맞질 않아.

세 번째 해답, 에지웨어 경이 거짓말을 하고 있는 걸세. 만약 누군가 여기서 거짓말을 하고 있다면 그의 아내라기보다는 그 남자일 확률이 높지. 그러나 역시 이번에도 거짓말의 요점을 통 모르겠네. 왜 6개월 전에 보내지도 않은 편지를 보냈다는 이야기를 지어내야 했을까? 만약 이혼할 의향이 있었다면 내가 찾아갔을 때 그 자리에서 알았다고 하면 그만이잖아. 그것도 아니야. 나는 그가 실제로 편지를 보냈다고 생각해. 그의 갑작스러운 태도 변화의 동기가 무엇인지는 파악이 안 되지만 말일세.

이제 네 번째 해답이네. 누군가 중간에서 그 편지를 감춘 거야. 그렇다고 하면 헤이스팅스, 정말 흥미로운 숙고를 해 볼 수 있지. 과연 그 편지가 어디에 있는 걸까? 미국일까, 영국일까? 누구건 간에 그 결혼이 파기되길 원치 않은 사람의 소행이 틀림없네, 헤이스팅스. 이 사건의 베일 뒤에 뭐가 숨겨져 있는지 꼭 알아야만 하겠네. 분명 뭔가가 있어. 확실히 뭔가가 있어."

그는 말을 멈추더니 천천히 덧붙였다.

"현재로서는 어렴풋이 추측할 수밖에 없겠어."

# 살인

다음 날은 6월 30일이었다.

아침 9시 30분이 막 지났을 때 재프 경감이 1층에서 우리를 만나기 위해 기다린다는 말을 전해들었다.

런던 경시청 조사계가 우리를 찾는 건 몇 년 만이었다.

"아! 쓰 봉 재프(그 착한 친구 재프). 그런데 그 사람이 왜 우리를 찾는 거지? 궁금하군."

푸아로가 말했다.

"도움을 요청하는 거죠."

내가 재빨리 끼어들었다.

"지금 어떤 사건을 맡았는데 안 풀리니까 당신을 찾아온 게 틀림없어요."

나는 푸아로처럼 재프의 응석을 받아 줄 의향이 없었다. 그가 푸아로의 영리한 추리력만을 얌체처럼 쏙 빼 가기 때문은 아니었다. 어차피 푸아로는 그 과정을 즐기는 것이라 해결 후의 치하는 그에게 입에 발린 칭찬이나 마찬가지였다. 정말 나를 언짢게 하는 것은 자기는 전혀 그렇지 않은 척하는 재프의 위선이었다. 나는 가식 없고 솔직한 사람이 좋았다. 내가 그렇게 말하자 푸아로가 너털웃음을 터트렸다.

"개에 비유하면 자네는 아마 불독이겠군그래, 헤이스팅스. 하지만 능력 없는 친구 재프도 살아남으려면 자기 체면은 조금은 살려야 하지 않겠나. 그러니 잘난 척도 좀 하는 거야. 당연하다고."

나는 그건 바보 같은 짓이라고 생각한다고 했다. 푸아로는 동의하지 않았다.

"외적인 형식은 물론 다 하찮은 거지. 하지만 사람들한테는 그게 중요해. 아무르 프로프(자존심)를 지키게 해 주잖나."

개인적으로 나는 재프는 약간의 열등감을 키울 필요가 있는 사람이라고 생각했으나 그 문제에 대해 지금 난상 토론을 벌일 필요는 없었다. 그보다는 재프가 대체 왜 찾아왔는지가 더 궁금했다.

그는 우리를 반갑게 맞았다.

"이제 막 아침을 드시려던 참인가 보군. 정사각형 달걀을 낳는 암탉은 아직 못 얻으셨나, 푸아로?"

예전에 대칭과 균형에 집착하는 푸아로가 다 제각각인 달걀의 모양에 대해 불평한 이야기를 말하는 것이다.

"보시다시피 아직은 아니네."

푸아로가 웃으며 말했다.

"그런데 이렇게 이른 아침부터 웬일인가, 내 친구 재프?"

"사실 나한테는 그렇게 이르지는 않지. 난 새벽같이 일어나 지금 벌써 2시간째 일하고 있다네. 왜 여기 왔는지 말씀드리지. 살인 사건이야."

"살인 사건?"

재프가 고개를 끄덕였다.

"에지웨어 경이 지난밤 리전트 게이트에 있는 자택에서 살해당했네. 아내가 칼로 목을 찌른 거야."

"아내가요?"

나는 소리쳤다.

섬광처럼 어제 아침 브라이언 마틴이 했던 말이 떠올랐다. 그가 미리 일어날 일을 예언이라도 했던 것일까? 또한 나는 제인이 아무렇지도 않게 '그를 처치해 버리겠다'는 말을 꺼냈던 것도 기억하고 있다. 도덕을 초월한 여자. 브라이언 마틴은 그렇게 불렀다. 그녀는 그런 타입이다. 그렇다. 냉혈하고 이기적이고 어리석기까지 하다. 마틴의 판단이 제대로 들어맞은 것이다.

사건을 설명하는 재프의 이야기를 듣고 있는 내 머릿속에서 이 모든 생각이 스쳐갔다.

"그렇소. 꽤 유명한 여배우 있잖은가. 제인 윌킨슨이라고. 한 3년 전쯤 결혼을 했지. 결혼 생활은 원만하지가 않았소. 여자가 집을 나와 버렸으니까."

푸아로는 당혹스럽고 진지한 표정으로 바라보고 있었다.

"왜 그녀가 죽었다고 믿는 건가?"

"믿고 말고 할 것도 없어. 여자가 현장에 있었으니까. 고스란히 드러나 있었네. 택시를 타고 그곳까지 갔더군."

"택시를 타고요."

나는 무심결에 그 말을 따라했다. 지난밤 사보이 호텔에서의 그녀가 했던 말이 그대로 떠올랐다.

"초인종을 누르고 에지웨어 경을 만나고 싶다고 했다던데. 대략 10시경이었어. 집사가 경을 찾아보겠다고 말했다지. 그녀는 무심하게 말했다는군. '오, 그럴 필요 없어요. 나는 그 사람 부인이에요. 분명 서재에 있겠죠.' 그러더니 혼자 걸어가서는 문을 열고 들어가서 문을 닫았다네.

집사는 당연히 이상하다고 생각했지만 그럴 수도 있겠다 싶었겠지. 그래서 1층으로 내려왔다는군. 그리고 10분쯤 후에 현관문이 닫히는 소리를 들었고. 어쨌거나 오래 있진 않을 줄 알았겠지. 그래서 11시쯤에 현관문을 잠갔어. 그런 다음 서재 문을 열어 보았지만 불이 꺼져 있기에 주인이 자러 갔겠거니 생각했고. 그리고 오늘 아침 가정부가 시체를 발견한 거야. 뒷목 머리카락이 나기 시작하는 부분에 칼자국이 있었다네."

"그렇게까지 됐는데 희생자가 소리를 안 질렀나? 아무도 어떤 소리를 못 들었나?"

"아무 소리도 못 들었다는데. 서재 문이 워낙 방음이 잘 된다던가? 그리고 차들도 많이 지나갔고. 그렇게 목을 찌르면 즉각적으로 죽게 되어 있어. 의사 말이 골수를 정확히 뚫고 지나갔다는 거야. 급소를 찌르면 사람은 그 순간 죽게 되어 있지."

"그 말은 살인자가 정확히 어디를 찔러야 할지 알았다는 말이 되는군. 기본적인 의학 지식을 갖고 있다는 이야기 아닌가?"

"그렇네, 맞아. 그런 면에서는 그 여자에게 유리하지. 하지만 열 명 중에 한 명 정도는 우연히 그렇게 찌를 수도 있어. 그 여자가 운이 좋았던 거야. 원래 기가 막히게 운이 좋은 사람들이 있지 않나?"

"그것 때문에 교수형에 처해지게 된다면 결코 운이 좋다고만은 할 수가 없지, 몬 아미."

푸아로가 신중하게 말했다.

"그럼 그 여자는 바보천치가 틀림없어. 그렇게 차를 타고 가서는 이름을 대고 찾아 죽이다니."

"그러네. 정말 이상하군."

"어쩌면 의도적인 살인은 아니었을지도 모르네. 싸우다가 화가 나서 펜나이프를 집어 들었고 되는 대로 찔렀을 수도 있지."

"펜나이프라고 했나?"

"의사 말로는 그런 비슷한 종류였다는데. 뭐였건 간에 여자는 그걸 가지고 떠났어. 상처에 꽂혀 있지는 않았거든."

푸아로는 불만스러운 태도로 고개를 흔들었다.

"아니, 그게 아니야, 친구. 그런 게 아닐 거야. 나는 그 여인을 아네. 그렇게 충동적이고 격한 행동을 저지를 인물이 아니야. 그리고 몸에 펜나이프를 지니고 있을 가능성도 매우 희박하지. 그런 걸 가지고 다닐 여자가 몇 명이나 있겠나. 있다고 해도 제인 윌킨슨 같은 여자는 아니야."

"그 여자를 아나, 푸아로?"

"응. 알고 있네."

푸아로는 더 이상 아무 말도 하지 않았다. 재프는 캐묻는 눈초리로 푸아로를 빤히 바라보았다. 그가 더 이상 참지 못하고 용기 내어 물었다.

"뭔가 짐작이 가는 구석이 있나, 푸아로?"

"아! 그러고 보니 물어볼 게 생각났네. 그런데 왜 나를 찾아온 건가? 옛 친구와 정담을 나누고 싶어서 찾아온 건 아닐 테고 말이네. 그럴 리가 없지. 자네는 아주 누가 봐도 답이 뻔한 살인 사건을 맡았어. 범인이 있네. 동기가 있고. 그런데 정확한 동기는 뭐지?"

"다른 남자와 결혼하고 싶었던 거네. 일주일 전에 이야기를 했다지. 그리고 협박도 했고. 그래서 그냥 택시타고 가서 없애 버리려고 한 거야."

재프의 말이었다.

"아! 아주 자세한 정보를 알고 있군. 그 정도면 아주 정확해. 누군가 매우 협조적이었던 모양이군."

푸아로의 눈에는 질문이 담겨 있다고 생각했다. 그러나 그렇다고 해도 재프는 대답하지 않았다.

"우리는 이런 저런 이야기들을 수집하잖나, 푸아로."

그가 무신경하게 말했다.

푸아로가 고개를 끄덕였다. 그러고는 신문을 향해 손을 뻗었다. 재프가 우리를 기다리면서 보던 신문이었는데 우리가 들어오자마자 옆으로 대강 밀쳐 둔 것이었다. 푸아로는 기계적인 몸짓으로 신문 허리 부분을 접어 가지런히 정리를 했다. 눈은 신문을 향해 있었지만 머리는 다른 부분에 집중하고 있는 것 같았다. 그가 가벼운 말투로 말했다.

"자네는 아직 대답을 안 했네. 그렇게 모든 일이 척척 해결되고 있는 상황인데 왜 굳이 나를 찾아왔지?"

"그야 어제 자네가 리전트 게이트를 방문했었다는 말을 전해 들었으니까."

"그렇군."

"그 말을 듣자마자 직감이 왔지. '뭔가 있구나.' 에지웨어 경이 푸아로를 불렀구나. 왜 그랬을까? 의심스러운 것이 있었던 걸까? 무언가 두려운 게 있었나? 최종 결정을 내리기 전에 한번 여기 들러서 물어보는 편이 낫겠다고 생각했지."

"자네의 '최종 결정'이란 무슨 뜻인가? 그 여자를 체포하겠다는 뜻인가?"

"맞네."

"아직까지 만나지는 않았나?"

"아니, 만났네. 가장 먼저 사보이 호텔부터 들렀지. 우리를 따돌리고 도망가게 할 수는 없으니까."

"아하. 그래서 자네가……"

그는 순간 말을 멈추었다. 이제까지 생각에 잠겨 앞에 있는 신문을 응시하던 그의 눈빛에 다른 표정이 떠올랐다. 그는 고개를 들더니 완전히 달라진 어조로 말했다.

"그녀가 무슨 말을 했지? 아! 친구, 무슨 말을 했냐니까?"

"일반적인 이야기들을 했네. 진술을 요구했고 몇 마디 주의를 주었을 뿐이야. 설마 영국 경찰이 그 정도도 못 해냈으리라 생각하지는 않으시겠지."

"솔직히 그렇게 생각한다네. 하지만 그 문제는 일단 지나가고, 그 귀부인이 뭐하고 하던가?"

"히스테리를 부리더군. 대단했지. 몸을 뒤틀면서 양팔을 쳐들더니 급기야는 바닥에 쓰러지더군. 아주 그럴듯하던데. 인정할 건 해야겠어. 천상 연기자라는 걸."

푸아로가 온화하게 물었다.

"그러면 자네는 그 히스테리가 연기였다고 판단했다는 거로군."

재프는 애매모호한 태도로 눈을 찡긋했다.

"그게 아니면 뭐라고 생각하나? 나는 그런 뻔한 수작에 넘어갈 사람이 아니잖나. 그 여자는 기절한 게 아니네. 절대 아니지. 그런 척했을 뿐이야. 아마 자신의 출중한 연기가 대견해서 눈물이 앞을 가렸을걸."

푸아로가 곰곰이 생각에 잠긴 얼굴로 말했다.

"그렇군. 그럴 가능성도 분명 있다고 믿네. 그런 다음에 어떻게 했지?"

"조금 있다가 정신을 차리더군. 아니, 그런 체했다는 거지. 그리고 신음하고 한탄하고 계속 그러다가 무뚝뚝한 인상의 하녀가 진정제를 코에 갖다 대자 겨우 일어나서 하는 말이 변호사를 불러 달라는 거야. 변호사 없이는 단 한 마디도 하지 않겠다고 하면서. 바로 전에 발작을 일으키더니 이제 변호사를 부르라고? 이게 남편 죽은 여자의 정상적인 행동일까?"

"이번 경우에는 아주 정상이라고 할 수 있겠지."

푸아로가 침착하게 말했다.

"자기가 유죄라는 것을 알기 때문에 말인가?"

"그런 말이 아니네. 그녀의 성격에 딱 맞는 행동이었다는 거지. 일단 처음에 그녀는 갑자기 남편의 사망 소식을 전해들은 부인의 역할을 충실히 보여 주었어. 그리고 자기의 히스테릭한 연기에 만족했고 바로 타고난 약삭빠른 기질을 발휘해 변호사를 불렀지. 그래도 그 여자가 범인이라는 증거는 없어. 그냥 타고난 배우라는 사실만 보여 줄 뿐이야."

"하지만 순진하진 않잖나."

"그녀의 짓이라고 거의 확신하는군. 아마 그럴 수도 있네. 하지만 자백하지는 않았잖아. 어떤 진술도 하지 않았지?"

푸아로가 말했다.

재프가 싱긋이 웃었다.

"변호사 없이는 한 마디도 안 하겠다는데 어쩌겠나? 하녀가 변호사에게 전화를 했지. 난 경찰 두 명을 배치해 놓고 바로 여기로 달려온 거야. 수사를 진행하기에 앞서 무슨 일이 일어났는지 알아 두는 것도 좋겠다 싶어서."

"그러면 이제 확실해졌나?"

"물론이지. 내 직감을 믿어. 하지만 가능한 한 많은 사실을 수집하면 좋지. 이 사건으로 전국이 들썩거릴 거야. 은폐되는 사실들도 없을 거고. 신문이 앞다투어 대서특필 하겠지. 알잖나. 신문들이 어떤지."

"신문 이야기가 나와서 말인데……. 이건 어떻게 설명할 텐가? 친구. 자네는 조간신문을 자세히 훑어보지 않는 모양이로군."

푸아로는 테이블에 기대고 손가락을 사회면 기사에 올려놓았다. 재프는 큰 소리로 기사를 읽었다.

몬태규 코너 경이 지난밤 치스윅 강변에 있는 자택에서 성대한 디너파티를 열었다. 참석한 인사들은 조지 경과 제이디 뒤 피세, 저명한 연극 비평가 제임스 블런트, 오버톤 필름 스튜디오의 오스카 헤머펠트 경, 제인 윌킨슨 양(에지웨어 부인) 등이었다.

잠시 동안 재프는 몽둥이로 머리를 맞은 것 같은 표정이었다. 그러다가 정신을 차렸다.

"그렇다고 해서 알리바이가 꼭 성립된다고 할 수는 없네. 아마 이 명단은 파티 전에 신문사에 넘겨졌을 거야. 이제 알게 되겠지. 그 부인은 그 장소에 없었어. 있었다고 해도 11시 이후에나 나타난 걸 테고. 신문에 실린 걸 전부 믿어선 안 된다는 걸 누구보다 자네가 잘 알잖나."

"그럼. 당연히 그렇지. 그냥 좀 이상하다고 생각했을 뿐이라네. 그 외에 다른 뜻은 없어."

"원래 이런 우연이 가끔 일어나기도 하지. 푸아로, 자네 입이 워낙 무겁다는 건 지난 과거의 쓰라린 경험으로 충분히 알고 있지만 지난 이야기 좀 털어놓아 주게. 에지웨어 경이 왜 자네를 불렀는지 이야기해 줄 수 있겠나?"

푸아로는 고개를 흔들었다.

"에지웨어 경이 나를 부른 게 아니야. 그 약속 시간을 내 달라고 한 건 바로 날세."

"정말인가? 무슨 이유에서?"

푸아로는 잠깐이지만 망설이는 기색이었다.

"자네 질문에는 답해 주겠네. 하지만 나는 나만의 방식대로 대답하고 싶네."

그가 천천히 입을 떼었다.

재프가 신음 소리를 냈다. 나는 그에게 살짝 동정심이 느껴졌다. 푸아로는 가끔 사람들을 감질나게 하는 얄미운 구석이 있었다.

푸아로가 말했다.

"그보다 먼저 전화로 어떤 사람을 이곳으로 부르고 싶은데 자네가 허가해 주었으면 좋겠어."

"그게 누군가?"

"브라이언 마틴이야."

"그 영화 배우 말인가? 이 사건과 무슨 관련이 있지?"

"내 생각에는 자네도 그의 말에 흥미가 생길 거야. 굉장히 희망적인 말을 해 줄 거네. 헤이스팅스, 친절한 자네가 나를 도와주겠나?"

나는 전화번호부를 뒤졌다. 그 배우는 세인트 제임스 공원 근처 큰 빌딩에 아파트를 갖고 있었다.

"빅토리아 49449 부탁합니다."

몇 분 후 브라이언 마틴이 졸음 섞인 목소리로 대답했다.

"전화 바꿨습니다. 실례지만 누구시죠?"

내가 수화기를 손으로 막고 푸아로에게 속삭였다.

"뭐라고 할까요?"

"사실대로 말해. 에지웨어 경이 살해되었다고 말이야. 그리고 그가 지금 와서 나와 만날 수 있다면 무척 감사하겠다고 전하게."

나는 그의 말을 세심하게 반복했다. 수화기 건너편에서 충격에 휩싸인 외침 소리가 들렸다.

"하느님 맙소사, 그녀가 저지르고 말았군요! 제가 곧바로 가겠습니다."

"그가 뭐라고 하던가?"

푸아로가 물었다. 나는 들은 내용을 말해 주었다.

"아! 그녀가 서지르고 말았다라고. 바로 그렇게 말했단 말이지? 내 예상대로군. 내 생각이랑 똑같아."

푸아로는 만족한 표정이었다. 재프는 궁금한 표정으로 그를 바라보았다.

"정말 이해할 수 없군, 푸아로. 처음에는 그 여자가 살인을 하지 않았다고 하더니 이제는 처음부터 그럴 줄 알았다고 하는군."

푸아로는 그저 빙글빙글 웃기만 했다.

# 미망인

브라이언 마틴은 약속을 지켰다. 그는 10분도 채 되지 않아 우리에게 왔다. 그가 도착하길 기다리면서 푸아로는 별 관련 없는 이야기들을 늘어놓았지만 재프의 호기심을 충족시켜 줄 만한 이야기는 한 마디도 꺼내지 않았다.

우리가 전한 소식이 이 젊은 배우를 끔찍한 충격 속에 빠뜨린 것이 분명했다. 그의 얼굴은 백짓장처럼 하얗게 질려 있었다. 그는 악수를 하며 말을 꺼냈다.

"이를 어쩌면 좋습니까. 푸아로 씨. 정말 최악의 상황이 벌어졌군요. 저는 지금 너무 놀라 제정신이 아닙니다. 물론 보면 아시겠죠. 저는 항상 이런 종류의 일이 일어날 거라 반쯤은 예상하고 있었어요. 제가 어제 말씀드린 내용 기억하실 겁니다."

"메 위, 메 위.(그래요, 그래.)"

푸아로가 대답했다.

"어제 마틴 씨가 한 말 모두 기억하고 있습니다. 이쪽은 이 사건을 담당하고 있는 재프 경감입니다."

브라이언 마틴은 푸아로에게 원망 섞인 시선을 보냈다.

"저는 이런 자리가 될 줄 몰랐는걸요. 미리 귀띔을 해 주셨으면 좋았을 텐데요."

그는 중얼거리며 차갑게 굳은 얼굴로 경감에게 간단히 고개만 까딱했다. 그리고 입술을 꾹 다문 채 의자에 앉았다.

"왜 저를 여기까지 오라고 하셨는지 모르겠군요. 사실 저와는 하등 관련이 없지 않습니까?"

그가 따지고 들었다.

"저는 관련이 있다고 생각하는데요. 살인 사건 앞에서는 개인적인 반감도 참을 수 있어야 하죠."

푸아로가 부드럽게 답했다.

"아니, 안 돼요. 저는 제인과 여러 번 함께 연기했습니다. 아주 잘 알죠. 제기랄, 그녀는 제 친한 친구란 말입니다."

"그런데 당신은 에지웨어 경이 살해당했다는 소식을 듣는 순간 바로 그녀가 범인이라는 결론을 내린 거군요."

푸아로가 냉정한 말투로 꼬집었다.

이 배우는 흠칫 놀란 표정이었다. 그의 눈이 머리에서 튀어나올 것만 같았다.

"그게 무슨 의미죠? 제가 틀렸다는 말을 하고 싶으신 겁니까? 그러면 그녀가 전혀 개입되지 않았다고 생각하시나요?"

재프가 끼어들었다.

"아니, 아닙니다. 마틴 씨. 그녀의 범행일 가능성이 아주 높습니다."

젊은이는 의자에 깊숙이 등을 대고 앉아서 중얼거렸다.

"잠깐 동안 제가 아주 지독한 실수를 저질렀다고 생각하던 참이었습니다."

"이런 문제 앞에서는 아무리 깊은 우정이라 할지라도 당신 진술에 영향을 미쳐서는 안 됩니다."

푸아로가 결연하게 말했다.

"지당한 말씀입니다만 그래도……."

"이봐요. 정말 진지하게 바라는 겁니까? 사람을 죽인 여자 편을 들고 싶다고? 살인이란 건 인간이 저지를 수 있는 가장 흉악한 범죄입니다."

브라이언 마틴이 한숨을 몰아쉬었다.

"당신은 이해할 수 없을 거예요. 제인은 일반적인 살인범과는 다릅니다. 선과 악에 대한 개념조차 없단 말입니다. 솔직히 그녀 책임이 아니란 생각마저 듭니다."

재프가 말했다.

"그건 배심원들에게 맡겨야 할 문제요."

푸아로가 친절하게 말했다.

"브라이언 씨. 진정해요. 그게 아닙니다. 당신이 그녀를 고발한 게 아니에요. 그녀는 이미 가장 유력한 용의자예요. 그러니 알고 있는 것을 숨김없이 말해 줘요. 그게 젊은이의 사회적 의무입니다."

브라이언 마틴이 쓰디쓴 한숨을 내뱉으며 말했다.

"그 말씀이 맞는 것 같군요. 어떤 이야기를 듣고 싶으신가요?"

푸아로가 재프를 쳐다보았다.

"에지웨어 부인이, 아니 윌킨슨 양이라고 부르는 편이 낫겠군요. 그녀가 남편을 두고 협박성 발언을 한 적이 있습니까?"

"네. 여러 차례 있습니다."

"뭐라고 말하던가요?"

"끝끝내 자기에게 자유를 주지 않으면 '해치울 수밖에 없다'고 말했습니다."

"그냥 생각 없이 내뱉은 농담이 아니었을까요?"

"아니요. 진심이었습니다. 한번은 택시를 잡아타고 집에 가서 죽여 버리겠다고 했습니다. 그 말은 푸아로 씨도 들었죠?"

그는 내 친구를 애처롭게 바라보며 동의를 구했다. 푸아로가 고개를 끄덕였다.

재프는 질문을 계속 했다.

"마틴 씨. 제가 들은 정보에 따르면 다른 남자와 결혼하기 위해 이혼을 원했다고 하더군요. 그 남자가 누구인지 아십니까?"

브라이언이 고개를 끄덕였다.

"머튼 공작입니다."

"머튼 공작이라고요? 히유."

경감은 휘파람 소리를 냈다.

"꽤 높은 패에 걸었군. 대단하셔라. 그 남자는 영국에서 손꼽히는 부자라고 하던데."

브라이언은 이전보다 불쾌해진 얼굴로 고개만 끄덕였다.

나는 푸아로의 태도를 이해할 수 없었다. 그는 의자에 등을 푹 기대고 앉아서 양 손가락을 맞대고는 고개를 주기적으로 끄덕이고 있었는데, 마치 신중하게 고른 음반을 축음기에 올려놓고 감상하고 있는 듯한 모습이었다.

"남편이 이혼을 안 해 주겠다고 했었나요?"

"네. 완강히 반대했습니다."

"사실이라는 걸 확신합니까?"

"그렇습니다."

푸아로가 그들의 대화에 끼어들었다.

"자, 이제는 잠시 내가 말할 차례 같군, 친애하는 재프. 나는 에지웨어 부인에게 남편을 만나 이혼 동의를 얻어 달라는 부탁을 받았었지. 오늘 아침에 약속이 있었고."

브라이언 마틴이 고개를 설레설레 저으며 단정적으로 말했다.

"아무 소용없었을 겁니다. 에지웨어는 그렇게 호락호락한 인물이 아닌걸요. 절대 허락 안 해 줬을 겁니다."

"정말 그렇게 생각합니까?"

푸아로는 그를 부드러운 눈길로 바라보았다.

"당연하죠. 제인도 이미 마음 깊은 곳에서 포기했을 겁니다. 사실 당신이 성공할 거라곤 생각 안 했을걸요. 모든 희망을 버렸어요. 그 남자는 이혼이란 문제에 대해서는 아주 편집증적으로 반응하죠."

푸아로는 웃었다. 그의 눈은 짙은 초록색으로 빛났다.

"그 점은 당신이 틀렸는걸요. 나는 어제 에지웨어 경을 만났고 그는 이혼에 동의해 주었소."

푸아로가 부드럽게 말했다.

이 말을 들은 브라이언 마틴은 기가 막혀 한동안 말을 잇지 못했다. 그는 눈만 커다랗게 뜨고 푸아로를 맥없이 바라보고 있었다.

"어제……, 그러니까 어제 만나셨다고요?"

그가 말을 더듬거렸다.

"정확히 12시 15분에 만났죠."

푸아로는 단어 하나하나를 힘줘 가며 말했다.

"그리고 그가 이혼에 동의했단 말씀이죠?"

"그래요."

"그러면 당장 제인에게 말씀하셨어야죠."

젊은이는 푸아로를 나무라듯이 큰 소리로 외쳤다.

"말했습니다. 마틴 씨."

"네?"

마틴과 재프 둘이 동시에 외쳤다.

푸아로는 씩 웃었다.

"그러면 살해 동기가 좀 약해지지 않습니까? 그리고 마틴 씨, 여기 또 주목할 점이 있어요."

그는 신문 기사를 보여 주었다.

브라이언은 읽긴 했지만 별 감흥을 보이진 않았다.

"이게 알리바이가 된단 말씀이십니까? 에지웨어는 깊은 밤중이 아니라 저녁에 총을 맞은 걸로 아는데요."

"총을 맞은 게 아니라 칼로 찔렸습니다."

푸아로가 답했다.

마틴은 신문을 천천히 내려놓으며 통탄스럽게 말했다.

"애석하게도 이 기사는 별 도움이 안 되겠는걸요. 제인은 어제 그 디너 파티에 가지 않았어요."

"그걸 어떻게 알죠?"

"기억은 안 나는데 누가 말해 준 것 같아요."

"그거 안됐군요."

생각에 잠긴 푸아로가 대답했다.

재프는 영문을 알 수 없다는 표정이었다.

"난 자네의 속셈을 알다가도 모르겠네. 마치 지금은 그 여자가 범인이 아니길 바라는 것처럼 말하는군."

"아니네. 나의 친애하는 재프. 나는 자네가 생각하는 것처럼 그 여자를 지지하는 게 아냐. 하지만 솔직히 말해서 자네가 들고 온 이 사건은 논리를 배반하는군."

"그게 무슨 뜻인가? 논리를 배반하다니? 내 논리에는 정확히 들어맞는 걸."

나는 푸아로의 입술에서 무슨 단어가 튀어나오려 한다는 것을 알았다. 하지만 그는 말을 꾹 참는 듯 했다.

"자기 남편을 소위 '없애 버리려고' 한 젊은 여인이 있어. 그 점에 대해서는 왈가왈부할 여지가 없어. 나한테도 직접 그렇게 말한 바 있으니까. 에 비엥(그러면), 그걸 어떻게 실행했을까? 그 여인은 몇 번씩이나 목소리를 있는 대로 높여서 자기가 그를 죽일 생각이라고 떠들어 댔어. 그리고 어느 날 밤 외출을 하지. 그 남자 집에 가고, 자기 이름은 물론 밝히고. 그리고 그를 칼로 찌르고 밖으로 나와. 이런 걸 뭐라고 부르겠나? 친애하는 내 친구. 이게 대체 상식이 통하는 행동인가?"

"조금 어리석긴 하군."

"뭐? 어리석어? 정신박약아도 그런 짓은 안 하네."

"그렇다면야."

재프가 자리에서 일어나며 말했다.

"범죄자들이 머리가 돌았다면 경찰에게는 이득이지. 어쨌건 사보이 호텔로 돌아가 봐야겠네."

"내가 동행해도 되겠나?"

재프가 이의를 제기하지 않아서 우리는 준비를 했다. 브라이언 마틴은 머뭇거리며 우리를 떠났다. 그는 떨리면서도 흥분한 상태인 것 같았다. 그는 진전이 있으면 자기한테 꼭 알려 달라며 신신당부 했다.

"약간 신경 쇠약 증세가 있는 녀석이로군."

마틴을 두고 한 재프의 평가였다. 푸아로도 그 말에 동의했다.

사보이 호텔에 가니 얼굴에 법을 다룬다고 쓰여 있는 한 신사가 이제 막 도착해 있었다. 우리는 그가 제인의 변호사임을 눈치 챘다. 재프는 자기 부하 중 한 명에게 말했다.

"별 일 없었나?

그는 간단하게 물어보았다.

"전화를 걸고 싶어 했습니다."

"누구와 통화했지?"

재프가 눈을 크게 뜨고 물었다.

"제이스. 장례식 절차 때문에요."

재프는 숨을 죽였다. 그리고 우리는 호텔방으로 들어갔다.

미망인이 된 에지웨어 부인은 거울 앞에 서서 모자들을 번갈아 써 보고 있었다. 그녀는 검은색과 회색이 섞인 엷은 드레스를 입고 황홀한 미소를 지으며 우리를 맞았다.

"아! 푸아로 씨. 이렇게 와 주시다니 정말 감사해요. 이쪽은 목슨 씨랍니다."

그녀는 변호사를 가리키며 말했다.

"안 그래도 오시면 얼마나 좋을까 생각했답니다. 여기 제 곁에 앉아서 질문에 어떻게 답을 해야 할지 가르쳐 주세요. 여기 있는 이분이 내가 오늘 아침 밖에 나가 조지를 죽였다고 생각하신다니까요."

"지난밤이죠. 마담."

재프가 말했다.

"오늘 아침 10시라고 하셨잖아요."

"저는 저녁 10시라고 했습니다."

"그러셨나요? 난 그거 두 개가 참 헷갈리더군요. 오전(a.m.)과 오후(p.m.) 말이에요."

"지금 이 시간이 오전 10시입니다."

경감은 가차 없이 덧붙였다.

제인의 눈을 크게 치켜떴다. 그리고 나지막한 목소리로 말했다.

"고마워요. 최근 몇 년간 이 시간에 일어나 본 적이 없어서요. 그러면 오늘 아침에 들르셨을 때가 이른 새벽이었겠군요."

"잠시만요. 경감."

목슨이 다분히 변호사다운 답답한 목소리로 말했다.

"이렇게 음…… 유감스럽기 그지없는 충격적인 사건이 언제 일어났습니까?"

"지난밤 10시경으로 추측하고 있습니다."

제인이 날카롭게 끼어들었다.

"어머, 그거 참 잘됐네요. 그 시간에 나는 파티에 있었는걸요. 아, 맞다!"

그녀는 허겁지겁 손으로 입을 막았다.

"내가 나서서 이런 말 하면 안 되는 거죠?"

그녀는 옹호를 바라며 애처롭게 변호사를 바라보았다.

"만약 어젯밤 10시경에 부인이 음…… 그러니까 파티에 참석하고 있었다면 말입니다, 경감님께 그 사실을 알리는 것은 아무 문제가 되지 않는다고 보입니다."

"그렇습니다. 나는 어젯밤 당신의 행적에 내해 신술을 요구했을 뿐입니다."

"아니에요. 난 그냥 10시라고 들었어요. 그리고 나한테 세상에서 가장 끔찍한 소식을 전하셨잖아요. 그래서 잠깐 기절했었다고요, 목슨 씨."

"어떤 파티 말씀이십니까? 에지웨어 부인?"

"치스윅에 사는 몬태규 코너 경의 파티예요."

"언제 그 장소로 떠났습니까?"

"저녁 식사는 8시 30분이었어요."

"그러면 몇 시에 호텔에서 나갔죠?"

"한 8시쯤 나선 거 같아요. 미국으로 돌아가려는 친구에게 작별 인사를 하려고 피카디리 팰리스 호텔에 잠깐 들렀죠. 반 듀센 부인이라고요. 치스윅에는 아마 8시 45분쯤 도착했을 거예요."

"언제 파티에서 나왔죠?"

"11시 30분이 넘어서요."

"그리고 곧장 여기로 왔습니까?"

"그래요."

"택시로 말입니까?"

"아니요. 내 차를 타고요. 다임러에서 차를 빌렸거든요."

"그러면 디너파티에 있을 때 잠시라도 자리를 뜨지 않았나요?"

"글쎄요. 그게 말이죠……."

"그러면 자리를 비운 적이 있단 말씀인가요?"

재프는 마치 쥐에게 달려드는 사냥개 테리어처럼 끈질기게 물고 늘어졌다.

"무슨 말씀 하시려는지 정확히 파악이 안 되네요. 나는 단지 전화가 왔다고 해서 자리에서 일어났을 뿐이에요."

"누구 전화였죠?"

"장난 전화였던 것 같아요. 나더러 '에지웨어 부인이십니까?'라고 물어서 '그런데요.' 했더니 그냥 웃기만 하고 전화를 끊더군요."

"전화 받을 때 밖으로 나가셨습니까?"

제인은 놀란 듯 눈을 크게 떴다.

"아니요. 절대 아니에요."

"그러면 저녁 식사 테이블을 몇 분 정도 비웠나요?"

"1분 30초 정도요?"

재프는 그렇게 일단 질문을 끝냈다. 그러나 나는 그가 그녀의 말을 하나도 믿지 않고 있다는 것을 알아챌 수 있었다. 그러나 직접 알아보기 전까지는 그녀의 말에 반박할 만한 증거가 없었다.

경감은 그녀에게 딱딱한 어투로 협조에 감사했다고 말한 다음 자리를 떠났다.

우리도 나가려고 했으나 그녀가 푸아로를 불렀다.

"푸아로 씨, 내 부탁을 들어주실 수 있나요?"

"그럼요. 마담."

"파리에 있는 공작에게 나 대신 전보를 보내 주세요. 지금 크리용 호텔에 계시답니다. 그분도 이 사건에 대해 아셔야죠. 하지만 내가 직접 알리고 싶지는 않아요. 한두 주일 정도는 슬픔에 빠진 미망인처럼 보여야 할 것 같아서요."

"사실 전보를 칠 필요까진 없답니다. 마담. 그곳 신문에도 실릴 테니까요."

푸아로가 달래듯이 말했다.

"맞아요. 정말 머리 좋으세요! 물론 그렇겠죠. 전보를 보낼 필요는 없겠네요. 그렇게 되면 일은 제대로 돌아가면서도 저도 본분을 지킬 수 있겠어요. 가능하면 미망인답게 행동하고 싶어요. 기품이 넘치게 말이에요. 난초 화환을 보낼까 생각 중이에요. 가장 값비싼 걸로요. 그리고 장례식에도 가긴 가 봐야겠죠. 어떻게 생각하세요?"

"우선 심리에 참석하셔야 될 것 같네요, 마담."

"그러게요. 그 말씀이 맞으세요."

그녀는 잠시 생각에 잠겼다.

"나는 그 경시청 경감이 무서워요. 내게 얼마나 겁을 줬는지 몰라요, 푸아로 씨."

"예?"

"그래도 마음을 바꿔서 그 파티에 간 것이 천만다행이었던 것 같아요."

푸아로는 문 쪽으로 걸어가다가 그녀의 말을 듣고 잡자기 획 돌아섰다.

"뭐라고 했죠? 마담? 마음을 바꿨다고요?"

"네. 원래는 빠지려고 했어요. 어제 오후에는 두통이 너무 심했거든요."

푸아로가 침을 꿀꺽 삼키는 소리가 두어 번 들렸다. 말이 쉽게 안 나오는 모양이었다.

한참 있다 그가 입을 열었다.

"그러면 누군가에게 그 말을 했습니까?"

"그럼요. 그날 오후에 다 같이 둘러앉아서 차를 마시고 있었는데 칵테일파티에 가자고 하더라고요. 나는 머리가 깨질 것 같아서 거절했고 디너파티도 안 가려고 했었어요."

"그런데 왜 마음을 바꾸게 된 거죠, 마담?"

"엘리스가 설득했어요. 거절하면 안 될 거라고 하더군요. 몬태규 경은 워낙 연줄도 많고 영향력이 막강하신 분이죠. 게다가 아시겠지만 성격도 보통이 아니고요. 화를 무척 잘 내세요. 그래도 난 될 대로 되라 싶었던 게 머튼 공작과 결혼만 하면 이런 일에 신경 쓰지 않아도 되니까요. 하지만 엘리스는 항상 신중하죠. 인생은 어떻게 흘러갈지 알 수 없는 거라면서요. 어쨌건 지금 생각해 보면 그녀가 옳았어요. 그때문에 내가 간 거니까요."

"엘리스에게 빚을 졌군요, 마담."

푸아로는 진지한 얼굴로 대답했다.

"나도 그렇게 생각해요. 이제 그 무시무시한 경감도 상황을 이해했겠죠?"

그녀는 웃었지만 푸아로는 웃지 않았다. 그는 낮게 깔린 목소리로 말했다.

"그럴 수도 있겠죠. 그런데 이걸로 인해 어떤 사람은 상황이 아주 심각해지겠군요. 생각할 게 아주 많겠어요."

"엘리스."

제인이 불렀다.

하녀가 옆방에서 들어왔다.

"푸아로 씨가 그러는데 당신이 나를 그 파티에 가게 한 것이 정말 행운이라고 하시네요."

엘리스는 푸아로 쪽으로는 시선을 돌리지 않았다. 차가운 표정의 그녀는 비난조로 말했다.

"약속을 어기는 것은 온당치 않아요, 아씨. 아씨는 약속을 밥 먹 듯이 어기잖아요. 사람들이 언제까지나 받아줄 수는 없는 노릇이에 요. 그러다 보면 낭패를 볼 때가 온다고요."

제인은 우리가 들어왔을 때 써 보던 모자를 집어 들었다. 그리고 다시 머리에 얹어 보며 투덜거렸다.

"난 검은색은 질색이야. 평소에는 누가 줘도 절대 안 쓴다고. 하 지만 정숙한 미망인처럼 보이려면 하는 수 없이 써야겠지. 그래도 그렇지, 이 모자들은 너무 추레하잖아. 다른 모자 가게에 전화 좀 걸 어줘요. 나와 어울리는 걸 찾아봐야겠어."

푸아로와 나는 조용히 방에서 빠져나왔다.

# 비서

그날 우리가 재프 경감을 본 것은 그것으로 끝이 아니었다. 그는 한 시간쯤 후에 다시 나타나서 탁자에 모자를 훌렁 벗어 놓고는 완전히 기막힌 일이라는 말을 전했다.

"증인들의 진술을 들은 건가?"

푸아로가 안됐다는 듯이 말했다.

재프는 침울한 표정으로 고개를 끄덕였다.

"열네 명이나 되는 사람들이 몽땅 거짓말을 하는 게 아니라면 제인은 범인이 아니야."

그는 씩씩거리다가 말을 이었다.

"푸아로, 솔직히 말해서 그 여자의 엉터리 거짓말을 밝혀낼 자신이 있었네. 정황상 그 여자 외에 에지웨어 경을 죽일 만한 사람이 또 있을 거라곤 생각지 않았고. 그래도 확실한 동기를 가진 사람은 그 여자 하나뿐이잖나."

"꼭 그렇게 생각하지는 않네만. 메 콘티네(그래도 계속해 보게)."

"아까 말했듯이 나는 그 엉터리 속임수를 밝혀낼 준비를 단단히 했었네. 당신도 이 연극계 사람들이 어떤지 알지. 한 다리 건너면 다 아는 데다 끼리끼리 모이잖아. 하지만 이번 부류는 약간 다르더군. 그 여자와 특별히 친한 사람은 단 한 명도 없는 거야. 모두 다그 계통 거물이었지만 친밀하진 않았고, 서로 안면이 없는 경우들도 있었네. 그러니 증언도 다 따로따로 했고 믿을 만했지. 한 30분에서 한 시간 정도 제인이 살짝 자리를 빠져나왔다는 증언을 기대했건만. 뭐 화장을 고친다거나 비슷한 핑계를 대고서. 하지만 아니었네. 우리에게 말한 그대로 전화 받으려고 잠깐 일어났을 뿐이라는 거야. 게다가 집사도 같이 있다가 그녀의 통화 내용을 들었다는군. '네, 맞는데요. 내가 에지웨어 부인인데요.' 그렇게 말했다나. 그리고 상대가 먼저 전화를 끊었다니, 정말 이상하지 않나? 그 통화내용도 그게 다였다네."

"어쩌면 그렇지 않을 수도 있지. 하지만 대단히 흥미롭긴 하군. 전화를 한 사람이 남자였나, 아니면 여자였나?"

"여자였다고 하는 것 같던데."

"그것 참 묘한 일이로군."

푸아로가 생각에 잠겨 말했다.

"신경 쓰지 말게. 중요한 부분으로 넘어가자고. 그날 저녁은 그여자가 했던 말대로 흘러갔어. 그녀는 8시 45분에 거기 도착했고

11시 30분 정도에 나와서 11시 45분쯤에 집에 도착했네. 그 여자가 탄 차의 운전기사도 만나 봤어. 그 남자는 다임러 사의 정규 직원이었지. 그리고 사보이 호텔 직원들도 그녀가 들어오는 걸 봤고 시간도 확인했네."

"에 비엥(저런), 그 정도면 아주 결정적이로군."

"그러면 리전트 게이트에 있는 두 사람들의 증언은 어떻게 되는 건가? 집사 혼자뿐이 아니야. 에지웨어 경의 비서도 그녀를 보았다고 했네. 두 명 다 에지웨어 부인이 밤 10시에 왔었다고 하늘에 대고 맹세하던걸."

"그 집사가 거기서 일한 지는 얼마나 됐나?"

"6개월쯤 됐다는군. 하여간 무척 잘생긴 젊은이던데."

"그렇더군. 에 비엥(그러면), 그 집사가 그 집에 온 지 6개월밖에 되지 않았는데 에지웨어 부인을 어떻게 알아볼 수 있었지? 이전에는 본 적이 없었을 것 아닌가."

"글쎄, 유명 배우니까 신문에서 보고 알지 않았을까? 어쨌건 그 비서는 그녀를 잘 알았을 거야. 에지웨어 경 밑에서 5~6년을 일했다고 하니까. 그리고 누구보다 그 비서가 확실하다고 증언하고 있네."

"아. 그렇군. 내가 그 비서를 만나 보고 싶은데."

푸아로가 말했다.

"그러면 지금 나와 함께 가세."

"고맙네, 몬 아미. 그렇게 해 주면 나야 고맙지. 물론 헤이스팅스도 같이 조대하는 것이겠지?"

재프는 씩 웃었다.

"여부가 있겠나. 주인이 가는 곳에는 개도 따라가기 마련인데."

말하는 사람의 교양머리를 의심하게 하는 농담이었다.

"나는 이번 사건을 보니 엘리자베스 캐닝 사건이 떠오르더군. 기억하지? 영국 반대편에 있는 상당수 목격자들이 같은 시간에 메리 스콰이어스라는 여자 집시를 보았다고 주장하지 않았나? 모두 신뢰할 수 있는 사람들이었어. 그렇게 못생긴 얼굴을 가진 사람이 이 세상에 두 명이나 존재한다는 걸 믿을 수 없었지. 그 미스터리는 아직도 풀리지 않았네. 지금 상황도 똑같아. 서로 다른 장소에 있던 많은 사람들이 같은 시각에 한 여자를 보았다고 증언하고 있는 거야. 대체 어느 쪽이 진실을 말하고 있는 건지 모르겠군."

"그것을 밝히는 건 그리 어려운 일이 아닌 것 같은데."

"그러시겠지. 하지만 비서인 캐롤 양은 에지웨어 부인을 잘 알고 있었네. 과거 매일 그녀와 얼굴을 맞대고 한 집에서 산 적이 있는 여자라는 거야. 그러니 다른 사람을 그 제인으로 착각했을 가능성은 거의 없다고 봐."

"그거야 두고 보면 알겠지."

"누가 작위를 물려받게 됩니까?"

내가 물었다.

"조카인 로널드 마시 대령이라오. 돈을 물 쓰듯 쓴다고 하더군."

"의사가 정확한 사망 시각에 대해 또 무슨 말을 했는가?"

푸아로가 물었다.

"정확한 건 부검을 해야 알겠지. 그런데 제기랄, 왜 쓸데없이 모여서 파티 같은 걸 하고 난리야!"

재프의 언행은 아무리 잘 봐준다 해도 품위와는 상당히 거리가 멀었다.

"아마 10시 정도가 맞긴 할 거네. 마지막으로 경이 목격된 건 9시가 약간 넘은 시간이었지. 그때 저녁 식사를 마쳤고 집사가 위스키와 소다를 서재에 가져다주었다고 하더군. 그리고 11시에 침실로 가 보니 불이 꺼져 있었다고 했네. 아마 그때쯤이면 죽어 있었겠지. 어둠 속에서 가만히 앉아 있었을 리는 없으니까."

푸아로가 신중하게 고개를 끄덕였다. 얼마 후에 우리는 저택에 도착했다. 저택 창의 블라인드는 모두 내려져 있었다.

문은 그 잘생긴 집사가 열어 주었다. 재프가 앞장섰고 우리는 뒤를 따랐다. 문은 왼쪽으로 열렸고 집사는 벽에 붙어 서 있었다. 나보다 키가 작은 푸아로가 내 오른쪽에 서 있었기 때문에 우리가 복도에 들어갔을 때야 집사는 그를 볼 수 있었다. 그 집사와 가까이 있던 나는 그가 숨을 들이키는 소리를 들을 수 있었고, 푸아로를 본 그의 표정이 잔뜩 겁에 질려 있다는 것도 발견할 수 있었다. 나는 어쩌면 이것이 도움이 될지도 모른다고 생각해 마음속에 간직해 두었다.

재프는 오른쪽에 있는 식당으로 들어가며 뒤를 따라오는 집사를 불렀다.

"이보게, 넬른. 나는 재차 똑똑히 확인하고 싶네. 부인이 늘어온 것이 10시 맞는가?"

"마님 말씀이시죠. 맞습니다, 경감님."

"어떻게 알아볼 수 있었죠?"

푸아로가 물었다.

"이름을 밝히셨습니다. 그리고 이전에 신문에서 몇 번 본 적이 있었습니다. 연극도 본 적이 있었고요"

푸아로가 고개를 끄덕였다.

"그래. 어떤 옷을 입었던가요?"

"검은색 옷이었습니다. 그리고 검은색 외출용 드레스에 작은 검정색 모자를 쓰셨고요. 진주 목걸이를 하셨고 회색 장갑을 끼셨습니다."

푸아로는 뭔가 묻는 듯한 시선을 재프에게 던졌다.

"흰색 호박단 이브닝드레스에 흰 담비 숄."

제프가 간결하게 말했다.

집사가 계속 말을 이었다. 그의 이야기는 재프가 우리에게 전해준 그대로였다.

"그날 밤 다른 누가 주인님을 찾아오지 않았습니까?"

"한 분도 없었습니다, 선생님."

"현관문은 어떤 식으로 닫죠?"

"빗장식으로 잠급니다. 보통은 제가 잠자리에 들기 전에 빗장을 내립니다. 11시 경이죠. 하지만 지난밤에는 제럴딘 양이 오페라에 가셔서 일부러 문을 잠그지 않았습니다."

"오늘 아침은 어떻게 되어 있었나요?"

"잠겨 있었습니다, 선생님. 제럴딘 양이 들어온 다음에 빗장을 내린 것 같습니다."

"언제쯤 들어왔는지 혹시 압니까?"

"11시 45분쯤이었던 것 같습니다."

"그러면 11시 45분부터 12시까지는 열쇠가 없으면 밖에서 안으로 들어올 수 없었다는 거죠? 그리고 안에서라면 그냥 손잡이만 젖히면 문이 열리는 거고."

"그렇습니다, 선생님."

"열쇠가 몇 개나 있습니까?"

"나리가 한 개 갖고 계셨고요. 또 제럴딘 양이 어젯밤 가져가신 열쇠는 복도 서랍에 있습니다. 이 외에 다른 열쇠가 더 있는지는 모르겠습니다."

"이 집 안에 다른 누군가 또 열쇠를 가지고 있나요?"

"아닙니다, 선생님. 캐롤 양은 항상 벨을 누릅니다."

푸아로는 필요한 질문을 모두 마쳤다는 표정을 지었고 우리는 그 비서를 찾으러 갔다.

그녀는 큰 책상에 앉아 바쁘게 무언가 쓰고 있었다.

캐롤 양은 사무적으로 보이는 마흔다섯 살 가량의 여성이었다. 그녀의 금발 머리는 회색으로 변해 가고 있었고, 코안경 너머 날카로운 푸른 눈동자가 우리를 응시하고 있었다. 그녀가 입을 열자 나는 이 사람이 지난번 전화상으로 들었던 사무적인 목소리의 주인공이라는 것을 단번에 알 수 있었다. 그녀는 재프가 우리를 소개하자 이미 알고 있었다는 듯 말했다.

"아, 푸아로 선생님. 어제 아침 제가 전화로 약속을 잡았던 분이시군요."

"그렇습니다, 마드무아젤."

나는 푸아로가 그녀에게서 좋은 인상을 받은 것 같다고 생각했다. 확실히 그녀는 합리적이고 명확한 성격인 것 같았다.

"재프 경감님? 저한테 더 물으실 게 있나요?"

캐롤 양이 말했다.

"한 가지만요. 지난밤 여기 온 분이 에지웨어 부인이라고 확신합니까?"

"벌써 세 번째 물으시네요. 물론 확신합니다. 제 눈으로 똑똑히 보았습니다."

"어디서 봤습니까, 마드무아젤?"

"복도에서요. 집사와 몇 분 이야기하더니 복도를 지나 서재로 들어가더군요."

"그때 어디에 계셨습니까?"

"2층에 있었습니다. 내려다 보았지요."

"잘못 본 게 아니란 말씀이시죠?"

"절대 아니에요. 저는 그분 얼굴을 틀림없이 보았습니다."

"혹시 닮은 사람을 착각한 것은 아닙니까?"

"그럴 리가 없어요. 제인 윌킨슨 씨의 용모는 굉장히 특이하니까요. 그분이 맞았습니다."

재프는 마치 '내말이 맞지?'라는 듯한 표정으로 푸아로를 쳐다보았다.

"평소에 에지웨어 경에게 원한을 품은 사람이 있습니까?"

푸아로가 갑작스런 질문을 던졌다.

"말도 안 돼요."

캐롤 양이 한마디로 일축했다.

"말도 안 된다라. 그게 무슨 뜻이죠, 마드무아젤?"

"원한 관계라뇨! 요즘 사람들은 웬만해선 적을 만들지 않아요. 특히 영국 사람이라면 그래선 안 되죠."

"하지만 에지웨어 경은 살해당했어요."

"그녀는 그분의 아내였습니다."

캐롤 양이 말했다.

"아내는 적이 될 수 없단 말씀이신가요?"

"극히 드물게 그런 일이 있을 수도 있겠죠. 물론 그런 상황이 생길 수 있다는 깃쯤은 들어 일고 있습니다. 하지만 우리 같은 사람들은 그러지 않아요."

캐롤 양은 살인이란 술주정뱅이 건달들이나 저지르는 만행이라고 생각하는 것이 분명해 보였다.

"정문 열쇠는 몇 개죠?"

"두 개요. 하나는 에지웨어 경이 늘 지니고 계셨고요, 복도 서랍에 있는 열쇠는 그날 늦는 사람이 가져갔어요. 그리고 하나가 더 있었는데요, 마시 대위가 잃어버리고 말았습니다. 원체 사람이 조심성이 없어서요."

"마시 대위는 이 집에 자주 들르는 편인가요?"

"3년 전까지만 해도 이곳에 살았죠."

"어쩌다 떠나게 된 겁니까?"

재프가 물었다.

"잘 모르겠어요. 아마 백부 성격에 맞출 수가 없었을 겁니다. 제 생각에는 그래요."

"저는 마드무아젤이 그 이유를 좀 더 자세히 알고 계실 거라 생각하는데요."

푸아로가 부드럽게 물었다.

그녀는 그를 흘끗 바라보았다.

"저는 결코 뒤에서 남의 말 하는 걸 즐기는 사람이 아닙니다, 푸아로 씨."

"하지만 에지웨어 경과 조카 사이에 불화가 심했다는 소문에 대해서는 진실을 말해 주실 수는 있겠지요."

"그렇게 심각하진 않았습니다. 물론 에지웨어 경께서 대하기 편한 분은 아니지만요."

"심지어 캐롤 양도 그렇게 느끼셨다는 겁니까?"

"제 이야기가 아닙니다. 저는 에지웨어 경께 불만이 전혀 없었습니다. 저를 완전히 신임하셨거든요."

"하지만 마시 대위는?"

푸아로는 되도록 부드럽게, 그녀에게서 더 많은 사실을 끌어내려고 했다.

"낭비벽이 좀 있었어요. 그러다 빚을 졌죠. 또 다른 문제들도 있었지만 정확히 뭔지는 모르겠네요. 자주 다투긴 했습니다. 그리고 에지웨어 경께서 그를 쫓아내 버리셨어요. 그게 전부입니다."

그녀의 입은 굳게 닫혔다. 더 이상은 말하지 않겠다는 의도로 보였다.

그녀와 이야기를 나눈 방은 2층에 있었다. 우리가 떠나려고 할 때 푸아로는 내 팔을 잡아끌었다.

"잠깐 여기 좀 있어 주지 않겠나, 헤이스팅스. 나는 재프와 아래층으로 내려갈 거야. 우리가 서재에 갈 때까지 보고 있다가 그 다음에 우리와 합류하세."

나는 아주 오래전에 푸아로에게 '왜'로 시작하는 질문은 일체 안하기로 결심한 바 있다. 마치 테니슨의 시 「라이트 브리게이드」*의 한 대목, '이유는 없어. 하든가 아니면 죽든가 둘 중 하나지.'처럼 말이다. 참으로 다행인 것은 그래도 나는 죽을 것까지야 없다는 점이다! 아마 푸아로는 집사가 그를 훔쳐보고 있는 것이 아닐까 의심해서 그것을 확인하고픈 심산이었을 수도 있다.

나는 그 자리에 서서 난간 너머를 내려다보았다. 푸아로와 재프가 일단 현관으로 향했고 곧 시야에서 사라졌다. 그리고 그들은 복

--------------------------------------------------

* 전쟁에 관한 시로, 군사들에게 이유는 필요 없다는 대목이 나옴

도를 따라 걸어갔다. 나는 그들이 서재로 갈 때까지 눈으로 계속 그들의 뒤를 쫓았다. 몇 분 정도 집사가 나타나지 않을까 살폈으나 아무도 보이지 않았고 나는 바로 계단을 내려가 서재로 향했다.

물론 시체는 치워지고 없었다. 커튼이 드리워져 있어 전등이 켜져 있었다. 푸아로와 재프가 방 한복판에 서서 주위를 둘러보았다.

"이곳에는 아무 것도 없네."

재프가 말했다.

푸아로는 빙긋이 웃어 보였다.

"아! 그렇군. 담뱃재도 없고. 발자국도 없고. 그리고 여자 장갑도 없지. 향수 냄새가 남아 있지도 않아. 탐정 소설에서는 그렇게 흔하게 찾을 수 있는 단서들이 왜 이곳엔 없단 말인가."

"탐정 소설에서 경찰들은 언제나 박쥐 같은 장님으로 등장하지."

재프도 씩 웃었다.

"나도 단서를 하나 찾은 적이 있네. 하지만 그 단서가 4센티미터가 아니라 4피트*라는 게 문제였지. 아무도 안 믿으려고 했거든."

푸아로가 꿈에 잠긴 듯 말했다.

나는 그가 무슨 이야기를 하는지 알고는 웃었다. 그러나 나는 다시 내 임무를 떠올렸다.

"염려 말아요, 푸아로. 내가 주의 깊게 살폈는데 적어도 내가 보는 동안은 아무도 엿듣는 사람은 없었어요."

---

\* 약 1.2미터

"내 친구 헤이스팅스의 눈이야 참 대단하지. 그렇고말고."

푸아로는 살짝 놀리는 투로 말했다.

"친구, 한번 말해 봐. 내 입술 사이의 장미를 보지 못했나?"

"입술 사이의 장미라고요?"

나는 깜짝 놀라서 물었고 재프는 돌아서서 킥킥 대며 웃었다.

"정말 못 말린다니까, 자네는. 못 말리는 양반이야. 장미라고, 그 다음에는 뭔가?"

"카르멘 흉내를 내볼까 했거든."

푸아로는 태연하게 말했다.

나는 두 사람이 미친 건지 내가 미친 건지 구분이 가지 않았다.

"자네는 제대로 지켜보지 않았어. 그렇지 않나, 헤이스팅스?"

푸아로의 목소리에는 나무라는 기색이 역력했다.

"아니요! 난 열심히 봤어요. 당신 얼굴은 빼고요."

"그건 상관없어."

그가 고개를 점잖게 흔들었다.

이 사람들 왜 나를 놀리고 있는 걸까?

"그만하세. 여기서는 더 할 게 없겠어. 가능하다면 딸을 한 번 더 만나고 싶네. 아까는 너무 당황해 있는 상태여서 아무것도 얻어내질 못했거든."

거기까지 말한 재프는 벨을 눌러 집사를 불렀다.

"마시 양에게 잠깐만 뵐 수 있냐고 물어봐 주게."

남자는 자리를 떴다. 그러나 몇 분 후 방에 들어온 것은 그가 아니라 캐롤 양이었다.

"제럴딘 양은 자고 있어요. 심한 충격을 받았죠. 불쌍한 아이 같으니. 경감님이 나가신 다음에 제가 수면제를 주었죠. 지금은 푹 잠들었어요. 아마 한두 시간 지나면 깰 겁니다."

재프는 고개를 끄덕였다.

"어쨌거나 제럴딘 양도 제가 말한 것 외에는 따로 할 말이 없을 겁니다."

캐롤 양은 단호하게 말했다.

"집사에 대해서 당신은 어떻게 생각하시죠?"

푸아로가 물었다.

"그다지 좋아하진 않아요. 사실은 사실이죠. 하지만 그 이유를 말씀드릴 순 없어요."

어느새 우리는 현관문까지 와 있었다.

"당신이 어젯밤 서 계시던 자리가 저 위층인가요, 마드무아젤?"

푸아로가 손가락으로 계단을 가리키며 불쑥 물었다.

"맞습니다. 왜 그러시죠?"

"그리고 에지웨어 부인이 복도를 지나 서재로 가는 모습을 보셨단 말씀이죠?"

"그렇습니다."

"얼굴을 똑똑히 보셨다고 했죠?"

"틀림없어요."

"하지만 그분 얼굴을 보진 못하셨을 텐데요, 마드무아젤. 서 계시던 곳에서는 그녀의 뒷머리와 걸음걸이만 보이니까요."

캐롤 양의 얼굴이 붉게 상기되었다. 무척 당황한 듯했다.

"부인의 뒷모습을 봤고 목소리를 들었고 걸음걸이도 확인했어요. 그게 그거 아닌가요? 제가 실수할 리가 없습니다. 분명히 제인 윌킨슨이었다고요. 그렇게 못돼 먹은 여자는 이 세상에 단 한 명밖에 없으니까요."

그녀는 휙 하고 돌아서서 빠른 걸음으로 위층을 향해 올라갔다.

## 가능성들

재프는 가 봐야 했다. 푸아로와 나는 리전트 파크에 들어가 한적한 곳에 자리를 잡았다.

"이제야 당신 입술 사이에 장미가 무슨 뜻인지 알겠군요. 잠깐이지만 당신이 살짝 미친 줄 알았답니다."

내가 웃으며 말했다. 그는 웃음기 없이 고개만 끄덕였다.

"헤이스팅스 자네도 보았겠지만 그 비서는 위험한 목격자야. 부정확하기 때문에 위험한 걸세. 방문객의 얼굴을 똑똑히 봤다고 주장하는 것 들었지? 그때 나는 그게 불가능하다고 생각했어. 서재에서 나올 때라면 몰라도 서재로 들어갈 때는 아니지. 그래서 작은 실험을 해 봤더니 역시나 내 예상대로더군. 그 다음 한번 떠본 거야. 그러니까 그 즉시 진술을 번복하지 않던가."

"그래도 여전히 확신하던걸요. 그리고 웬만해선 목소리와 걸음걸이를 다른 사람으로 착각하는 경우도 드무니까요."

"글쎄, 과연 그럴까?"

"뭐가요, 푸아로? 목소리와 걸음걸이야말로 어떤 사람을 가장 잘 대변해 주는 특징이라고 생각하는데요."

"동감이야. 하지만 가장 쉽게 모방할 수 있는 것들이기도 하지."

"혹시……."

"며칠 전으로 머릿속을 돌려 봐. 우리가 극장의 특별석에 앉아 있던 저녁 기억하나?"

"칼로타 애덤스요? 맞아요. 정말 천재적인 배우였죠."

"원래 유명인일수록 흉내 내기가 쉬워. 하지만 그 배우가 남다른 재능의 소유자라는 건 인정하네. 아마 조명이나 거리상의 도움 없이도 충분히 해냈을 거야."

갑자기 어떤 생각이 내 머리를 스쳤다.

"푸아로! 혹시 그 가능성을 떠올리고 있는 건 아니죠? 그렇게 되려면 너무나 많은 우연이 필요하지 않을까요?"

"어떻게 보느냐에 따라 달렸지, 헤이스팅스. 어떤 각도에서 본다면 전혀 우연이 아니라고 할 수도 있네."

"하지만 칼로타 애덤스가 왜 에지웨어 경을 죽였을까요? 알지도 못했을 텐데요."

"알지 못할 거라고 어떻게 단정하나? 어떤 일이건 함부로 판단을 내려선 안 되지, 헤이스팅스. 둘 사이가 우리가 전혀 짐작치 못한 관계일 수도 있잖나. 물론 지금 내 이론은 그게 아니지만 말이야."

"이론을 갖고 있긴 하단 말이군요."

"물론이지. 나는 처음부터 칼로타 애덤스가 연루되어 있다고 생각해 왔어."

"하지만 푸아로……."

"기다리게 헤이스팅스. 몇 가지 사실들만 조합해 보겠네. 에지웨어 부인은 조심성이라고는 없이 남편과의 관계를 떠벌렸고 더 나아가서 죽여 버리고 싶단 소리도 서슴지 않았지. 나와 자네만 들은 게 아니야. 웨이터도 들었고 가정부는 아마 수십 번도 더 들었을걸. 브라이언 마틴도 들었고 내 생각에는 칼로타 애덤스도 들었을 거야. 아마 그들이 그 말을 다른 사람들에게 옮겼겠지. 그리고 바로 그날 밤에 칼로타 애덤스가 멋들어지게 제인을 흉내내 보였지. 누가 에지웨어 경의 살해 동기를 갖고 있지? 바로 아내야.

만약 어느 누군가가 에지웨어 경을 없애고 싶어 했다고 치자고. 그런데 희생양이 눈 앞에 보이네. 제인 윌킨슨이 머리가 아프다고 혼자 있고 싶어 한 바로 그날, 계획이 실행에 옮겨진 거야.

에지웨어 부인은 자기 집 리전트 게이트로 들어가는 모습이 꼭 목격될 필요가 있었고 실제로 그랬지. 자기가 누군지 밝히기까지 했잖아. 아! 세 포 트로 카(그건 도가 너무 지나쳐)! 그래서 의혹을 불러 일으켰지.

또 한 가지 짚고 넘어가야 할 것이 있어. 물론 사소한 것이라는 점은 인정하지. 어젯밤 왔던 여인은 검은색 옷을 입었다고 했어. 제인 윌킨슨은 절대 검은색 옷은 입지 않아. 자네도 말 들었잖아. 그러니 어제 집에 온 사람은 제인 윌킨슨이 아니었고 제인 윌킨슨을 가장한 여자였던 거야. 그런데 그 여자가 에지웨어 경을 죽였을까?

제3자가 들어와서 에지웨어 경을 살해한 걸까? 만약 그렇다면 가짜 에지웨어 부인이 방문하기 전일까, 아니면 그 다음일까? 만약 그후라면 그 여자가 에지웨어 경에게 뭐라고 했을까? 자기가 왜 왔다고 설명했을까? 전에 제인을 직접 보지 못한 집사라든가 가까이에서 보지 못한 비서는 속일 수 있었겠지만 감히 남편을 속일 수 있을 거라고 바라진 않았을 거야. 그러니 그 방에는 이미 죽은 시체만 놓여 있었던 걸까? 그녀가 집 안에 발을 들여놓기 전에 이미 살해당한 거라면 9시부터 10시 사이가 되겠지?"

"그만하세요, 푸아로!"

내가 말을 가로막았다.

"정신을 못 차리겠어요."

"그렇지 않아. 친구. 우리는 그저 여러 가능성들을 따져 보고 있을 뿐이야. 마치 옷을 입어 보는 것과 같지. 이 옷이 나한테 맞을까? 아니야, 어깨에 주름이 시는걸? 그러면 이거? 맞아. 이세 더 낫군. 하지만 좀 큰 것 같아. 그런데 저건 또 너무 작아. 그렇게 계속 이 옷 저 옷 입어 보면서 몸에 꼭 맞는 옷을 찾게 되잖나. 그게 바로 진실이지."

"그러면 이렇게 잔인무도한 계획을 짠 사람이 누구라고 생각하는 거죠?"

내가 물었다.

"아! 그걸 말하기에는 아직 이르지. 누가 에지웨어 경을 죽이고픈 동기를 가지고 있는지부터 살펴야 해. 일단 상속자인 조카가 있네. 그런데 너무나 뻔히 드러난다고 할 수도 있겠군. 그리고 캐롤 양은 단정적으로 아니라고 말했지만 원한 관계가 있을 수도 있어. 내가 보기에 에지웨어 경은 아주 쉽게 적을 만들 사람이야."

"그 말이 맞네요. 확실히 그렇죠."

나도 그 말에는 적극 찬성이었다.

"그게 누구건 간에 아마 이 계획이 완벽하다고 생각하고 마음을 푹 놓았을 거야, 헤이스팅스. 마지막 순간 제인 윌킨슨이 마음을 바꿔 만찬에 가지 않았다면 그녀에게 알리바이는 없었으니까. 사보이 호텔에 혼자 머문 거로는 자기 행방을 증명하기가 어려웠겠지. 그리고 경찰에 체포되고 교수형 당했을지도 몰라."

나는 순간 등골이 오싹했다.

"하지만 한 가지 때문에 아직까지는 영 찜찜해. 그녀를 살해범으로 몰려고 했다는 건 확실해. 하지만 그 전화는 대체 뭐였을까? 왜 치스윅까지 전화를 걸어서 그녀가 거기 있다는 걸 확인하고 그냥 전화를 끊은 걸까? 마치 그녀가 거기 있다는 걸 확인한 다음에 일을 진행시킨 것 같단 말이야. 그때가 9시 30분이었네. 살해 바로 전이라고 할 수 있지. 전화를 건 의도는 (이렇게 밖에 표현할 수가 없는데) 좋은 일을 하려고 했던 거 같아. 살인자가 전화했을 리는 없지. 제인에게 덮어씌우려고 했으니까. 그렇다면 누구일까? 마치 완전히 다른 두 가지 상황이 공존하고 있는 느낌이야."

나는 도저히 감을 잡을 수가 없어서 고개를 가로저었다. 나는 내 생각을 밝혔다.

"그냥 우연이었을 수도 있죠."

"아니야, 아니야. 그 모든 게 우연일 리는 없다고. 6개월 전 편지 한 통이 사라졌네. 왜? 아직 설명할 수 없는 부분들이 너무나 많아. 그것들을 하나로 연결시켜 주는 분명한 이유가 있을 거야."

그는 한숨을 폭 쉬었다. 그리고 바로 말을 이었다.

"브라이언 마틴이 우리에게 해 준 이야기도……."

"맞아요. 그게 있었죠, 푸아로. 하지만 그 이야기는 이 사건과는 아무 관련 없지 않나요?"

"자네 장님인가, 헤이스팅스? 장님에다가 감각마저 둔하군. 전체가 하나의 틀을 만드는 것이 안 보이나? 지금 현재는 혼란스럽지만 점차 명확하게 드러나게 될 걸세."

나는 푸아로가 지나치게 낙관적으로 보고 있다고 생각했다. 나는 어떤 것도 명확한 것 같지 않았다. 솔직히 나의 두뇌는 동요하고 있었다.

"하지만 그건 몰라요."

내가 불쑥 입을 열었다.

"칼로타 애덤스가 그랬다고는 믿겨지질 않으니까요. 그 여자는 뭐랄까, 근본적으로 착한 사람처럼 보였다고요."

하지만 그 이야기를 하면서 나는 푸아로가 그녀가 돈을 좋아한다고 말했던 것을 떠올렸다. 돈에 대한 집착, 그게 혹시 쉽사리 설명할 수 없는 현 상황의 기저에 깔려 있는 걸까?

나는 푸아로가 그날 밤 무언가 영감을 받은 것이 아닐까 생각했다. 그는 제인이 자기중심적인 성격 때문에 위험에 처하리라는 것을 예견했다. 또 칼로타가 물욕 때문에 방황하게 될지 모른다고 직감했었다.

"나도 그 여자가 그렇게 잔혹한 살인을 저질렀다고는 생각지 않아, 헤이스팅스. 그러기에는 너무 냉정하고 합리적으로 보이거든. 아마 살인이 일어났다는 이야기도 듣지 못했을 거야. 아마 그녀는 순진하게 이용만 당했을지도 몰라. 그런데……."

그는 말을 멈추고 이마를 찡그렸다.

"그렇다고 해도 그녀는 이미 종범이 된 거지. 오늘 이 뉴스를 보았을 테니 말이야. 그리고는 깨닫게 되겠지……."

갑자기 푸아로의 입에서 비명이 튀어나왔다.

"빨리 가세, 헤이스팅스. 어서 움직여. 나는 장님이었어! 완전히 저능아였다고. 택시를 부르게, 어서!"

나는 그를 바라보았다. 그는 팔을 흔들었다.

"택시, 지금 당장!"

택시가 한 대 지나갔다. 그는 손을 흔들어 택시를 잡고는 뛰어들었다.

"그녀의 주소를 아나?"

"칼로타 애덤스 말입니까?"

"메 위, 메 위.(그래, 그래.) 빨리. 헤이스팅스, 빨리 가세. 분초를 다투는 일이야. 무슨 일이 일어날지 모르겠나?"

"모르겠습니다."

푸아로는 숨을 헐떡거리면서 말했다.

"전화번호부? 아마 그 안에는 없을걸. 극장에 한번 연락해 봐."

극장측에서는 칼로타 애덤스의 집 주소를 알려 주려 하지 않았지만 푸아로는 잘 구슬려서 알아냈다. 슬론 스퀘어 근처 맨션들이 들어선 구역에 있는 아파트였다. 우리는 그곳까지 차를 타고 갔다. 푸아로는 안절부절못하고 흥분해 있었다.

"너무 늦지 않았으면 좋겠네. 늦었으면 어쩌면 좋나."

"왜 그렇게 서두르는데요. 통 이유를 모르겠네요. 어떤 의미가 있는 겁니까?"

"내가 너무 꾸물거렸다는 뜻이야. 뻔한 사실을 깨닫는데 엄청난 시간이 들었어. 몽 듀(제발 하느님), 늦지 않게 갈 수만 있다면."

## 두 번째 죽음

 

나는 푸아로가 왜 저렇게 서두르는지는 알지 못했지만 그가 이상하게 행동하는 데는 다 그럴만한 이유가 있다는 것 정도는 알았다.

로즈듀 맨션에 도착하자 푸아로는 총알처럼 택시에서 튀어나가더니 기사에게 요금을 지불하고 황급히 건물 안으로 들어갔다. 로비에 거주자들의 이름이 붙어 있었는데 애덤스 양의 아파트는 2층이었다.

푸아로는 엘리베이터가 위층에 있는 것을 보고 기다리지 않고 계단을 두세 칸씩 뛰어 올라갔다.

그는 노크를 하고 벨을 눌렀다. 약간 시간이 흐른 후 머리를 깔끔하게 뒤로 빗어 넘긴 중년의 여인이 문을 열어 주었다.

"애덤스 양은요?"

푸아로가 다급한 목소리로 물었다.

그 여자는 그를 망연자실하게 바라보았다.

"못 들으셨나 보군요."

"듣다니요, 무슨 말이죠?"

그의 얼굴은 송장처럼 창백해졌고 나는 그가 두려워 마지않던 일이 일어났음을 눈치 챌 수 있었다.

여자는 고개를 천천히 흔들었다.

"그녀는 죽었답니다. 자는 도중에 저세상으로 갔지요. 끔찍해요."

푸아로는 문기둥에 몸을 기대며 중얼거렸다.

"늦었어."

그가 절망에 빠지자 그녀가 주의 깊게 그를 바라보았다.

"실례합니다, 선생님. 선생님은 그녀의 친구셨나요? 그 전에는 한 번도 여기 오신 적이 없는 것 같은데요."

푸아로는 그 질문에는 대답을 회피하고 이렇게 말했다.

"의사가 왔었겠죠? 의사가 뭐라고 했습니까?"

"수면제 과다 복용이라고 하더군요. 아…… 너무나 불쌍해요. 얼마나 착한 아가씨였는데. 왜 그런 몹쓸 약에 빠지게 되었을까요. 약 말입니다. 베로날이라고 하더군요."

푸아로는 그 즉시 몸을 꼿꼿이 세웠다. 그리고 그의 태도에 다시금 권위가 살아났다.

"들어가야겠습니다."

그가 말했다.

그녀는 그를 수상쩍게 여기는 것이 확실해 보였다.

"제 생각에는 그러지 않으셔도……."

그녀가 말을 꺼냈다.

하지만 푸아로는 뜻을 굽힐 생각이 전혀 없었다. 그가 바라는 결과를 얻기 위해서는 이 방법밖에 없는 것 같았다.

"나를 들여보내 주세요. 나는 사립 탐정인데 그 아가씨의 죽음을 둘러싼 정황을 조사해야만 해요."

여자는 숨을 들이쉬었다. 그리고 옆으로 비켜섰고 우리는 아파트 안으로 들어갔다.

그때부터 푸아로는 그 상황을 주도적으로 이끌었다. 그가 엄숙한 목소리로 말했다.

"내가 지금부터 하는 말은 누구에게도 발설해서는 안 됩니다. 이 방을 나가서는 절대 입을 열지 말아요. 앞으로도 계속 사람들은 애덤스 양이 돌연사했다고 믿어야만 해요. 그러니 당신이 불렀던 의사와 이름과 주소를 내게 줘요."

"히스 박사님입니다. 칼라일 가 17번지예요."

"그리고 당신 이름은 어떻게 되죠?"

"베넷이에요. 앨리스 베넷."

"당신은 애덤스 양에게 애정이 있었는가 보군요. 내가 보기엔 그래요, 베넷 양."

"그럼요, 선생님. 정말 다소곳한 아가씨였는걸요. 그녀가 여기 이사 온 작년부터 집안일을 봐 주었는데요. 제가 평소 생각한 여배우와는 차원이 달랐어요. 본인이 워낙 고상한 편이었고 취향도 참 우아했답니다."

푸아로는 동정심이 가득 담긴 눈길로 진지하게 들었다. 그는 이제 초조해 보이지 않았다. 나는 그가 원하는 정보를 끌어내기 위해서는 이렇게 온화하게 접근하는 것이 유일한 방법이라는 것을 깨달았다.

"충격이 무척 크겠어요."

푸아로가 부드럽게 말을 걸었다.

"그럼요. 차를 준비해 갔었죠. 평소처럼 9시 30분에 침실로요. 누워 있더군요. 그래서 자고 있는 줄 알았고요. 그래서 쟁반을 내려놓았지요. 커튼을 열었는데 아주 세게 잡아당겨야 했거든요. 그래서 정말 시끄러운 소리가 났죠. 그래서 돌아봤는데 전혀 일어날 기미가 안 보여서 이상하다 싶었습니다. 그때 뭔가 불길한 예감이 들더군요. 누워 있는 자세가 왠지 평소와는 달리 부자연스러웠거든요. 그래서 침대 곁에 다가 가서 손을 잡아 보았더니 얼음장처럼 차가운 거예요. 저도 모르게 빽 하고 비명을 질렀어요."

그녀는 말을 멈추었고 눈물이 뚝뚝 떨어졌다. 푸아로가 진심이 담긴 목소리로 위로했다.

"그래요. 이해하고말고요. 얼마나 놀랐겠어요. 그런데 애덤스 양이 가끔 잠을 자기 위해 약을 먹었던가요?"

"가끔씩 두통약을 먹긴 했었어요, 선생님. 병에 들어 있는 작은 알약이었죠. 하지만 지난밤에 먹은 건 다른 종류였다고 의사 선생님이 그러시더군요."

"간밤에 누가 그녀를 찾아오지는 않았었나요? 손님이 있지는 않았습니까?"

"없었어요. 어제 저녁 외출했거든요."

"어디 간다는 말은 없었고요?"

"없었어요. 저녁 7시쯤에 나갔어요."

"아! 그랬군요. 어떤 옷을 입었던가요?"

"검은색 드레스를 입었어요. 검은색 드레스에 검은색 모자를 썼었죠."

푸아로가 나를 쳐다보았다.

"혹시 별다른 보석을 차지는 않았나요?"

"아가씨는 항상 진주목걸이를 즐겨 하죠."

"그리고 장갑은요. 회색 장갑을 끼지 않았습니까?"

"맞아요, 선생님. 장갑은 회색이었어요."

"아! 그러면 부탁인데 내게 설명 좀 해 주세요. 아가씨 기분이 어때 보였습니까? 명랑했나요, 흥분해 있었나요? 아니면 침울해 보였는지 불쾌해 보였는지 말입니다."

"제가 볼 때는 들떠 있는 것 같았어요. 무슨 재미있는 일이라도 있는지 혼자 웃고 있었거든요."

"그러면 언제 돌아왔습니까?"

"12시 조금 넘어서요."

"그때 기분은 어때 보였나요? 똑같았나요?"

"말도 못하게 피곤해 보이더군요."

"하지만 화난 건 아니고요? 근심스러워하지는 않았었나요?"

"아니요. 절대 그렇진 않았어요. 뭔가 즐거운 일을 생각하는 모양이던걸요. 하지만 녹초가 된 것 같기도 했어요. 무슨 말인지 아시겠죠. 그리고 누구에게 전화를 하기 시작했어요. 그러다 귀찮으니 다음 날 아침에 다시 하겠다고 말하더군요."

"아!"

푸아로의 눈이 빛났다. 그는 몸을 앞으로 기울이면서 짐짓 무관심한 목소리로 물었다.

"혹 전화한 사람의 이름은 들었나요?"

"아니요. 그녀가 그냥 번호를 부르고 기다리니까 교환원이 '연결 중입니다. 기다려 주세요.'라는 식으로 말한 것 같았어요. 그러니까 '괜찮습니다.'라며 갑자기 하품을 하고 말하더군요. 그리고는 '그냥 두세요. 너무 피곤하거든요.' 하더니 수화기를 내려놓고 옷을 갈아입었죠."

"그러면 전화번호를 말했다는 거죠? 혹시 기억이 납니까? 생각해 보세요. 아주 중요한 문제일 수도 있으니까요."

"죄송하지만 전혀 생각이 나질 않네요. 주소가 빅토리아라고 했던 것 같은데 그 이상은 모르겠어요. 그때 당시는 별로 신경을 쓰지 않았으니까요."

"침대에 들기 전에 먹거나 마실 것을 찾던가요?"

"따뜻한 우유 한 잔을 마셨어요. 평소 습관과 마찬가지였어요."

"누가 준비해 주었죠?"

"제가요."

"그날 밤 아무도 아파트에 오지 않았단 말씀이죠?"

"그렇습니다."

"그날 오후에는요?"

"제가 기억하는 한 아무도 방문하지 않았어요. 애덤스 양은 점심 식사도 밖에서 하고 오후 티타임도 밖에서 가졌죠. 한 6시쯤 들어왔습니다."

"우유가 언제 배달 오나요? 어젯밤 마셨던 우유 말입니다."

"새 우유였어요. 그날 오후에 배달 온 거였죠. 보통 배달 소년이 오후 4시쯤에 문밖에다가 놔두고 갑니다. 하지만 아! 선생님. 그 우유에는 별 문제가 없었다는 건 확인해 드릴 수 있어요. 제가 오늘 아침 차에 타서 마셨거든요. 그리고 의사 선생님께서 아가씨가 직접 이상한 약을 먹었을 가능성이 크다고 하시던걸요."

"내가 틀렸을 수도 있습니다. 내가 처음부터 완전히 잘못 짚었을 수도 있고. 일단 의사를 만나 볼 겁니다. 하지만 이것만은 알아 두세요. 애덤스 양에게 원한 관계가 있었을지도 몰라요. 그녀가 온 미국이 여기와 같다고 생각하면 오산이니까요……."

그가 흐지부지 말을 흐리자 앨리스는 그 미끼에 걸려들었다.

"맞아요. 그렇죠, 선생님. 저도 시카고의 총잡이들이 어쩌고 하는 이야기들은 신문에서 읽었답니다. 정말 발 들여놓고 싶지 않은 무서운 나라예요. 대체 거기 경찰들은 월급 받고 무슨 일을 하는 건지 모르겠다니까요. 우리나라 경찰들과는 비교가 안 되나 보죠."

앨리스 베넷의 섬나라 기질 덕분에 귀찮은 설명에서 벗어날 수 있어서 푸아로는 고맙기만 했다. 그의 시선은 의자 위에 놓여 있는, 서류 가방에 가까운 작은 여행 가방에 꽂혔다.

"애덤스 양이 어제 나갈 때 가져갔던 가방인가요?"

"아침에 가지고 나갔어요. 하지만 차를 마시러 들어왔을 때는 안 가져 왔더군요. 그러다 밤늦게 들어올 때 다시 가져왔습니다."

"아! 혹시 내가 열어 봐도 될까요?"

앨리스 베넷은 어떤 것도 허락해 줄 성 싶었다. 대부분의 조심스럽고 의심 많은 여성들은 한번 믿기 시작하면 무조건적으로 믿게 되고 그 다음부터는 상대방 손 안에 있는 것이나 마찬가지다. 그녀는 푸아로가 제안하는 것이라면 무엇이건 찬성했을 터였다.

가방은 잠겨 있지 않았다. 푸아로가 가방을 열었다. 나는 다가가서 그의 어깨 너머로 가방 안을 들여다보았다.

"이것 좀 보게, 헤이스팅스."

그는 잔뜩 흥분한 목소리로 속삭였다.

그 안에 들어 있는 내용물은 확실히 암시하는 바가 많았다.

화장품 상자, 키를 3~4센티미터 정도 높여 주는 도구로 보이는 두 개의 물건, 회색 장갑 한 켤레와 접힌 화장지가 있었으며 제인 월킨슨의 머리와 아주 흡사한 모양으로 정교하게 만들어진 금발머리 가발은 앞 가르마가 타져 있었고 뒷부분은 풍성한 컬이 들어가 있었다.

"이래도 의심할 것이 남았나, 헤이스팅스?"

푸아로가 말했다.

그때까지만 해도 사실 일말의 의심이 남아 있었지만 이제는 더 이상 의심이란 말이 끼어들 여지가 없었다.

푸아로는 가방을 닫고 하녀에게 돌아섰다.

"어젯밤 애덤스 양이 누구와 외출했는지는 모르나요?"

"모르겠어요."

"그러면 점심이나 차를 누구와 들었는지도 몰라요?"

"차는 누구와 함께했는지 모르겠고요. 점심은 드라이버 양과 같이 먹은 걸로 알고 있어요."

"드라이버 양과요?"

"네. 두 아가씨는 단짝 친구죠. 본드 거리에서 약간 떨어진 모펫 거리에서 모자 가게를 운영하고 있어요. 가게 이름이 제네비에브던가 그럴걸요."

푸아로는 수첩에 적힌 의사 주소 밑에 그 주소도 적어 넣었다.

"딱 한 가지만 더요, 마담. 마드무아젤 애덤스가 저녁 6시에 들어왔을 때 그녀의 행동이나 말 중에 뭔가 평상시와 다르다거나 기억에 남을 만한 것은 없나요?"

가정부는 잠시 동안 생각에 잠겼다가 말했다.

"죄송해요. 특별히 말씀 드릴 것이 없네요. 저는 그저 차를 들겠냐고 물어봤고 이미 마셨다는 대답이 돌아온 것밖에 기억이 안 나요."

푸아로가 끼어들었다.

"아! 마셨다고 말했다고요. 죄송합니다. 계속하세요."

"그리고 나가기 전까지 편지를 썼어요."

"편지요? 아! 누구한테 쓰는 편지였는지는 모르시죠?"

"아뇨, 알아요. 워싱턴에 있는 여동생에게 쓰는 편지였어요. 일주일에 두 번씩 꼬박꼬박 편지를 썼는데요, 그 편지를 부치려고 갖고 나갔지만 깜빡 잊은 모양이에요."

"그러면 그 편지가 아직 여기 있습니까?"

"아니요. 제가 대신 부쳤어요. 지난밤에 잠자리에 들기 바로 전에 기억해 냈더라고요. 그래서 제가 부쳐 주겠다고 말했죠. 시간 외 특별 요금을 감안해서 우표도 몇 장 더 붙였으니 아마 별 탈 없이 도착할 거예요."

"아! 그렇게 멉니까?"

"아니에요. 우체국은 요 앞 골목만 돌면 나와요."

"나갈 때 문을 닫고 나갔나요?"

베넷은 그를 빤히 쳐다보았다.

"아니요, 선생님. 그냥 열어 두고 간 것 같아요. 우체국 근처에 갈 때는 보통 그렇게 하거든요."

푸아로는 말을 꺼낼까 말까 재는 눈치였다.

"아가씨를 한번 보지 않으시겠어요? 마치 잠에 빠져 있는 것처럼 너무 아름다워요."

가정부는 울음 섞인 목소리로 말했다.

우리는 그녀를 따라 침실로 들어갔다.

칼로타 애덤스는 이상하리만치 평온해 보였고 사보이 호텔에서 봤을 때보다 훨씬 앳되어 보였다. 마치 놀다 지친 아이가 단잠에 빠져 있는 것 같았다.

침대 곁에서 그녀를 내려다보던 푸아로의 얼굴에는 알 수 없는 표정이 깃들어 있었다. 나는 그가 성호를 긋는 모습을 보았다.

"주 페 엉 세르망(맹세를 하나 했네), 헤이스팅스."

그는 계단을 내려가며 말했다.

나는 그에게 무슨 맹세를 했냐고 묻지 않았지만, 능히 짐작할 수는 있었다.

잠시 후에 그가 말했다.

"그래도 한 가지는 마음속에서 지울 수 있었어. 나는 그녀를 구할 수 없었네. 내가 에지웨어 경의 사망 소식을 들었을 즈음에 그녀는 이미 죽어 있었던 거야. 그 점이 그래도 위안이 되는군. 그래 맞아. 그것으로 아주 조금은 위안이 돼."

## 제니 드라이버

우리의 다음 행로는 가정부가 가르쳐 준 주소를 따라 의사를 방문하는 것이었다.

태도가 어딘지 모르게 모호하고 수선스러운 노의사인 그는 푸아로의 명성을 익히 알고 있던 차에 직접 만나게 되어 무척 기뻐하는 표정이었다.

"무엇을 도와드릴까요, 푸아로 씨?"

간단한 인사가 끝난 후 그가 물었다.

"오늘 아침 칼로타 애덤스 양의 집에 가셨지요? 르 독테흐(의사 선생님)."

"아. 네, 그렇습니다. 불쌍한 아가씨 같으니. 뛰어난 배우이기도 했죠. 그녀의 쇼를 두 번이나 봤습니다. 그런 식으로 가다니 유감입니다. 왜 그런 아가씨들이 약을 복용하는 건지 이해가 안 돼요."

"그녀가 약물 중독이었다고 생각하십니까?"

"글쎄요. 제가 봤을 때 그렇다고는 할 수 없겠어요. 주사로 맞지는 않았다는 것은 확실합니다. 주사 바늘 자국이 없었거든요. 약으로 복용했을 겁니다. 가정부는 그녀가 평소에 잠을 자연스럽게 잘 잤다고 했지만 그거야 누구도 모르는 거죠. 매일 밤 베로날을 먹었던 것 같지는 않지만 일정 기간 동안 먹은 것으로 보입니다."

"왜 그렇게 생각하시죠?"

"이것 때문에요. 내가 어디다 놓았더라."

그는 작은 상자를 내려다보았다.

"아, 여기 있군."

그는 상자 안에서 검은색 모로코가죽으로 만든 핸드백을 꺼냈다.

"분명히 검시가 있을 겁니다. 가정부가 함부로 만지지 못하게 제가 가져와 따로 보관했습니다."

그는 핸드백에서 자그마한 금색 상자를 꺼냈다. 상자에는 C.A.라는 이니셜이 루비로 박혀 있었다. 굉장히 귀하고 값비싼 장식품이었다. 의사가 뚜껑을 열었다. 안에는 하얀 분말이 가득 담겨 있었다. 그가 간단히 설명했다.

"베로날입니다. 안에 뭐라고 쓰여 있는지 보세요."

C.A.에게 D가

11월 10일, 파리에서

달콤한 잠을 위하여

"11월 10일이라……."

푸아로가 심각한 표정으로 말했다.

"맞아요. 지금이 6월이니까 적어도 6개월 동안은 그 약을 습관적으로 먹었겠죠. 아니면 연도가 안 쓰여 있으니까 18개월이나 2년 반이 될 수도 있겠네요. 아니면 더 길 수도 있고."

"파리에서 D라고."

푸아로가 인상을 찌푸리며 말했다.

"그래요. 뭐 떠오르는 것 있나요? 그런데 이번 사건에 왜 흥미를 갖고 계신지 묻는 걸 깜빡했네요. 분명히 마땅한 이유가 있을 거라 믿습니다. 자살인지를 알고 싶으신 겁니까? 저도 확실히 말씀드릴 수가 없습니다. 아무도 모르죠. 하지만 가정부의 말에 따르면 어제 그녀는 기분이 좋았다고 하잖아요. 그러니 사고사일 수 있고, 제 생각도 그쪽으로 기우는군요. 베로날은 굉장히 불안정해요. 엄청난 양을 복용해도 죽지 않을 수 있고 아주 소량만 섭취해도 죽을 수도 있습니다. 그렇기 때문에 위험한 약이죠. 아마 검시를 해도 사고사로 판명날 거라는 건 의심할 필요도 없을 것 같습니다. 더 많은 도움을 드리지 못해서 유감입니다."

"마드무아젤의 가방을 조사해 봐도 되겠습니까?"

"물론이죠."

푸아로는 가방을 뒤집어서 안에 있는 내용물들을 모두 꺼냈다. 귀퉁이에 C.M.A.라고 새겨진 고급 손수건과 파우더, 립스틱, 1파운드 지폐와 동전 몇 개, 코안경이 있었다.

푸아로는 코안경을 유심히 관찰했다. 흔하고 소박한 금테 안경이었다. 푸아로가 말했다.

"이상하군요. 애덤스 양이 안경을 쓰는 줄 몰랐네요. 하지만 이건 독서할 때만 쓰는 안경이겠죠?"

의사는 안경을 집어 들면서 단정적으로 말했다.

"아니요. 바깥에서 쓰는 안경이 확실합니다. 굉장히 도수가 높군요. 이 안경을 쓰는 사람은 지독한 근시가 틀림없습니다."

"혹시 애덤스 양이 전에 안경을 썼는지 아십니까?"

"전에는 진료를 해 본 적이 없어서요. 예전에 가정부가 손가락에 독이 올랐다고 해서 왕진을 간 적이 있어요. 그 외에는 그 아파트에 가 본 적이 없습니다. 애덤스 양을 잠깐 볼 수 있었는데 분명히 안경은 쓰고 있지 않았습니다."

푸아로가 의사에게 고맙다고 말한 후에 우리는 그곳을 나섰다.

푸아로는 알쏭달쏭한 표정을 지었다.

"내가 틀렸을 수도 있어."

"제인을 사칭한 것 말입니까?"

"아니. 그건 증명된 것 같아. 그게 아니라 그녀의 사인 말일세. 베로날을 갖고 있었던 건 맞잖아. 아마 지난밤 너무 피곤하고 긴장이 갑자기 풀려서 잠이 안 왔을지도 모르지. 그래서 푹 자려고 조금 먹었을지도 몰라."

그가 느닷없이 걸음을 멈추고 행인들의 시선에도 아랑곳없이 양손을 크게 마주쳤다.

"아니야, 그게 아니야. 아니고말고!"

그는 단호하게 소리쳤다.

"사고라면 어째서 그렇게 딱 맞아떨어지게 일어날 수 있지? 이건 절대 사고가 아니야. 자살도 아니야. 아니야. 그녀는 자기가 맡은 역할을 했고 그러면서 스스로 죽음을 초래한 거야. 베로날은 평소 그녀가 가끔씩 복용했고 그 박스를 갖고 있는 걸 알았을 테니까 사용되었겠지. 그렇다면 살인자는 그녀를 매우 잘 알고 있는 가까운 인물이겠지. D가 누구일까, 헤이스팅스? D의 정체를 밝히려면 꽤나 힘이 들겠어."

나는 인상을 쓰고 골똘히 생각에 잠긴 그에게 말했다.

"그런데 푸아로, 우리 어서 빨리 가던 길을 가는 게 낫지 않을까요? 사람들이 빤히 쳐다보거든요."

"뭐? 그래? 자네 말이 옳겠지, 뭐. 사실 나야 사람들이 쳐다보건 말건 상관없지만 말이야. 내 사고 과정에는 조금도 지장을 주지 않으니 말일세."

"그런데 사람들이 웃기 시작했거든요."

나는 눈치를 보며 중얼거렸다.

"그러거나 말거나."

나는 절대 동조하지 않았다. 나는 괜히 튄다거나 사람들의 웃음거리가 되는 것이 죽기보다 싫었다. 이 세상에 푸아로가 두려워하는 유일한 것이 있다면 자기의 그 자랑거리 콧수염의 모양을 망가뜨리는 습기라든가 더위 정도일 것이었다.

"우리 택시를 타고 가세."

푸아로가 지팡이를 흔들며 말했다.

한 대가 우리 앞에 서자 푸아로는 곧장 모펫 가의 제네비에브로 가자고 말했다.

제네비에브는 평범한 상점이었다. 1층의 쇼윈도에는 별 특징 없는 모자와 스카프가 진열되어 있었고 정말 물건을 사고파는 곳은 곰팡내 나는 계단을 올라가야 하는 2층이었다.

계단을 올라가니 문에 '제네비에브입니다. 들어오십시오.'라는 팻말이 붙어 있었다. 우리가 그 명령에 따라 모자가 가득한 작은 실내로 들어가니 한 쪽에 있던 예쁘장한 금발머리 여인이 의아한 표정으로 푸아로를 바라보았다.

"드라이버 양 있습니까?"

"마담이 만나실 수 있는지 잘 모르겠네요. 그런데 무슨 일로 오셨나요?"

"애덤스 양의 친구가 뵙고 싶어 한다고 전해 줘요."

금발머리 종업원은 수고할 필요가 없었다. 검은색 벨벳 커튼이 세차게 흔들리더니 불타는 빨강머리에 체구가 아담하고 쾌활한 여인이 모습을 드러냈다. 그녀는 용건부터 물었다.

"무슨 일이신데요?"

"드라이버 양이신가요?"

"그렇습니다만. 칼로타에게 무슨 일이 있나요?"

"슬픈 소식을 아직 듣지 못하셨습니까?"

"슬픈 소식이라뇨?"

"애덤스 양이 어젯밤 잠자는 도중에 사망했습니다. 베로날 과다 복용이었다고 하더군요."

여자의 눈이 휘둥그레졌다.

"뭐라고요! 아니 우리 불쌍한 칼로타가……. 정말입니까? 믿을 수가 없네요. 대체 왜요? 어제까지만 해도 생기가 넘쳤는데요."

"그렇다고 하더군요. 하지만 사실입니다, 마드무아젤. 그런데 지금 딱 1시로군요. 저와 제 친구와 함께 점심을 들지 않으시겠습니까? 몇 가지 물어 볼 것들이 있는데요."

푸아로의 말에 여자는 그를 아래위로 훑어보았다. 웬만해서 몸싸움에서 지지 않는 작지만 야무진 동물 같았다. 왠지 팍스테리어를 연상시켰다.

그녀는 다짜고짜 물었다.

"누구신데요?"

"제 이름은 에르퀼 푸아로라고 합니다. 여긴 친구 헤이스팅스 대위죠."

나는 고개를 숙여 인사했다.

그녀는 우리를 번갈아서 면밀히 살피더니 불쑥 말했다.

"당신 이야기는 들어본 적 있어요. 가도록 하죠."

그녀는 금발 여인을 불렀다.

"도로시?"

"네, 제니 씨."

"레스터 부인이 우리가 맞춤 제작한 로즈 데스카르트 모델을 찾으러 오실거야. 깃털을 이것저것 한번 달아 드려 봐. 갔다 올게. 오래 걸리진 않을 것 같아."

그녀는 작은 모자를 집어 들고 비스듬하게 쓰더니 코에 열심히 파우더를 바른 다음 푸아로를 쳐다보았다.

"준비 됐어요."

5분 후 우리는 도버 가의 작은 레스토랑에 앉아 있었다. 푸아로가 웨이터를 불러 주문했고 칵테일이 우리 앞에 놓였다.

제니 드라이버가 먼저 말을 꺼냈다.

"이제 말씀해 주세요. 칼로타가 무슨 일에 얽혀 있었나요?"

"분명 어떤 일에 얽혀 있었습니다. 그런데요, 마드무아젤?"

"지금 누가 질문을 하는 입장이죠? 당신이에요, 저예요?"

푸아로가 빙글빙글 웃었다.

"제 생각에는 저인 것 같습니다만. 애덤스 양과 절친한 친구셨다고 들었습니다."

"맞아요."

"에 비엥(그러면), 마드무아젤. 저는 지금 고인이 된 친구분을 위해 일하고 있다고 거듭 말씀드리고 싶군요. 그 점만은 믿어 주셨으면 좋겠습니다."

제니 드라이버는 잠시 입을 다물고 그의 말을 생각하다가 마침내 찬성하듯 고개를 끄덕였다.

"믿도록 하겠어요. 계속하세요. 저한테 뭘 원하시는 거죠?"

"마드무아젤, 어제 친구분과 점심을 함께 먹으셨다고요?"

"그랬어요."

"어젯밤 계획에 대해서 말하지 않던가요?"

"정확히 어젯밤이라고는 이야기하지 않았어요."

"그러면 뭔가 말하긴 했군요."

"아마 당신이 찾고 있는 뭔가에 관해 말한 것 같아요. 하지만 비밀을 지켜 달라고 했는데요."

"이해합니다."

"잠시만요. 그러면 제가 제 입장에서 설명 드리는 게 나을 것 같네요."

"그러도록 하세요, 마드무아젤."

"어디서부터 시작해야 할지……. 칼로타는 매우 들떠 있었어요. 평소에는 굉장히 차분한 편이거든요. 어떤 일에도 그렇게 흥분하지 않아요. 정확히 뭔지 말하기는 꺼려하는 게, 말하지 않기로 약속을 했다더군요. 하지만 뭔가가 있었어요. 제가 듣기로는 짓궂은 장난 같은 게 아닐까 싶었죠."

"장난요?"

"네. 그렇게 말했어요. 언제 어떻게 어디서인지는 자세히 이야기하지 않았지만요. 그런데 말이죠."

그녀는 잠시 말을 멈추고 얼굴을 찡그렸다.

"아시겠지만 원래 칼로타는 농담이나 장난 같은 걸 즐기는 사람이 아니거든요. 진지하고 정직하고 성실한 여자예요. 그 장난에 그녀를 밀어 넣은 사람이 있을 겁니다. 이건 제 생각이 그렇다는 거지 칼로타가 그렇게 말하진 않았어요."

"압니다. 전적으로 이해합니다. 그래서 어떤 생각을 하셨죠?"

"제 생각에는 거의 확실히 배후에 돈이 있는 것 같았어요. 칼로타를 흥분시키는 건 돈밖에 없거든요. 원래 성향이 그래요. 그녀는 제가 본 사람 중에 가장 이재에 밝은 여자예요. 돈이 아니면, 그것도 아주 많은 돈이 얽힌 일이 아니라면 그렇게까지 들뜨고 그렇게까지 즐거워 보였을 리가 없으니까요. 큰 내기를 했는데 승산이 높기라도 한 것 같았죠. 물론 그건 사실이 아닐 수도 있어요. 그게 칼로타는 내기나 도박을 하지 않거든요. 절대 도박을 한 적은 없었어요. 그래도 돈이 개입된 것은 확실히 분명하다고 생각되었죠."

"본인이 그렇다고 말을 한 건 아니고요?"

"안 했어요. 그냥 자기가 앞으로 이런 저런 걸 하는데 해낼 자신이 있다고 하더군요. 미국에 있는 동생을 불러서 파리에서 만날 예정이라고 하더군요. 여동생을 무척 아끼거든요. 굉장히 예민하고 음악적인 재능이 풍부한 아이라면서요. 이게 제가 아는 전부랍니다. 원하신 게 맞나요?"

푸아로가 고개를 끄덕였다.

"맞습니다. 제 이론이 확고해졌군요. 솔직히 더 많은 정보를 원했지만요. 저는 애덤스 양에게 비밀이 있었다는 건 이미 예상했습니다. 제가 바란 건 친한 친구한테 속 이야기를 곧잘 털어놓지 않았을까 하는 거였죠."

제니가 인정했다.

"그래서 말하라고 계속 졸랐죠. 하지만 웃기만 하고 나중에 말해 주겠다고 하더군요."

푸아로는 잠시 침묵을 지키다가 입을 열었다.

"에지웨어 경이란 이름을 들어보셨습니까?"

"네? 살해됐다는 남자 말이죠? 30분쯤 전에 호외가 나돌더군요."

"맞습니다. 혹시 애덤스 양이 그 남자를 알고 있다고는 안 하던 가요?"

"아닐걸요. 아마 그렇진 않을 겁니다. 아! 잠깐만요."

"무슨 일이죠. 마드무아젤?"

푸아로의 눈이 반짝였다.

"그게 언제였더라……."

그녀는 기억을 끄집어내려는 듯 눈썹을 잔뜩 찡그렸다.

"그래요. 이제 생각나요. 딱 한 번 언급한 적이 있었어요. 아주 씁쓸해 하면서요."

"씁쓸해 했다고요?"

"그래요. 뭐라고 묘사했더라. 그런 포악하고 이해심이라고는 털끝만치도 없는 남자가 다른 이들의 삶을 짓밟는다는 건 있을 수 없는 일이라고요. 또 이런 말도 했었죠. 만약 그 남자가 죽으면 여러 사람이 행복해질 거라고."

"그런 말을 한 게 언제였죠, 마드무아젤?"

"한 달 전쯤이었어요. 아마 그럴 거예요."

"어쩌다 그 사람이 화제에 오른 거죠?"

그녀는 솔직히 대답했다.

"그건 기억이 안 나요. 이름이 어디선가 튀어나왔거나 그랬겠죠. 아마 뉴스에 실렸던 것도 같네요. 어쨌건 저는 칼로타가 느닷없이 알지도 못하는 남자에 대해 악담을 퍼붓다니 좀 이상하다 싶었을 뿐이에요."

"정말 이상하군요."

푸아로가 생각에 잠긴 얼굴로 답했다. 그러더니 또 한 가지를 물었다.

"애덤스 양이 평소 베로날을 복용했나요?"

"제가 아는 한은 아니에요. 그걸 먹는 걸 본 적도 없고 그렇다고 이야기한 적도 없어요."

"가끔 가방에서 C.A.라는 이니셜이 적혀 있는 작은 금색 상자를 꺼내진 않던가요?"

"작은 금색 상자? 아뇨. 전혀 못 봤는데요."

"애덤스 양이 지난 11월에 어디에 있었는지 아십니까?"

"잠시만요. 아마 11월 말경이라면 미국으로 돌아갔을 때에요. 그 전에는 파리에 있었고요."

"혼자서요?"

"물론 혼자서 갔죠! 아, 죄송해요. 그런 의미는 아니셨을 텐데. 왜 사람들은 파리라는 단어만 꺼내면 뭔가 끈적끈적한 걸 떠올리는지 모르겠네요. 사실 그냥 멋지고 깔끔한 도시인데 말이죠. 하지만 칼로타는 주말여행 같은 건 안 갔어요. 혹시 궁금하셨다면 말이죠."

"마드무아젤. 이제부터 제가 굉장히 중요한 질문을 하나 하겠습니다. 애덤스 양이 관심을 가진 남성이 있었나요?"

"그 질문에 대답은 '없었습니다'예요."

제니가 천천히 말했다.

"처음 칼로타를 만났을 때부터 그애의 머릿속에는 온통 일과 여동생밖에 없었어요. 가족들의 생계가 자기한테 달렸다는 걸 잘 알고 있었죠. 그러니까 대답은 '없다'지요. 엄밀하게 말하자면요."

"그러면 그렇게 엄밀하게 따지지 않는다면?"

"하지만 최근에는 어떤 남자에게 혹 관심이 생겼을지도 모른다는 생각을 한 적은 있어요."

"아!"

"하지만 그건 완전히 일방적인 추측이에요. 그냥 태도로 넘겨짚은 것뿐이니까요. 근래에는 아주 조금 달라 보였어요. 그렇다고 홀딱 빠진 것 같진 않았고요. 약간 공상에 빠진 것 같다고나 할까. 하여간 다르긴 조금 달랐어요. 그런데 설명을 잘 못하겠네요. 그냥 같은 여자끼리만 느껴지는 미묘한 거라서. 물론 제가 완전히 틀렸을 수도 있지만요."

푸아로가 고개를 끄덕였다.

"고맙습니다. 마드무아젤. 한 가지만 더 묻겠습니다. 애덤스 양에게 D라는 이니셜을 가진 친구가 있었나요?"

"D라고요?"

제니는 곰곰이 생각해 보았다.

"D······. 아니요. 죄송해요. 아무도 생각이 안 나네요."

# 이기주의자

 

나는 푸아로가 질문을 하긴 했지만 특별히 다른 대답을 기대하지는 않았다는 것을 알았다. 그 말이 끝남과 동시에 그는 실망스러운 듯 고개를 저었다. 그는 생각에 잠겨 있었다. 제니 드라이버는 몸을 앞으로 기대고 팔꿈치를 탁자 위에 올려놓았다.

"그러면 이제는 제가 이야기를 들을 차례인가요?"

"먼저 마드무아젤을 칭찬해 드리고 싶군요. 질문을 잘 파악하고 그게 꼭 맞는 대답을 해 주셨습니다. 지혜로우신 분이군요. 마드무아젤도 저한테 이야기를 원하시죠? 그렇게 많진 않지만 해 보겠습니다. 그냥 몇 가지 사실일 뿐입니다."

그는 잠시 멈추고 낮은 목소리로 말했다.

"지난밤, 에지웨어 경이 자택의 서재에서 살해됐습니다. 어젯밤 10시경 제가 애덤스 양이라고 믿고 있는 한 여인이 그 저택에 갔었죠. 에지웨어 경을 만나러 간 그 여자는 본인이 에지웨어 부인이라고 밝혔습니다. 금발머리 가발을 쓰고 아마 당신은 여배우 제인 윌킨슨으로 더 잘 알고 있을 진짜 에지웨어 부인과 아주 흡사하게 변장을 한 채로 말이죠. 애덤스 양은 (만약 그녀가 확실하다면) 단지 몇 분만 그 집에 머물렀어요. 그리고 10시 5분쯤에 나갔죠. 하지만 집에는 자정까지 들어오지 않았습니다. 그리고 침대에 들었어요. 베로날을 과용하고서 말이죠. 마드무아젤, 이제까지 제가 드린 질문의 요지를 아시겠지요?"

제니는 숨을 깊숙이 들이마셨다.

"네. 이제야 알겠네요. 선생님이 맞는 것 같아요. 푸아로 씨. 그 사람이 칼로타였다는 사실은 맞아요. 왜냐면 걔가 어제 저한테 새 모자를 하나 샀거든요."

"새 모자라고요?"

"얼굴 왼쪽을 가릴 모자가 필요하다고 하더군요."

여기서 잠깐 나는 그때까지 전혀 몰랐던 몇 가지 사실에 대해 설명을 곁들여야 할 것 같다. 나는 이 시대 유행하는 수많은 모자를 봤는데 어떤 모자들은 얼굴을 온통 가리게 되어 있어서 친한 친구조차 알아보기 힘들 정도다. 챙이 앞으로 기울어진 모자도 있고 뒤로 젖혀진 것도 있고 베레모도 있고 그 밖에도 내가 몰랐던 가지각색의 모자가 있었다. 특히 올해 6월에 유행하는 모자는 수프 접시를 거꾸로 해 놓은 것처럼 챙이 넓이서 그걸 한쪽으로 기울여 쓰면 반대쪽 얼굴과 머리만 보인다.

"보통 그런 모자들은 오른쪽 귀가 닿게 기울여 쓰잖습니까?"

아담한 모자 디자이너는 고개를 끄덕이고 설명해 주었다.

"하지만 반대쪽으로 쓰는 것도 몇 개 제작해요. 왼쪽보다는 오른쪽 얼굴에 더 자신이 있다거나 머리를 한쪽으로만 내리는 사람들이 이용하죠. 그러면 왜 칼로타가 그쪽 얼굴을 가릴 모자가 필요했던 거죠? 특별한 이유라도 있었나요?"

나는 리전트 게이트 저택의 문이 왼쪽으로 열린다는 것을 기억해냈고 누구든 그 문으로 들어가면 집사에게 왼쪽 얼굴이 환하게 노출된다는 사실과 아울러, 며칠 전 저녁 제인 윌킨슨의 왼쪽 눈 밑에 작은 점이 있는 것을 보았던 일도 기억해냈다.

나는 내가 아는 것을 조목조목 말했다. 푸아로가 고개를 힘차게 위아래로 끄덕였다.

"맞아. 그래. 부자베 파르페트망 레이종(다 그럴듯한 이유가 있게 마련이지), 헤이스팅스. 모자를 구입한 이유가 충분히 설명되는군."

갑자기 제니가 몸을 꼿꼿이 세우며 물었다.

"푸아로 씨, 혹시 그렇게 생각하시는 건 아니죠? 혹시라도 말이죠. 칼로타가 그랬다고, 그 남자를 죽였다고요? 설마 그렇게 믿고 계신 건 아니시겠죠. 그 사람에 대해서 악담 좀 했다고 말이에요."

"아닙니다. 그래도 의문이 남기는 합니다. 애덤스 양은 왜 그렇게 말해야만 했을까요? 그 이유를 꼭 알고 싶다는 거죠. 그가 무슨 짓을 했기에, 그녀가 그 남자에 대해 무엇을 알고 있기에 그런 식으로 말했을까요?"

"잘 모르겠어요. 하지만 그 애가 그 남자를 죽이지는 않았어요. 절대 아니에요. 그렇게까지 경솔한 여자가 아니에요."

푸아로가 찬성의 뜻으로 고개를 끄덕였다.

"그렇습니다. 맞아요. 아주 적절하게 표현하셨습니다. 심리학적인 관점에서 그렇게 볼 수 있어요. 동감합니다. 이건 과학적으로 봐야 할 문제인데 그렇게 세련되게 처리하진 않았더군요."

"과학적이라고요?"

"살인자는 어디를 찔러야 즉사하는지 정확히 알고 있었습니다. 두개골의 신경 중추가 척수와 결합되는 부분을 찔렀어요."

"꼭 의사가 한 짓 같네요."

제니는 생각에 잠긴 채로 말했다.

"혹시 애덤스 양이 아는 의사가 있었습니까? 친구 중에 의사는 없었나요?"

제니는 고개를 흔들었다.

"들어본 적 없어요. 적어도 이곳에는 없어요."

"또 다른 질문입니다. 애덤스 양이 코안경을 끼나요?"

"안경이라고요? 천만에요."

"아!"

푸아로가 얼굴을 찌푸렸다.

내 머릿속에 한 가지 영상이 스치고 지나갔다. 콜타르(석탄산) 냄새를 풍기고 돗수 높은 안경 때문에 크게 보이는 눈을 빛내는 의사의 모습. 내가 무슨 생각을 하고 있는 거지?

"그런데 애덤스 양이 브라이언 마틴이란 영화배우를 알았나요?"

"그건 왜요? 맞아요. 어렸을 때부터 알았다고 하더군요. 그렇게 자주 보는 사이는 아니었어요. 아주 가끔 안부만 확인하는 정도? 조금 자만심이 강한 사람이라고는 했었죠."

그녀는 시계를 보더니 소리쳤다.

"이런. 저는 이제 그만 날아가 봐야 되겠군요. 제가 좀 도움이 됐나요, 푸아로 씨?"

"그럼요. 조만간 들러서 몇 가지 더 여쭈어도 되겠습니까?"

"그러세요. 누군가 사악한 음모를 꾸민 거예요. 그게 누군지 알아내야 해요."

그녀는 나와 짧게 악수를 나누고 흰 이를 드러내며 예상치 못한 미소를 짓더니 역시나 훌쩍 자리를 떠났다.

"흥미로운 성격이로군."

푸아로가 식사비를 지불하며 말했다.

"나는 좋은데요."

"머리가 잘 돌아가는 사람을 만나면 대화가 통하니 즐겁지."

"약간 냉정한 것도 같아요. 친구가 죽었다는 데 반응이 저 정도밖에 아니라니 놀랍네요. 예상과는 달랐죠."

"분명 질질 짜는 타입은 아니지. 그건 맞아."

푸아로가 건조하게 대꾸했다.

"원하는 정보는 충분히 얻어냈습니까?"

그는 고개를 흔들었다.

"아니. 사실 나는 그 금색 상자를 준 D란 사람에 대한 힌트를 꼭 얻고 싶었어. 하지만 실패로 돌아갔지. 아쉽게도 칼로타 애덤스는 내성적인 아가씨더군. 자기 친구라든가 남자 문제에 대해 시시콜콜 수다를 떠는 성격이 아니야. 어쩌면 그 사기에 가담하라고 종용한 자는 친구가 아닐 수도 있지. 그냥 안면이 있는 사람이 '모험'이니 뭐니 하면서 제안했을 수도 있다네. 그자가 우연히 그녀가 가지고 다니는 금색 상자와 그 안의 내용물을 보고 기회로 삼았을지도 모르지."

"하지만 대체 어떻게 먹였던 걸까요? 그리고 언제요?"

"글쎄. 아파트 문이 열려 있었던 때가 있잖나. 가정부가 편지를 부치러 갔을 때 말이네. 하지만 그 가능성은 별로 만족스럽지가 않아. 너무 우연의 여지가 많으니까. 그래도 두 가지 단서가 있으니까 이제부터 작업을 열심히 해 봐야지."

"어떤 것들입니까?"

"첫째, 빅토리아 지역 국번으로 건 전화야. 칼로타 애덤스가 임무 성공을 알리기 위해 전화를 했을 수도 있어. 그런데 10시 5분부터 12시까지는 어디 있었던 걸까? 아마 그 장난을 사주한 사람과 약속을 했을 수도 있지. 만약 그렇다면 그냥 친구에게 건 전화일 수도 있네."

"두 번째 단서는 뭐죠?"

"아! 거기에 내가 많은 희망을 걸고 있어, 헤이스팅스. 여동생에게 보내는 편지 말일세. 가능성이긴 하지만 말이야. 오직 가능성이네. 그 편지에 이 사건의 전말을 모두 밝혔을지도 모를 일이야. 왜냐면 그 편지는 일주일 후에 다른 나라에서 읽게 될 테니 그렇게 신의를 저버린 건 아닐 테니까."

"놀랍겠네요. 그렇게 된다면 말이죠."

"하지만 너무 큰 기대를 해선 안 돼, 헤이스팅스. 그냥 그럴 수도 있다는 것뿐이지. 그게 다야. 우리는 이제 다른 방향에서 알아봐야 하네."

"다른 방향이라뇨?"

"에지웨어 경의 죽음으로 어떤 식으로든 신변상의 이득을 얻게 되는 사람들을 면밀히 조사해야 해."

나는 어깨를 으쓱했다.

"조카와 아내를 빼면……."

"아내가 결혼하고 싶어 했던 남자도 있지."

"그 공작? 지금 파리에 있잖습니까?"

"그건 그렇지. 하지만 공작도 이해관계가 얽혀 있긴 하지. 그리고 그 저택에 있는 사람들, 예를 들면 집사와 하인들도 있겠지. 그들이 속 깊은 불만을 갖고 있었을지 어찌 아는가? 하지만 내가 먼저 공격해야 할 인물은 마드무아젤 제인 윌킨슨이야. 만나서 이야기를 좀 끌어내 봐야겠어. 영리한 여자니까 뭔가 제공해 줄지도 몰라."

우리는 다시 한 번 사보이 호텔로 향했다. 여자는 상자와 포장지에 둘러싸여 있었고 의자마다 우아한 검은색 옷들이 걸려 있었다.

제인은 무언가에 깊이 몰두한 듯 진지한 표정으로 거울 앞에서 또 다른 검은 모자를 써 보고 있었다.

"푸아로 씨, 웬일이세요? 어서 앉으세요. 앉을 자리가 있을지나 모르겠네요. 엘리스, 좀 치워 줘요."

"마담, 아주 근사합니다."

제인은 심각한 얼굴이었다.

"나는 솔직히 위선자 노릇을 하고 싶진 않아요, 푸아로 씨. 하지만 나를 주시하는 사람들이 많겠죠. 그렇게 생각하지 않으세요? 내 말은 조심성 있게 행동해야 할 것 같단 뜻이에요. 아! 그건 그렇고 공작에게서 달콤한 전보를 받았답니다."

"파리에서 온 건가요?"

"네, 파리에서요. 물론 신중하게 애도의 뜻을 전하고 있긴 하지만 그래도 행간을 읽을 수 있으니까요."

"축하합니다, 마담."

"푸아로 씨."

그녀는 양손을 꼭 맞잡고 말했다. 낮고 허스키한 목소리였다. 마치 아름답고 신성한 생각을 겉으로 표현하기 직전의 천사와 같아 보였다.

"나도 요즘 많은 생각을 한답니다. 모든 게 기적인 것만 같다고요. 무슨 뜻인지 아세요? 나를 보세요. 모든 걱정이 연기처럼 사라졌죠. 골이 지끈지끈 아팠던 이혼 문제도 없고요, 성가신 일이란 하나도 없어요. 앞길이 탁 트인 것만 같고 순풍에 돛단 듯 일이 흘러가고 있죠. 요즘에는 경건한 느낌마저 들어요. 내 말 뜻 아시겠어요?"

나는 숨을 들이쉬어야 했다. 그녀를 바라보는 푸아로의 머리가 한쪽으로 기울어져 있었다. 그녀는 정말 진지했다.

"그러니까 진짜 그런 기분이 든단 말씀입니까, 마담?"

제인은 외경심에 사로잡힌 듯 속삭였다.

"모든 일이 내게 좋은 방향으로 일어났잖아요. 요즘 온통 이 생각밖에 안 했었어요, 에지웨어가 죽기만 해 주면 얼마나 좋을까. 그리고 때마침 그가 죽었잖아요! 이런 걸 두고 기도가 이루어졌다고 하는 것 아니겠어요?"

푸아로는 목청을 가다듬었다.

"저도 이 상황을 그런 식으로 본다고는 말 못하겠습니다, 마담. 누군가 남편을 죽였습니다."

그녀는 고개를 끄덕였다.

"그거야 그렇죠."

"그 누군가가 궁금하다는 생각은 전혀 안 드십니까?"

그녀는 그를 빤히 바라보았다.

"그게 그렇게 중요한가요? 꼭 상관이 있을까요? 공작과 나는 이제 4~5개월 후면 결혼하게 될 테고……."

푸아로는 자제하기가 무척 힘들어 보였다.

"마담, 압니다. 알아요. 그 문제는 별도로 치고 대체 누가 남편을 죽였을까 이런 의문을 품어 본 적이 없단 말씀이십니까?"

"네."

그녀는 그러한 생각 자체가 의외인 것처럼 말했다. 우리는 그녀의 생각을 읽을 수 있었다.

"알고 싶지 않으십니까?"

푸아로의 질문에 그녀는 순순히 인정했다.

"별로요. 솔직히 그래요. 뭐 경찰이 찾아내겠거니 생각했을 뿐이에요. 경찰들은 수완이 좋잖아요, 안 그래요?"

"그렇다고들 하죠. 하지만 저도 기필코 이 문제를 밝혀낼 겁니다."

"선생님이요? 정말 우습네요."

"뭐가 우습죠?"

"글쎄, 잘 모르겠어요."

그녀의 시선은 다시 옷 근처에서 헤매고 있었다. 그녀는 새틴 코트를 입고 거울에 이리 저리 비춰 보았다.

푸아로가 눈을 깜빡거리며 말했다.

"반대하시진 않겠죠?"

"왜요? 그럴 것까진 없죠. 워낙 그 방면에는 정평이 나 있는 분이잖아요. 꼭 성공하시길 빌어요."

"마담, 저는 그런 바람보다 더 많은 것을 원하고 있습니다. 의견을 듣고 싶군요."

제인이 어깨 너머로 고개를 돌리면서 건성으로 물었다.

"의견이라고요? 뭐에 관해서요?"

"누가 에지웨어 경을 죽였다고 생각하십니까?"

제인은 머리를 흔들었다.

"몰라요!"

그녀는 이리 저리 어깨를 꿈틀거리면서 옷을 정돈하고 손거울을 집어 들었다.

"마담! 누가 '당신 남편을 죽였다'고 생각하십니까?"

푸아로는 큰 소리로 단어 하나하나에 힘주어 말했다.

이번에는 제인이 놀란 표정으로 답했다.

"제럴딘요. 그럴 것 같아요."

"제럴딘이 누구죠?"

그러나 제인의 주의는 다른 곳으로 돌아갔다.

"엘리스, 여기 오른쪽 어깨 좀 들어 줘요. 그래서 뭐라고요, 푸아로 씨? 제럴딘은 그 사람 딸이에요. 엘리스, 거기 말고 오른쪽 어깨 말이야. 더 낫네. 아! 푸아로 씨 가시려고요? 정말 여러 가지로 감사해요. 이혼 문제도 그렇고. 물론 이제는 필요 없게 되어 버렸지만요. 앞으로도 언제까지나 선생님을 대단한 분으로 알고 존경할 거예요."

나는 그 뒤로도 제인 윌킨슨을 두 번 더 보았다. 한 번은 무대에서, 그리고 한 번은 오찬 모임에서였다. 그러나 나는 그녀만 생각하면 옷에 온 정신과 마음을 빼앗긴 그때 그 모습만 오롯이 떠오른다. 푸아로의 행동에는 신경도 쓰지 않고 아무 말이나 내뱉으며 오직 자기 자신에게만 확고하게 집중하고 있던 그 모습…….

"에피탕(대단해)."

푸아로는 스트랜드 가로 접어들면서 거의 감탄에 젖은 목소리로 말했다.

# 딸

우리 호텔 방에 도착하자 탁자에 편지가 한 통 놓여 있었다. 푸아로가 편지를 들고 평소처럼 깔끔하게 겉봉을 뜯더니 껄껄 웃었다.

"이런 걸 뭐라고 하더라? '악마에 대해서 이야기하면 악마가 나타난다.'고 해야 하나? 이것 보게, 헤이스팅스."

나는 그에게 편지를 받아 들었다.

겉봉에는 리전트 게이트 17번지의 주소가 찍혀 있었다. 편지는 아주 똑바르고 특색 있는 글씨체로 쓰여 있어 읽기 쉬워 보였지만 막상 읽어 보니 이상하게도 그렇지가 않았다.

에르퀼 푸아로 선생님께

선생님이 오늘 아침 경감님과 같이 우리 집에 다녀가셨다는 말을 전해 들었습니다. 대화를 나눌 기회가 없어서 무척 유감스럽게 생각

합니다. 만약 그리 불편하지 않으시다면 오늘 오후 아무 때나 저에게
시간을 내주시면 감사하겠습니다.

제럴딘 마시 드림

"이상하네요. 왜 당신을 보려고 하는 걸까요?"

내가 말했다.

"왜 나를 보려고 하는 건지 이상하다고? 뭔가 수상쩍다는 거 아
닌가? 자네는 참 예의가 없구먼, 친구."

푸아로는 누가 말 실수라도 하면 절대 놓치지 않고 농담 비슷하
게 면박을 주는 데 일가견이 있었다.

"친구, 당장 가 보도록 하세나."

그는 있지도 않은 모자의 먼지를 세심하게 털고는 다시 머리에
얹었다.

제럴딘이 자기 아버지를 죽였을 거라고 한 제인 윌킨슨의 경솔한
말은 내게는 당치 않은 망언처럼 느껴졌다. 아마 두뇌가 텅 빈 사람
이나 그런 소리를 할 수 있을 것이다. 나는 내가 생각한 바를 푸아
로에게 전했다.

"두뇌, 두뇌라. 자네는 그 단어가 뭘 의미한다고 믿는 거지? 만약
자네 의견대로라면 제인 윌킨슨은 토끼 정도의 두뇌를 갖고 있는
사람이겠군. 멸시의 표현이지. 하지만 토끼를 한번 생각해 보게. 토
끼는 열심히 번식하면서 살아가고 있어, 안 그런가? 어쩌면 생존 본
능은 고매한 정신보다 더 우수한 설시도 몰라. 우리 사랑스러운 에

지웨어 부인은 역사나 지리나 고전에 대해서는 완전히 까막눈이지. 상 두트(아마) 노자라고 하면 무슨 북경 강아지가 아닌가 할 테고, 몰리에르는 메종 드 쿠튀에(재단사) 이름인 줄 알 거야. 하지만 옷에 관해서라든지, 또 부와 명성을 한 번에 거머쥘 수 있는 결혼이라든지, 자기 뜻을 관철시키는 방면에 있어서라면 그녀는 눈부신 성공을 거두지. 에지웨어 경의 살해범에 대한 철학자의 고견은 내게는 아무 필요도 없어. 그리고 철학자의 관점에서 보통 살인의 동기는 절대 다수의 절대 선을 위한 것이라고 볼 테니 판단이 어려워. 사실 자기네 철학자 중에는 살인하는 사람도 별로 없으니까 그 속성을 몰라. 하지만 에지웨어 부인의 지나가는 한 마디가 나에게는 큰 도움이 될 수도 있어. 그녀의 관점은 철저히 유물론적인 데다 인간 본성의 사악한 측면을 알고 있는 데서 비롯된 거야."

"그러면 뭔가 있을 수도 있겠네요."

내가 마지못해 인정했다.

"누 부아시(바로 그거야). 왜 이 젊은 아가씨가 나를 이렇게 급히 보고 싶어 하는지 무척 궁금하네."

푸아로가 말했다.

나는 이대로 지고만 있을 수 없어서 말을 받아쳤다.

"그건 본능적인 욕망 아니겠습니까. 겨우 15분 전에 그렇게 강조한 거 있잖습니까? 본능! 가까운 곳에서 특이한 존재를 보고 싶은 본능적인 욕망. 그 외에 더 뭐가 있겠습니까?"

"어쩌면 요전 날 그녀 마음에 깊은 인상을 남긴 사람은 자네 쪽일지도 몰라."

푸아로는 벨을 누르며 대답했다.

나는 문가에 서 있던 놀란 얼굴의 아가씨를 상기했다. 핏기 없는 하얀 얼굴에 이글거리는 갈색 눈이 아직까지도 눈에 선했다. 찰나였지만 나도 아주 강렬한 인상을 받았었다.

우리가 2층의 큰 응접실로 안내되었고 잠시 후 제럴딘 마시가 그곳으로 들어왔다.

예전에 받았던 그 강렬함은 이번에는 더욱 강해졌다. 창백한 얼굴에 상대를 삼킬 듯한 커다란 검은 눈을 빛내는 늘씬한 아가씨의 자태는 매우 시선을 끌었다.

그녀의 몸가짐은 정말 침착했는데 아직 어린 소녀에 가깝다는 것을 고려하면 더욱 그랬다.

"이렇게 빨리 와 주셔서 감사합니다, 푸아로 선생님. 오늘 아침에 뵙지 못해서 안타까웠어요."

"침대에서 쉬고 계셨다고 들었습니다."

"네. 아시겠지만 아버지의 비서인 캐롤 양이 고집을 피우셔서요. 저를 굉장히 세심하게 보살펴주고 계시죠."

하지만 왠지 그 목소리에 원망의 기운이 묻어나서 나는 순간 어리둥절해졌다.

"내가 어떤 식으로 도와드릴까요, 마드무아젤?"

푸아로가 물었다.

그녀는 약간 망설이더니 입을 열었다.

"아버지가 돌아가시기 전날 여기 만나러 오셨었죠?"

"그렇습니다, 마드무아젤."

"무슨 일로요? 아버지가 부르신 건가요?"

푸아로는 잠시 대답을 미루었다. 어떻게 말해야 할까 심사숙고하는 것 같았다. 그러나 지금 와서 생각해 보면 그건 치밀하게 계산된 행동에 불과했다. 그는 그녀에게서 아무 말이라도 끌어내고 싶어서 일부러 뜸을 들인 것이었다. 그가 보기에 그녀는 조바심을 내고 있었고 한시바삐 뭔가 알아내고 싶어 했다.

"아버지가 뭔가 두려워하시는 게 있었나요? 말해 주세요. 꼭 말해 주세요. 전 알아야 해요. 뭘 두려워하셨나요? 왜 그러셨죠? 선생님에게 무슨 말을 하신 거죠? 제발! 왜 말씀을 안 하시는 거죠?"

처음부터 나는 그녀의 억지로 꾸민 침착함이 자연스럽지 않다고 생각했었다. 그 평정심은 단숨에 무너져 내리고 말았다. 이제는 상체를 앞으로 숙인 채 무릎 위에 놓인 두 손을 신경질적으로 꼬아 대고 있었다.

"에지웨어 경과 나 사이에 있었던 일은 철저히 비밀이었습니다."

푸아로가 느릿느릿 말했다.

그녀의 시선은 그에게 못 박혀 있었다.

"그렇다면 선생님 말씀은 말이죠. 그게 어쩌면 우리 가족과 관련이 있다는 건가요? 왜 그렇게 앉아서 저를 고문하세요. 제발 한 마디라도 해 주세요. 저는 알아야 할 필요가 있어요. 꼭 알아야 해요. 부탁드립니다."

다시 한 번 푸아로는 혼란에 가득 찬 표정으로 느릿느릿 고개를 가로저었다.

그녀는 자세를 고쳐 앉았다.

"푸아로 선생님. 저는 그분의 딸이에요. 제게는 그것을 알 권리가 있어요. 아버지가 죽기 전날 무엇을 두려워했는지 알아야 해요. 제가 모르고 지나가는 건 옳지 않아요. 그건 아버지에게도 잘못하시는 거예요. 말씀을 안 해 주신다면 말입니다."

"아버지를 무척 사랑하셨나 보군요, 마드무아젤?"

푸아로가 온화하게 물었다.

그녀는 마치 벌에라도 쏘인 듯이 움찔하더니 속삭였다.

"좋아해요? 좋아한다고요? 제가요?"

자제심은 허물어졌다. 그녀는 몸을 젖히고 요란스레 웃어 대기 시작했다. 의자에 기대더니 웃고 또 웃었다.

"정말 우습네요. 제가 그런 질문을 받다니 정말 우습지 뭐예요."

그녀는 숨을 고르며 말했다.

히스테릭한 웃음은 밖에서까지 들릴 정도로 계속되었다. 문이 열리고 캐롤 양이 들어왔다. 그녀의 태도는 엄숙하고 진지했다.

"제럴딘. 이봐요. 이제 그만해요. 그러지 말고. 조심해요. 내가 말했지. 당장 그만 해요. 지금 당장!"

그녀의 완고한 태도는 효과가 있었다. 제럴딘의 웃음소리가 잦아들었다. 그녀는 눈물을 닦고는 다시 몸을 일으켜 나지막한 목소리로 말했다.

"죄송해요. 제가 항상 이런 건 아니랍니다."

캐롤 양은 마땅찮은 눈길로 계속 그녀를 주시하고 있었다.

"지금은 괜찮아요, 캐롤 양. 알아요. 바보 같은 행동이었어요."

그러면서 갑작스럽게 씩 웃어 보였다. 입술이 뒤틀리는 기묘하고 쓰디쓴 미소였다. 그녀는 의자에 등을 기대 똑바로 앉더니 허공을 바라보았다. 그리고는 목소리를 가다듬고 명료하게 말했다.

"이분이 저한테 이렇게 물으시잖아요. 제가 아버지를 좋아했냐고 말이죠."

캐롤 양은 쓸데없이 헛기침만 두어 번 했다. 그녀의 우유부단함을 나타내는 태도였다. 제럴딘은 카랑카랑하고 냉소적인 목소리로 말했다.

"거짓말을 할까요, 아니면 진실을 말하는 게 나을까요? 아무래도 진실이 좋겠네요. 저는 아빠를 좋아하지 않았어요. 좋아하기는요, 보기 싫어서 미칠 지경이었는걸요!"

"제럴딘, 제발."

"왜 아닌 척을 해야 하죠? 아버지가 당신을 못 건드리니까 당신은 아버지를 싫어하지 않았겠죠. 당신은 이 세상에서 아버지가 함부로 대하지 못한 유일한 사람이잖아요. 아버지를 그냥 돈 많이 주는 고용주로밖에 안 봤죠. 아버지의 괴팍함이나 괴벽은 아무 상관 없어요. 그냥 무시하면 됐으니까요. 뭐라고 할지 난 다 알아요. '사람들은 다 뭔가 참고 살아야 한다'고요? 당신은 어쩌면 그렇게 항상 감정의 변화가 없고 무심하죠? 어쩌면 강한 여성상의 표본이라고 할 수도 있겠네요. 인간이라고 할 수는 없지만요. 어쨌건 당신은 마음만 내키면 이 집에서 걸어 나갈 수 있었잖아요. 나는 못 그랬어요. 나는 여기 꼼짝없이 붙들려 있었다고요."

"정말이지, 제럴딘. 이럴 필요까지 없다고 봐요. 부녀지간이 항상 그림처럼 좋은 것만은 아니죠. 하지만 살면서 굳이 꺼내지 않아도 될 이야기들이 있는 법이에요."

제럴딘은 그녀에게서 획 하고 등을 돌린 후 푸아로에게 말을 붙였다.

"푸아로 선생님, 저는 아빠를 지긋지긋하게 증오했어요! 그렇게 죽어 버려서 얼마나 기쁜지 몰라요. 제가 드디어 자유를 찾은 거죠. 자유와 독립. 솔직히 살인자를 찾고 싶은 생각도 없어요. 앞으로라도 우리가 알게 될 건 아버지를 살해한 사람은 그럴만한 이유가 있을 거라는 거죠. 아주 중대한 이유요. 그 행동을 정당화하기에도 충분할 거에요."

푸아로는 그녀를 신중하게 바라보았다.

"그건 수긍하기 어려운 이론이군요, 마드무아젤."

"누군가를 교수형에 처한다고 우리 아버지가 살아 돌아오기라도 하나요?"

"아니요. 하지만 죄 없는 다른 사람이 살해되는 건 막을 수가 있겠죠."

"무슨 뜻인가요?"

"한 번 살인을 한 사람은 말입니다, 마드무아젤. 또 다른 사람을 죽이게 되어 있어요. 그러다가 연쇄 살인을 할 수도 있는 겁니다."

"저는 그렇게 생각지 않아요. 정상적인 인간이라면."

"그러면 아가씨는 그런 짓은 살인광이나 한단 말입니까? 그렇긴 합니다. 맞아요. 한 사람의 생명을 끊기까지 살인자의 양심은 수없이 방황하고 고민했겠죠. 하지만 이 살인으로 인해 신변의 위험을 느끼게 되면 두 번째는 도덕적인 갈등 없이 수월하게 처리하고 말아요. 그러다가 의심을 받는다거나 위협을 당하면 또 세 번째 살인도 마다않을걸요. 그리고 조금씩 예술가적인 경지로 올라서고 이것도 전문 기술이라고 생각하죠. 그때부터는 거의 쾌감을 위해 살인을 저지르게 됩니다."

그녀는 두 손으로 얼굴을 가렸다.

"무서워요. 끔찍해. 그럴 리가 없어요."

"만약 내가 말한 일이 이미 벌어졌다면요? 범인이 죄를 들키지 않기 위해 또 한 명을 죽였다면요?"

"무슨 말씀이세요, 푸아로 씨? 또 죽이다뇨? 누가요? 누구를요?"

캐롤 양이 소리쳤다.

푸아로는 점잖게 고개를 저었다.

"그저 제 상상일 뿐입니다. 죄송합니다."

"아! 그렇군요. 순간적으로 진짜 일어났다는 말인 줄 알았어요. 자, 제럴딘. 이제 그 터무니없는 이야기는 마치는 것이 좋을 것 같은데요."

"당신도 내 편이겠죠? 그럴 겁니다."

푸아로는 고개를 약간 숙이면서 말했다.

"저는 사형 제도를 지지하지 않아요. 하지만 선생님 편이라고 할 수도 있겠죠. 사회는 범죄로부터 보호되어야 하니까요."

캐롤 양이 기세등등하게 말했다.

제럴딘이 일어났다. 머리를 천천히 뒤로 쓸어 넘기면서 말했다.

"죄송해요. 아무래도 제가 오늘 어리석은 행동을 한 것 같군요. 그런데 끝내 왜 아버지가 선생님을 불렀는지는 말씀해 주지 않으실 건가요?"

"부르다니요?"

캐롤 양이 깜짝 놀라 말했다. 하는 수 없이 푸아로는 나서서 사실을 밝혀야 했다.

"마시 양, 그건 오해입니다. 내가 전에 말하지 않았나요? 나는 그저 어디까지 우리 만남에 대해 비밀로 붙여야 할지를 고민했을 뿐입니다. 아버님이 나를 부르신 게 아닙니다. 내가 나의 고객을 위해서 아버님을 뵙고 싶다고 요청했습니다. 그 고객은 에지웨어 부인이었죠."

"아! 이제 알겠군요."

제럴딘의 얼굴에 정체를 알 수 없는 표정이 서렸다. 처음에는 그 것이 실망이라고 생각했지만 다시 보니 안심인 것 같았다. 그녀가 천천히 말했다.

"제가 완전히 바보였네요. 저는 아버지가 어떤 위협에 처했다거나 협박을 받고 있을 거라 생각했어요. 이제 보니 모두 다 착각이었군요."

"푸아로 선생님, 방금 아까 꺼내셨던 말씀 있잖아요. 그 여자가
두 번째 살인을 저질렀다는……."

캐롤 양이 말했다.

푸아로는 대답하지 않고 대신 딸을 보며 이야기를 했다.

"에지웨어 부인이 살인을 저질렀다고 생각합니까, 마드무아젤?"

그녀는 고개를 흔들었다.

"아니요. 그렇지 않아요. 그 여자가 그런 짓을 하는 건 상상할 수
가 없어요. 그런 일을 하기에 그 여자는 뭐랄까……. 인공적이라고
나 할까요?"

"나는 다른 누군가가 했다고도 생각지 않는 걸요. 그런 여자는 도
덕 관념이란 게 아예 없으니까."

캐롤 양이 바로 말을 잇자 제럴딘이 반박했다.

"꼭 그 여자가 아니었을 수도 있죠. 그냥 잠깐 와서 아버지와 이
야기를 하고 밖에 나갔고 진짜 살인범은 그 뒤에 들어온 미치광이
였을 수도 있죠."

"내가 볼 때 모든 살인자들은 미치광이야. 정신적인 결함이 있어
서 그런 거예요. 내분비선 과다라든가 뭐 그런 거."

캐롤 양이 다시 말했다.

그 순간 문이 열리더니 한 사나이가 들어오다가 난처한 얼굴로
멈춰 섰다.

"죄송합니다. 여기 누가 있는 줄 몰랐습니다."

제럴딘이 기계적으로 소개했다.

"제 사촌이에요. 에지웨어 경이죠. 이쪽은 푸아로 선생님. 괜찮아요, 로널드 오빠. 방해한 거 아니에요."

"정말이야, 디나? 안녕하십니까, 푸아로 씨? 선생님의 그 유명한 회색 뇌세포가 우리 가족의 미스터리를 위해 활동을 개시했나 보군요?"

나는 그 사내를 어디서 봤는지 떠올려 보려고 애를 썼다. 저 둥글고 쾌활하고 얼빠진 얼굴, 눈 밑에 약간 처진 살, 넓적한 얼굴 한가운데 마치 고립된 섬처럼 붙어 있는 작은 콧수염.

그렇다. 제인 윌킨슨의 호텔방에서 저녁 파티가 있었던 날 밤 칼로타 애덤스를 따라왔던 그 남자다.

로널드 마시 대위. 아니, 이제는 에지웨어 경이다.

# 조카

새로운 에지웨어 경은 눈썰미가 있었다. 그는 나의 슬쩍 놀란 표정을 바로 알아차렸다. 그가 친절하게 말했다.

"아! 생각났어요. 제인 아주머니가 연 저녁 파티에 계셨죠? 그날 제가 술을 몇 잔 했었는데 혹시 아셨나요? 하지만 사람들한테 들키지 않을 거라 혼자 생각했었죠."

푸아로는 제럴딘 마시와 캐롤 양에게 작별 인사를 하고 있었다.

"제가 아래층까지 바래다드리겠습니다."

로널드가 예의 바르게 말했다.

그는 앞장서서 계단을 내려가며 쾌활하게 말을 붙였다.

"참 알다가도 모르는 것이 우리네 인생 아니겠습니까? 언제는 보기 좋게 내쫓기더니 또 하루 아침에 장원의 영주가 되었지 뭡니까? 고인이 된 우리 큰아버지는 3년 전 저를 가차 없이 내보냈죠. 이미 알고 계시겠지만요, 푸아로 씨."

"들은 적은 있습니다."

푸아로가 차분하게 대답했다.

"그런 일이야 뭐 자연스럽게 소문이 퍼지죠. 그리고 선생님처럼 훌륭한 탐정이 그 정도를 놓쳤을 리 없고요."

그는 빙그레 웃고 식당 문을 열었다.

"가기 전에 한잔하고 가시죠."

푸아로가 거절했고 나 역시 거절했다. 하지만 이 젊은이는 벌써 술을 따르면서 계속 명랑하게 이야기를 했다.

"살인자를 위하여. 하룻밤 사이에 빚쟁이들의 골칫거리에서 장사꾼들의 희망으로 급부상하지 않았습니까? 어제만 해도 파산 직전이었는데 오늘은 부유한 상속인이 되었네요. 제인 큰어머니에게 축복을!"

로널드는 잔을 비웠다. 그리고 태도를 약간 바꾸어 푸아로에게 말했다.

"그런데 말입니다. 진지하게 묻는 건데요, 푸아로 씨가 대체 왜 여기 계신 겁니까? 4일 전에 제인 큰어머니가 극적으로 외치지 않았습니까? '누가 나를 위해 그 오만한 독재자를 없애 주겠어요?' 하고 말이죠. 그런데 자 보시라! 그녀가 해냈군요! 혹시 푸아로 씨가 대리인 역할을 하신 건 아니겠죠? 전직 명탐정 에르퀼 푸아로의 완전 범죄."

푸아로는 빙긋이 웃었다.

"제럴딘 마시 양의 편지를 받고 왔을 뿐입니다."

"아주 겸손한 대답이네요, 푸아로 씨. 아니, 정말로요. 여기서 뭘 하고 계신 거죠? 어떤 이유인지 몰라도 삼촌의 죽음에 관심이 있으신 게 아닙니까?"

"저는 항상 범죄에 관심이 많습니다, 에지웨어 경."

"하지만 저지르진 않으시잖습니까. 굉장히 조심스러운 분이니까요. 제인 아주머니한테도 조심하라고 일러 주지 그러셨습니까. 조심하기, 눈에 띄지 않는 법, 위장법 이런 거 말이죠. 자꾸 제인 아주머니라고 장난처럼 부르는 거 용서하십시오. 요전날 밤에 제가 이렇게 부르자 완전히 황당해하는 얼굴 보셨죠? 제가 누군지 전혀 짐작도 못하더군요."

"앙 베리테(정말인가요)?"

"그래요. 그녀가 여기 들어오기 3개월 전에 쫓겨났거든요."

그 사람 좋던 미소가 일시적으로 사라졌다. 그는 되도록 가볍게 말을 이어갔다.

"아름다운 여자지요. 하지만 섬세한 데가 없어요. 방법이 아주 거칠지 않습니까."

푸아로는 어깨를 으쓱했다.

"그렇게 볼 수도 있지요."

로널드는 의아한 눈빛으로 그를 바라보았다.

"그녀가 하지 않았다고 생각하시는군요. 선생님도 그 여자에게 넘어가신 건가요? 그렇습니까?"

푸아로가 차분하게 말했다.

"물론 저는 아름다움을 선망하죠. 하지만 증거 또한 매우 존중하고요."

그는 마지막 단어를 매우 나지막한 목소리로 말했다.

"증거라고요?"

상대는 날카롭게 되물었다.

"어쩌면 경은 모를 수도 있겠군요. 에지웨어 부인이 여기 나타났다고 하는 그날 밤 정확히 그 시각에 그녀는 치스윅에서 열린 파티에 참석했어요."

로널드는 그만 욕지거리를 내뱉었다.

"그러니까 거기 갔었단 말이죠! 참 여자들이란 왜 그러지? 6시쯤에는 오만을 떨고 있었죠. 하늘이 두 쪽 나도 안 가겠다고 말입니다. 아마 그러고 10분 후에 마음을 바꾼 모양이로군요. 살인을 계획한 사람은 절대 여자가 뭘 하겠다고 하는 말을 믿어선 안 돼. 아무리 계획을 야무지게 세워 봤자 바로 어긋나 버리는걸. 아니 여러분들이 무슨 생각을 하는지 제가 모르는 건 아닙니다. 가장 강력한 용의자는 누구겠습니까? 보나마나 세상이 다 아는 망나니, 이제껏 평생을 구질구질하게 살던 조카 녀석 아니겠습니까?"

그는 의자에 기대더니 낄낄거렸다.

"회색 뇌세포를 좀 쉬게 해 드릴까요, 푸아로 씨? 제인 아주머니가 무슨 일이 있어도 절대 외출하지 않겠다고 다짐에 다짐을 하던 어제 오후, 모임에서 저를 본 사람이 있었는지 굳이 힘들게 알아보실 것 없습니다. 전 거기 있었어요. 그러면 이렇게 자문하시겠죠. 혹시 저 행실 고약한 조카가 어젯밤 금발머리 가발과 모자로 변장하고 여기 나타난 걸까?"

이 상황을 즐기는 듯이 그는 우리를 관찰했다. 푸아로는 한쪽 머리를 갸우뚱 한 채로 그를 주시하고 있었다. 나는 왠지 이 자리가 불편해졌다.

"저에게는 동기가 있었습니다. 맞아요. 동기가 충분하죠. 선생님께 귀가 번쩍 뜨일 만한 정보를 하나 드리겠습니다. 사실 저는 어제 오전에 삼촌을 찾아왔습니다. 왜냐고요? 돈을 빌리려고요. 그래요, 구미가 당기는 이야기 아닙니까? '돈을 빌리러 왔다'고요. 하지만 결국 빈손으로 돌아갔죠. 그리고 그날 밤, 다른 날도 아니고 그날, 에지웨어 경이 죽은 겁니다. 제목 좋네요. 에지웨어 경 사망. 1면 기사감 아니겠습니까."

그는 잠시 말을 멈추었다. 푸아로는 아무 말도 하지 않았다.

"저에게 주목하시니 기분이 좋네요, 푸아로 씨. 헤이스팅스 대위는 마치 유령을 본 것처럼, 아니면 이제 보게 될 것 같은 얼굴을 하고 계신데. 너무 그렇게 펄쩍 뛰지는 마십시오. 허무하게 끝날 수도 있거든요. 그런데 어디까지 말했더라? 맞아! 맞아요. 행실머리 나쁜 조카 사건. 그 녀석은 결혼 생활에서 벗어나려고 하던 아주머니에게 죄를 덮어씌우기로 하죠. 한때 여자 연기로 호평을 받은 적이 있는 그 조카는 이번에 일생일대의 연기력을 발휘합니다. 여자 목소리로 자기가 에지웨어 부인이라고 밝힌 다음에 으스대면서 집사를 지나쳐 걸어가겠죠. 어떤 의심도 사지 않습니다. '제인.' 저의 사랑스러운 큰아버지가 부릅니다. '조지.' 제가 여자 목소리로 말하죠. 그리고 두 팔로 목을 껴안고는 펜나이프로 깔끔하게 찌르는 겁니다. 다음에 이어지는 이야기는 의학적인 거니 생략하겠습니다. 그리고 가짜 부인이 밖으로 나오죠. 그리고 보람찬 하루를 마치고 잠자리에 드는 겁니다."

그는 웃었고 자리에서 일어나 또 한 잔의 위스키와 소다를 따랐다. 그는 천천히 의자에 가서 앉았다.

"어떻습니까, 그럴듯하지 않습니까? 하지만 이 문제에 난관은 여기 있습니다. 실망하지 마세요! 사람들을 현혹시키는 아주 짜증나는 부분입니다. 이제부터 잘 보세요, 푸아로 씨. 알리바이에 부딪치고 만 거죠!"

그는 잔을 비웠다.

"저는 언제나 그 알리바이라는 게 참 재밌더라고요. 탐정 소설을 읽을 때도 알리바이가 나오는 장면을 특히 신경 써서 읽지요. 여기에 정말 훌륭한 알리바이가 있습니다. 믿을 만한 증인이 세 명이나 있고 유태인이랍니다. 조금 더 쉽게 설명하자면 도르트하이머 부부와 그들의 따님이죠. 굉장히 부유하고 음악에 조예가 깊은 분들이죠. 코벤트 가든에 그들 전용 박스석이 있는데 가끔 거기로 전도유망한 젊은이를 초대합니다. 푸아로 씨, 저로 말할 것 같으면 바로 그 장래성 있는 젊은이입니다. 꽤 괜찮죠. 아마 미래의 저를 보고 점찍어 둔 거라고 할 수 있습니다. 오페라를 좋아하냐고요? 그건 아니죠. 공연 전에 그로스브너 스퀘어에서 먹는 훌륭한 저녁 식사는 물론 좋아하죠. 또 공연 끝나고 간 곳도 아주 마음에 들었어요. 물론 그 따님 레이첼 도르트하이머와 춤추느라고 이틀 동안 팔이 뻣뻣할 테지만요. 그러니까 푸아로 씨, 제 말을 잘 들어 보세요. 삼촌의 피가 서재에 흐르고 있을 때 저는 코벤트 가든의 한 박스석에서 정숙한 레이첼의 다이아몬드 귀고리가 달랑거리는 귀에 대고 마음에도 없는 달콤한 말을 속삭이고 있었단 말입니다. 유태인 특유의 기다란 매부리코가 떨리더군요. 이제 제가 왜 이렇게까지 솔직히 말하려고 하는지 아시겠죠?"

그는 의자에 기댔다.

"지루하게 해 드렸다면 죄송하네요. 달리 물어보실 말씀이라도 있나요?"

"단연코 지루하지 않았다고 말할 수 있습니다. 이렇게까지 친절히 다 이야기해 주니 한 가지 더 물어봐도 실례가 안 되겠죠?"

"기꺼이 답해 드리죠."

"에지웨어 경, 칼로타 애덤스 양과 안 지는 얼마나 됐습니까?"

이 젊은이가 어떤 질문을 기대했었건 간에 확실히 이것만은 아니었다. 그는 몸을 일으켜 세웠고 느긋했던 표정은 완전히 사라지고 없었다.

"대체 왜 그걸 알고 싶으신 거죠? 우리가 이제까지 나눈 대화와 무슨 상관이 있습니까?"

"그냥 궁금해서요. 그게 답니다. 그 밖에는 너무나 자세히 설명을 해 주어서 질문할 것도 없군요."

로널드는 그를 날카롭게 쳐다보았다. 푸아로가 그렇게 순순히 받아들이는 것이 영 못마땅한 얼굴이었다. 내 생각에는 자신이 약간 의심을 더 받았으면 하는 눈치였다.

"칼로타 애덤스요? 글쎄요. 1년쯤 되었나……. 아니 더 됐나요. 작년 그녀의 첫 공연에서 만났습니다."

"그녀에 대해서 잘 압니까?"

"그렇다고 할 수 있겠죠. 하지만 그 여자는 쉽게 자기를 보여 주는 성격이 아니에요. 내성적이라고 해야겠죠."

"하지만 그녀를 좋아했죠?"

로널드는 그를 쳐다보았다.

"왜 그 여자에 대해 그렇게 관심이 많은지 그것부터 알고 싶군요. 지난번 밤에 나와 같이 있어서 그런 건가요? 그래요, 좋아합니다. 마음이 따뜻한 여자예요. 남의 이야기를 잘 들어 주니까 얼마 안 가 친구라는 느낌을 갖게 되죠."

푸아로는 고개를 끄덕였다.

"저도 이해가 되네요. 그러면 마음이 아프겠군요."

"마음이 아파요? 왜요?"

"그녀가 죽었으니까."

"뭐라고요?"

로널드는 깜짝 놀라 자리에서 용수철처럼 튀어 올랐다.

"칼로타가 죽었다고요?"

그는 충격으로 멍한 얼굴이었다.

"절 놀리는 거죠, 푸아로 씨? 지난번에 봤을 때만 해도 칼로타는 건강했습니다."

"그게 언제였죠?"

푸아로가 놓치지 않고 물었다.

"그저께요. 아마 그럴 겁니다. 기억이 안 나네요."

"투 드 멤(정말로) 죽은 게 확실합니다."

"그러면 갑작스런 사고 때문이었나 보군요. 이유가 뭐죠? 교통사고였습니까?"

푸아로는 천장을 바라보았다.

"아니요. 베로날 과다 복용이었습니다."

"아! 그럴 수가. 불쌍한 여자 같으니라고. 마음이 진정이 안 되는 군요."

"네스 파(그런가요)?"

"마음이 아파요. 그렇게나 꿋꿋하게 잘 살아가고 있었는데. 아끼는 여동생을 불러 올 계획이었고 그 밖에도 여러 가지 희망으로 들떠 있었답니다. 안타까워서 아무 말도 생각나질 않는군요."

"그렇겠죠. 젊고 앞길이 창창히 열려 있는 데다가 살아야 할 이유가 너무나 많은 사람이 전혀 죽기를 원하지 않는데도 죽는다는 건 참 슬픈 일이죠."

푸아로가 말했다.

로널드는 이상하다는 듯이 그를 바라보았다.

"무슨 말씀인지 이해가 잘 안 되는군요. 푸아로 씨."

푸아로는 일어나서 손을 내밀었다.

"그렇습니까? 저는 그저 제 생각을 표현했을 뿐입니다. 그런데 좀 지나치게 강하게 들렸나 보군요. 단지 그냥 살 권리를 박탈당한 젊은이를 보는 건 그리 좋은 기분이 아니란 뜻이었습니다, 에지웨어 경. 제가 그런 문제에 대해서 좀 민감한 편이죠. 그럼 안녕히 계십시오."

"아. 잘, 그러니까……, 살펴 가십시오."

그는 완전히 허를 찔린 표정이었다.

내가 문을 여는 순간 하마터면 캐롤 양과 부딪칠 뻔했다.

"아, 푸아로 씨. 아직 안 가셨다고 하더군요. 잠깐만 드릴 말씀이 있어서요. 괜찮으시다면 제 방에서 이야기해도 될까요?"

그녀는 우리가 방에 들어서자 문을 닫으며 말했다.

"실은 아까 그, 제럴딘 때문입니다."

"그런가요, 마드무아젤?"

"아까 말도 안 되는 소리를 많이 지껄였죠. 아니 제 말을 끝까지 들어 보세요. 정말 허튼소리였어요. 딱 그거였죠. 워낙 이런 저런 생각이 많은 아이니까요."

"제가 보기엔 너무 긴장하면서 힘들게 산 것 같았습니다."

푸아로가 조심스럽게 말했다.

"그래요. 사실 그리 행복한 인생을 살지는 않았죠. 그럼요. 절대 그랬다고는 말 못하죠. 솔직히 푸아로 씨, 에지웨어 경은 성발 특이한 남자였답니다. 자녀를 기르기에 꼭 필요한 자질을 갖춘 분은 아니었다고 보면 됩니다. 아니, 더 솔직해지자면, 제럴딘을 공포에 떨게 했어요."

푸아로는 고개를 끄덕였다.

"그래요. 저도 그럴 거라는 상상이 들더군요."

"특이한 사람이었어요. 어떤 말로 표현을 해야 할지 모르겠군요. 꼭 누가 자기를 보고 두려워하는 걸 즐기는 것 같았죠. 그게 병적인 쾌감을 준다고나 할까요?"

"그렇군요."

"독서량이 대단하고 박식한 분이었죠. 지적 수준도 높고요. 하지만 뭔가 다른 사람과 다른 기묘한 점이 있었어요. 제가 그것 때문에 직접적인 피해를 본 건 아니었지만. 아내가 떠난 것도 놀랄 일도 아니죠. 물론 이번 아내 말입니다. 하지만 그 여자의 행동을 옹호하는 건 아니에요. 그 젊은 여자는 전혀 동정하지 않아요. 그래도 에지웨어 경과 결혼해서 분수에 넘치는 생활을 했으니까요. 그러다가 마음에 안 드니 떠나 버린 거고. 사람들 말마따나 얻어맞아 어디가 부러진 것도 아니죠. 하지만 제럴딘은 아버지를 벗어날 수 없었어요. 오랫동안 그 아이에 대해서 잊고 살았다가 기억해낸 겁니다. 가끔 이런 생각을 한답니다. 말해선 안 될 것 같지만요."

"아니에요. 말해 보세요, 마드무아젤."

"가끔 저는 그분이 그 애의 엄마, 그러니까 첫째 부인에 대한 미안한 마음을 그런 식으로 풀었던 것 같아요. 정말 다정한 성격에 온화한 분이었죠. 항상 전 부인을 생각하면 마음이 안 좋아요. 푸아로 씨. 그냥 제럴딘이 저렇게 폭발하지만 않았다면 이런 이야기까지는 안 나왔을 거예요. 아버지를 증오한다고 했던 말이 잘 모르는 사람한테는 이상하게 들릴 것 같아서요."

"고맙습니다. 마드무아젤. 제가 보기에도 에지웨어 경은 결혼하지 않는 편이 더 좋았을 것 같군요."

"그럼요. 훨씬 낫죠."

"혹시 세 번째 결혼을 염두에 두고 계셨던 건 아닙니까?"

"어떻게요? 아내가 시퍼렇게 살아 있는데요."

"그녀에게 자유를 주면 자신도 자유를 찾게 되잖습니까?"

"지금까지 겪은 아내 두 명도 지긋지긋했을 텐데요."

캐롤 양이 다소 잔인하게 말했다.

"그렇다면 세 번째 결혼에 대해서는 의문의 여지가 없다고 보십니까? 아무도 없었나요? 생각해 보세요. 마드무아젤. 다른 여자가 없었어요?"

캐롤 양의 얼굴이 붉게 상기되었다.

"왜 그렇게 그 점에 집착하시는지 이해를 못하겠네요. 물론 아무도 없었어요."

# 다섯 가지 질문

궁금함을 참지 못한 나는 집으로 돌아오는 차 안에서 아까의 질문에 대해 물었다.

"그냥 그럴 가능성도 있겠다고 생각한 것뿐이야, 몬 아미."

"왜요?"

"나는 왜 에지웨어 경이 이혼 문제에 대해서 그렇게 갑작스러운 방향 전환을 한 건지 죽 궁금했던 참이거든. 왠지 이상한 점이 있어, 친구."

"맞아요. 좀 이상하긴 하죠."

나도 신중하게 답했다.

"그렇지 않나. 헤이스팅스. 에지웨어 경은 제인 윌킨슨이 우리에게 했던 말을 확인해 주었지. 온갖 종류의 변호사를 고용했었지만 한 발자국도 물러서지 않았다고 했어. 그 남자는 절대 이혼에 동의하지 않았네. 그런데 어느 날 갑자기 승낙한 거야!"

"아니면 그냥 말뿐일 수도 있죠."

내가 그에게 다른 가능성을 제시했다.

"맞아. 헤이스팅스. 아주 그럴듯한 관찰이야. 그냥 말뿐이다라……. 어쨌건 정말 그 편지를 썼다는 증거가 없으니까. 에 비엥(그러면), 무슈가 거짓말을 하고 있는 거였겠지. 무슨 이유에서건 허구, 가짜를 이야기한 거야. 하지만 그렇지 않다면? 왜 갑자기 마음을 바꾼 걸까? 우리는 그 이유를 모르지. 하지만 그가 편지를 썼다고 가정해 본다면 거기에는 마땅한 이유가 있었을 거야. 그나마 가장 자연스러운 이유라면 아마 그가 어느 날 결혼하고 싶은 여자를 만난 것이겠지. 갑작스런 심경의 변화를 가장 완벽하게 설명해 주지 않나. 그래서 내가 캐물어 본 거야."

"캐롤 양은 그럴 리가 없다는 식으로 이야기했잖아요."

"그렇지. 캐롤 양이라……."

푸아로는 진지한 말투로 말했다.

"지금 대체 어디까지 알아낸 거죠?"

나는 버럭 소리치고 말았다.

목소리 톤을 바꾸어 가며 의혹을 암시하고 증폭시키는 방면에선 푸아로만 한 도사가 없었다.

"그녀가 왜 거짓말을 했겠습니까?"

"오킨, 오킨(그렇진 않지). 하지만 이봐, 헤이스팅스, 그녀의 말은 완전히 신뢰할 수가 없어."

"거짓말하고 있다는 건가요? 왜요? 둘도 없이 정직한 사람처럼 보이는데."

"그렇긴 해. 고의적으로 거짓말하는 것과 별 사심 없이 부정확한 말을 하는 걸 구별하기는 힘들어."

"무슨 뜻이죠?"

"고의적으로 속이려고 했는지는 별개로 치고, 자기가 본 사실, 현상 및 본질에 확신을 갖고 있다면 사소한 것들은 별로 문제가 안 돼. 친구, 그건 유난히 정직한 사람들의 특징이야. 알겠지만 그녀는 이미 한 번 우리에게 거짓말을 했어. 볼 수도 없었으면서 우리에게는 제인 윌킨슨의 얼굴을 봤다고 했지. 어쩌다가 그랬을까? 이런 쪽으로 생각해 보지. 그녀는 내려다 보면서 복도에서 제인 윌킨슨을 봤어. 당연히 제인 윌킨슨이라고 그녀의 마음속에 입력이 되었겠지. 그렇다고 알고 있어. 그녀는 얼굴을 또렷하게 봤다고 거듭 주장했는데 자기 확신에 가득 차 있었기 때문에 세부 사항들은 문제가 안 됐던 거야! 그러니 우리가 당신은 그녀의 얼굴을 보지 못하는 위치였다고 지적해 주면 그때서야 그런가 하겠지. 하지만 얼굴을 봤건 안 봤건 무슨 상관인가. 그녀에겐 제인 윌킨슨이 확실했는데 말이야. 그리고 다른 질문에 답할 때도 그래. 그녀는 잘 알고 있지. 그러나 사실들을 기억해 내기보다는 자기 관념에 근거해서 질문에 답하는 거야. 너무나 확실한 증인은 오히려 한 번쯤 의심해 봐야 해, 친구. 확신이 없는 증인이 계속 가물가물한 게 기억이 잘 안 난다고 하다가 '아! 맞아요. 그게 그렇게 된 것이었어요.' 하면서 밝히는 내용이 더 신뢰할 수 있기도 하지."

"역시, 푸아로. 목격자에 대한 고정 관념을 완전히 깨 주는군요."

"에지웨어 경이 재혼 의사가 있느냐는 질문에는 그 생각 자체를 웃어 넘기는 거 봤지? 왜냐하면 애당초 그럴 수 있을 거란 생각을 안 하거든. 혹시 사소한 조짐이 있었는지 기억하려는 시도조차 안 했어. 그러니까 우리는 그 여자의 말들을 다시 생각해 봐야 해."

"하긴 제인 윌킨슨의 얼굴을 못 보지 않았냐고 지적해도 별로 놀라는 눈치도 아니었으니까요."

내가 신중하게 답했다.

"그래. 그러니까 그 여자를 고의적인 거짓말쟁이라기보다는 정직하지만 부정확한 목격자라고 판단한 거야. 거짓말을 꾸며내야 할 만한 동기가 없어 보이니까. 만약 그렇지 않다면 말이야……. 바로 그거야. 그럴 가능성도 있겠군."

"어떤 가능성입니까?"

나는 궁금함을 참지 못해 물었다.

그러나 푸아로는 고개만 흔들었다.

"한 가지 아이디어가 떠올랐긴 했네. 그러나 불가능해. 너무나 불가능하다고."

그리고 더 이상 아무 말도 하지 않기에 내가 말했다.

"비서가 그 딸을 굉장히 아끼는 것 같더군요."

"그렇더군. 그 딸은 우리에게 도움을 주려고 했지. 제럴딘 마시양의 인상이 어땠나, 헤이스팅스?"

"무척 안됐더군요. 불쌍했어요."

"자네는 역시 마음이 따뜻해. 특히 슬픔에 잠긴 미인을 볼 때면 마음이 마구잡이로 흔들리잖아."

"당신도 그렇지 않았나요?"

그는 울적한 얼굴로 고개를 끄덕였다.

"나 역시 그러네. 마시 양은 불행한 삶을 살았던 것이 분명해. 얼굴에 그렇게 쓰여 있었어."

"어쨌건 말이죠. 제인 윌킨슨의 추측이 얼마나 터무니없었는지 알았겠죠? 그녀가 범인일 거라고 했으니 말입니다."

"알리바이가 그다지 완벽한 건 아니지만 재프는 그 점에 대해서는 별 다른 말은 전하지 않았지."

"친애하는 푸아로. 마시 양을 보고 이야기를 나누고서도 여전히 알리바이를 원하나요?"

"에 비엥(그러면) 친구, 그녀를 보고 이야기를 나눈 결과는 뭐지? 불행을 겪어 왔다는 점을 직감했어. 그리고 아버지를 증오한다고 고백했고, 죽어서 아주 신난다고도 했지. 어제 아침 우리가 무슨 대화를 나누었는지 무척이나 궁금해 하고 불편해했지. 그런데 알리바이가 필요하지 않단 말인가!"

"그렇게 솔직할 수 있다는 것이 바로 죄가 없다는 뜻이죠."

내가 그녀를 감싸며 말했다.

"솔직함은 그 가족의 내력인가 보네. 새로운 에지웨어 경은 아주 요란을 떨면서 테이블에 카드를 펼쳐 놓더군."

아까 장면을 기억하니 웃음이 나왔다.

"정말 그랬어요. 독창적인 수법이라고도 할 수 있겠네요."

푸아로가 수긍했다.

"그 친구는 말이야. 그런 걸 뭐라고 표현하지? 선수를 밟는다고 하던가?"

내가 고쳐 주었다.

"선수를 친다고 하죠. 꼭 우리를 바보처럼 보이게 하더군요."

"참 이상하게 말하는군. 자네는 바보처럼 보였을지 모르지만 나는 조금도 바보처럼 느껴지지 않았고 그렇게 보이지도 않았다고 생각하는걸. 그 반대로 내가 그의 넋을 빼 놓지 않았나."

나는 그런 낌새를 전혀 느끼지 못했기에 믿지 못하겠다는 말투로 물었다.

"흠, 그랬나요?"

"시, 시(그래, 그래). 나는 들었어. 끝까지 잘 들었지. 그리고 마지막에 엉뚱한 질문을 하지 않았나. 그때 우리의 용감하신 무슈의 심란한 얼굴을 못 봤나? 하여간 관찰력은 어디다 두고 다니나, 헤이스팅스."

"하지만 칼로타 애덤스의 사망 소식을 들었을 때 얼굴에 스치던 공포와 충격은 진짜 같았어요. 당신은 한 편의 뛰어난 연기라고 할지 모르지만."

"말하기 어렵군. 진짜처럼 보인다는 데는 동의해."

"왜 그 사람은 그렇게 빈정대면서 모든 사실들을 우리한테 털어

놓은 걸까요? 그냥 재미있으라고 그랬나?"

"그럴 수도 있겠지. 자네들 영국인은 굉장히 특이한 유머감각으로 유명하잖나. 하지만 전략이었을 수도 있지. 은폐된 사실은 왠지 더 중요한 증거처럼 보이고, 명백하게 밝혀진 사실은 실제보다 덜 중요하게 인식되거든."

"오늘 아침 삼촌과의 말다툼처럼 말이지요."

"바로 그거야. 그는 그 사실이 새어나갈 수밖에 없다는 걸 알았지. 에 비엥(그러니) 미리 보란 듯이 전시하는 거야."

"보기보다 맹하지는 않은가 보군요."

"오! 그 남자는 전혀 맹하지 않아. 필요할 때는 두뇌 회전이 빠르지. 자기가 처한 입장을 정확히 파악하고는 내가 말했듯이 자기 카드를 테이블 위에 펼쳐 놓은 거야. 자네 브리지 게임 해 봤나, 헤이스팅스? 언제 그렇게 하나?"

나는 웃으며 말을 받았다.

"당신은 한 번도 안 해 봤고요? 아주 잘 아시면서 그러네요. 이미 짝이 맞은 건 놔두고 시간을 벌면서 새로운 카드를 손에 넣어야 할 때 그렇게 하죠."

"맞아. 몬 아미, 원래 그런 거잖나. 하지만 가끔 다른 이유가 있을 수도 있지. 레 데임(부인들)과 카드 게임을 할 때 한두 번 말한 적이 있어. 에 비엥, 라 데임(한 부인)이 있네. 카드를 던지면서 말하지. '나머지 모두는 내 거예요.' 그리고 카드를 거두고 새로운 패를 나누어주는 거야. 혹시 상대가 경험이 없는 사람이라면 순순히 그러자고 하겠지. 그때까진 확실히 보이지가 않거든. 그렇게 시간이 지나야만 알 수 있어. 다음 판이 중간쯤 진행되었을 때, 누군가 생각을 하겠지. '그래, 하지만 그녀는 원했건 원치 않았건 더미(브리지 게임에서 처음 패를 보여 달라고 요구한 사람의 패)의 그 다이아몬드 4를 가져가야 했을 거야. 이제 내 9가 맞게 되어 있어.'"

"그렇게 생각한단 말이군요."

"그래, 헤이스팅스. 지나치게 허세를 부리는 것도 한 번쯤 다시 봐야 해. 그런데 이제 우리가 식사할 시간이 됐군. 윈느 쁘띠 오믈렛트, 네스 파?(작은 오믈렛 먹는게 어때?) 그런 다음 9시쯤에 한 군데 더 들러 보고 싶군."

"어디요?"

"일단 저녁이나 들도록 하세, 헤이스팅스. 후식으로 커피를 마시기 전까지 이 사건은 의논하지 말도록 하지. 식사 중에 두뇌는 위장에게 무조건 굴복해야 한다니까."

푸아로는 자기 말대로 했다. 우리는 소호의 작은 단골 레스토랑에 가서 맛좋은 오믈렛과 가자미요리, 닭고기를 먹었고, 푸아로는 사랑해마지 않는 '바바 오 럼'을 곁들였다.

그리고 우리가 커피를 홀짝일 즈음 푸아로는 건너편 테이블의 나를 애정 어린 눈길로 바라보았다.

"내 좋은 친구, 나는 자네 생각보다 더 많이 자네한테 기대고 있다네."

나는 갑작스러운 그 말에 어리둥절하기도 했지만 무척 기쁘기도 했다. 푸아로는 한 번도 이런 비슷한 말을 해 본 적이 없었다. 그래서 가끔은 내심 상처를 받곤 했다. 그는 항상 내 정신적인 능력을 무시하는 태도로 일관했기 때문이었다.

그의 천부적인 능력이 녹슬었다고 생각하지는 않았지만 어쩌면 그도 무의식적으로 나에게 의지해 왔을 수도 있다는 생각이 퍼뜩 들었다.

"그래, 자네가 상황을 정확히 이해하는 건 아니지만 종종 길을 제시해 주지."

나는 내 귀를 믿을 수 없을 지경이었다.

"정말, 정말입니까? 푸아로?"

나는 말까지 더듬거렸다.

"칭찬을 들으니 기쁘네요. 뭐 그 동안 당신에게 여러가지를 많이 배우긴 했죠."

그는 고개를 흔들었다.

"메 농, 세 네스 파 사(그건 아니야). 아무것도 배우지 않았어."

"아!"

나는 한 방 맞은 것처럼 어리둥절한 얼굴이 되었다.

"원래 이런 거라네. 어떤 인간도 다른 인간에게 배우지 않아. 개인은 자기 능력을 자기가 최대한도까지 계발하는 거야. 다른 사람을 따라 해서는 안 돼. 나는 자네가 이류나 아류 푸아로가 되기를 바라지 않네. 최고의 헤이스팅스가 되길 바랄 뿐이야. 이미 자네는 최고의 헤이스팅스이네. 헤이스팅스, 자네 안에 평범한 인간의 심리

상태가 거의 완벽하게 구현되어 있어."

"저야 비정상적인 인간은 아니니까요, 그러길 바라고요."

내가 말했다.

"아니지, 아니고말고. 자네는 아주 아름답고 완벽하게 균형 잡힌 정신의 소유자야. 건전한 정신의 화신이라고나 할까. 그게 나에게 무엇을 의미하는 줄 아나? 범죄자가 범죄를 저질렀을 때 가장 먼저 하는 일은 속이는 거야. 누구를 속이고 싶겠나? 그의 마음 속에는 평범한 사람의 이미지가 그려지겠지. 물론 그런 건 따로 없을지도 몰라. 수학적이고 추상적인 거지. 하지만 자네는 그게 가능하다는 걸 깨닫게 될 걸세. 자네가 이상할 정도로 우둔한 사고를 하는 순간 자기는 평범함이란 껍질을 벗고 탁월한 인간으로 비상한 것이라고 착각하곤 하지.(이런 표현 미안하네.) 하지만 뭘 하건 자네는 기가 막히게 평범해. 에 비엥(그러면), 그게 나와 어떻게 조화를 이룰까? 바로 이런 거야. 마치 거울처럼, 자네는 나를 속이고 싶어 하는 범죄자의 심리를 투영하고 있어. 그게 얼마나 큰 도움이 되고 적절한 암시를 주는지 아는가?"

나는 무슨 말인지 통 알아듣지 못하고 있었다. 어쨌건 푸아로의 이야기가 칭찬이 아닌 것만은 분명했다. 그러나 그는 얼른 수습에 들어갔다.

"내 표현이 좀 서툴렀던 것 같네. 자네는 범죄자의 심리를 꿰뚫어 보는 통찰력을 갖고 있어. 나한테는 부족한 부분이지. 자네를 통해 범죄자가 나로 하여금 믿게 만들고 싶어 하는 이야기가 뭔지 알아채게 돼. 그건 아주 훌륭한 재능이네."

"통찰력이라. 그래요. 어쩌면 나한테 통찰력이 있을지 모르죠."

나는 심각하게 말했다.

나는 건너편의 푸아로를 바라보았다. 그는 작은 담배를 피우면서 나를 정답게 바라보고 있었다.

"스 셰(내가 아끼는) 헤이스팅스, 나는 자네를 진심으로 좋아한다니까."

그가 작은 목소리로 말했다.

나는 내심 뿌듯하기도 했지만 쑥스러워서 얼른 화제를 바꾸었다. 그리고 사무적인 태도로 말했다.

"이제 사건 이야기를 하죠."

"에 비엥(그러지)."

푸아로는 고개를 뒤로 젖히고 눈을 가늘게 떴다. 그리고 천천히 담배 연기를 뿜어냈다.

"주 므 포즈 데 퀘스티옹(내가 몇 가지 문제를 제기했지)."

그가 말했다.

"그랬죠."

내가 즉시 답했다.

"자네 역시 내가 질문을 던졌다는 건 알고 있지?"

"그럼요."

내가 말했다. 그리고 나도 뒤로 몸을 기대고 눈을 가늘게 뜬 다음 내뱉었다.

"글쎄요, 누가 에지웨어 경을 죽였나?"

푸아로는 곧바로 몸을 일으켜 세우더니 고개를 세차게 흔들었다.

"아니야. 아니야. 그게 아니야. 그게 문제란 말인가? 고작 그게? 자네는 탐정 소설을 읽으면서 아무 근거 없이 모든 등장 인물을 차례차례 의심하는 독자 같구먼. 그래. 나도 인정해. 나도 그래야 할 때가 있었지. 하지만 그건 매우 특이한 사건이었어. 앞으로 들려 줄 기회가 있을 거야. 그건 내 인생 최고의 역작이었단 말이야. 아, 우리가 무슨 이야기 하고 있었지?"

"당신이 스스로 던졌던 '맞춤' 질문에 대해서요."

나는 퉁명스럽게 말했다. 나는 푸아로가 나를 좋아하는 이유가 데리고 다니면서 마음껏 잘난 척할 수 있기 때문이 아니냐는 말이 입 밖으로 튀어나올 뻔했다. 하지만 겨우 자제할 수 있었다. 만약 그가 나를 가르치고 싶어 한다면 기꺼이 그렇게 내버려 두면 되니까.

"제발 가르쳐 주세요. 좀 들어 봅시다."

그의 자만심이 원하는 것은 딱 그 정도까지였다. 그는 등을 의자에 기대고 아까의 태도를 다시 돌아갔다.

"첫 번째 질문은 우리가 이미 토의했던 거지. 왜 에지웨어 경이 이혼 문제에 대해 마음을 바꾸었을까? 한두 가지 이유가 떠오르더군. 그중 하나는 이미 말해 주었으니 알겠지.

내가 자문한 두 번째 질문은 그 편지가 어떻게 됐냐는 거야. 에지웨어 경과 아내가 헤어지지 않기를 원하는 누군가가 있었던 걸까?

세 번째 질문이네. 그날 우리가 서재를 떠날 때 자네가 마지막으로 보았던 그 표정의 의미는 무엇일까? 거기에 대해서는 생각해 봤나? 헤이스팅스?"

나는 고개를 저었다.

"잘 모르겠어요."

"그냥 자네 상상이 아니었나? 가끔 헤이스팅스 자네는 그럴 듯한 공상을 하잖나. 윈 포 비프(상상력이 넘치지)."

나는 고개를 세차게 흔들었다.

"아닙니다. 절대 착각하지 않았어요."

"비엥(좋아). 그건 앞으로 설명이 필요할 거야. 네 번째 질문은 코안경에 관해서라네. 제인 윌킨슨도, 칼로타 애덤스도 안경을 쓰지 않았어. 그러면 칼로타 애덤스의 가방에 왜 그 안경이 들어가 있었을까?

그리고 다섯 번째 질문이네. 왜 누군가는 제인 윌킨슨이 치스윅에 있는 걸 전화로 확인하고 싶었을까? 그리고 그자는 누구일까?

친구, 이것들이 현재 나를 괴롭히는 질문들이야. 만약 대답을 찾아낸다면 마음이 훨씬 가볍겠지. 내가 이 모든 의문점을 설명할 수 있는 이론을 찾아낸다면 나의 아무아 프로프(소중한 자존심)가 이렇게까지 상하지는 않을 텐데."

"다른 의문점들도 있지 않습니까?"

내가 말했다.

"이를테면?"

"누가 칼로타 애덤스를 사주했을까? 10시 전에는 어디 가 있었던 걸까? 금색 상자를 준 D란 인물은 누군가?"

"그 질문들은 평면적이지. 거기에는 미묘한 점이 없어. 단순히 우리가 모르고 있는 것들이지. 사실적인 문제일 뿐이네. 머지않아 알게 될 거야. 내 문제는 말일세, 몬 아미. 보다 심리적인 거야. 우리 두뇌의 회색 뇌세포가 말이지……."

"푸아로."

내가 절박하게 외쳤다. 어떻게든 그의 입을 막아야 했다. 한 번만 그 회색 뇌세포 이야기를 들었다가는 폭발해 버릴 것 같았다.

"오늘 밤 어디 들러야 한다고 했잖아요."

푸아로가 시계를 내려다보았다.

"맞아. 전화해서 사정을 알아봐야겠군."

그가 자리를 뜨더니 몇 분 후에 돌아왔다.

"가세나. 다 잘 됐어."

"어디를 가는 겁니까?"

내가 물었다.

"치스윅에 있는 몬태규 코너 경의 저택이야. 그 전화에 대해서 조금 더 알아봐야겠어."

# 몬태규 코너 경

우리가 치스윅 강변에 있는 몬태규 코너 경의 저택에 도착한 시간은 밤 10시경이었다. 넓은 부지에 지어진 웅장한 저택이었다. 우리는 머름 장식을 댄 아름다운 홀로 안내되었다. 오른쪽 열린 문을 통해 식당이 보였는데 윤기가 흐르는 긴 테이블 위에 촛대가 가지런히 장식되어 있었다.

"이쪽으로 오시겠습니까?"

집사가 넓은 계단을 올라가 강이 내려다보이는 기다란 방으로 우리를 안내했다.

"에르퀼 푸아로 씨입니다."

집사가 우리의 도착을 알렸다.

우아하게 꾸며진 방에선 갓이 드리워진 램프가 은은한 빛을 발했으며 전체적으로 고풍스러운 분위기를 풍겼다. 방 한쪽 구석에는 열려진 창가 옆에는 브리지 테이블이 놓여 있고 네 명이 둘러 앉아 있었다. 우리가 방에 들어갔을 때 그중 한 명이 일어나서 다가왔다.

"이렇게 만나 뵙게 되어 영광입니다, 푸아로 씨."

나는 몬태규 코너 경을 흥미롭게 바라보았다. 그는 한눈에 유태 계임을 알 수 있는 외모로 작고 검은 눈은 영민하게 반짝였고 꼼꼼하게 손질된 가발을 쓰고 있었다. 170센티미터가 넘을까 말까 한 작은 키였다. 그의 태도는 하나부터 열까지 가식적이었다.

"소개하지요. 위드번 부부입니다."

"우리 구면이지요."

위드번 부인이 명랑하게 말했다.

"이쪽은 로스 군입니다."

로스는 스물 두어 살 정도 되어 보이는 잘생긴 금발머리 청년이었다.

"게임을 방해해서 죄송합니다. 진심으로 사과드리죠."

푸아로가 말했다.

"전혀 그렇지 않아요. 아직 시작도 안 했답니다. 카드를 나누어 주려던 참이었습니다. 커피 한 잔 하시겠습니까, 푸아로 씨?"

푸아로는 사양했지만 오래된 브랜디는 한 잔 들기로 했다. 곧 엄청나게 큰 잔에 브랜디가 담겨져 나왔다. 우리가 몇 모금 홀짝이는 동안 몬태규 경이 대화를 이끌었다.

그는 일본의 판화와 중국의 칠기, 페르시아 카펫과 프랑스 인상수의, 근대 음악과 아인슈타인 이론에 대해서 매우 할 말이 많은 것 같았다.

그는 편안히 등을 기대고 앉아 느긋하게 미소를 지어 보였다. 자신의 이런 가식적인 행동을 철저하게 즐기는 모양이었다. 침침한 조명 아래에서 보니 마치 중세의 마법사 같기도 했다. 방 전체에 독특하고 심미적인 예술 작품들이 진열되어 있었다.

푸아로가 말을 꺼냈다.

"이제 귀한 시간을 그만 빼앗고 단도직입적으로 제 방문의 목적을 말씀드리겠습니다."

몬태규 경은 발톱처럼 생긴 이상한 손을 휘저었다.

"서두를 것 없소이다. 우리에게 넘치는 게 시간이죠."

위드번 부인이 한숨을 쉬었다.

"이 집에만 오면 누구나 그렇게 느끼게 되지요. 그런데 너무 즐겁단 말이죠."

"난 누가 100만 파운드를 준대도 런던에서는 안 살아요. 이곳에는 마치 옛 시절로 돌아간 것 같은 평화로운 분위기가 있죠. 소란스러운 바깥 세상에서는 이런 옛날식 평화를 잊어버리고 마니까요. 참으로 안타까워!"

그때 나는 개구쟁이 같은 상상을 하는 중이었다. 누군가 정말로 몬태규 경에게 100만 파운드를 제안한다면 그가 자랑하는 옛날식 평화가 온데간데없이 사라진다 해도 별 불만이 없겠지. 하지만 쓸데없는 생각들을 얼른 밀어냈다.

"돈이 뭐 어떻다고요?"

위드번 부인이 중얼거렸다.

"아!"

위드번 씨는 아무 생각 없이 바지 주머니를 뒤져 동전 몇 개를 짤랑거렸다.

"찰스."

위드번 부인이 나무라는 어투로 남편 이름을 불렀다.

"미안해."

위드번 씨는 하던 행동을 멈추었다.

"이런 분위기에서 범죄 이야기를 꺼내게 되서 미안합니다."

푸아로가 미안해하는 기색으로 말했다.

몬태규 경은 너그럽게 손을 내저었다.

"천만에요. 범죄도 예술 작품이 될 수 있습니다. 탐정은 예술가가 될 수 있고요. 물론 여기서 나는 경찰을 가리키는 것이 아닙니다. 오늘 경감 한 명이 집에 들렀는데요, 이해가 안 되는 사람이더군요. 그 사람은 벤베누토 첼리니*라는 이름을 들어본 적도 없다더군요."

"제인 윌킨슨 때문에 온 것 같았어요. 내 생각에는요."

위드번 부인이 말했다.

"지난밤에 경의 파티에 참석했으니 그 여인이 정말 운이 좋았던 거지요."

푸아로가 말했다.

--------

* 이탈리아의 조각가 겸 금속 세공가

"그런 것 같군요. 나는 그녀가 아름답고 재능 있는 배우라는 걸 알았고 내가 도움이 될 만한 일이 있을 것 같아서 와 달라고 부탁했 었죠. 제인은 조만간 사업을 시작하려고 했었거든요. 하지만 나는 완전히 다른 방식으로 그녀에게 도움이 될 운명이었나 봅니다."

몬태규 경의 말에 위드번 부인이 끼어들었다.

"제인한테는 운이 따르네요. 에지웨어 경을 없애고 싶어서 안달 이었잖아요. 그런데 누군가 대신 그 일을 처리해 주었고요. 이제 젊 은 머튼 공작과 결혼하겠군요. 모이면 그 이야기뿐이에요. 물론 그 남자 어머니는 노발대발하고 있겠지만."

몬태규 경은 상냥하게 말했다.

"그녀의 첫인상은 매우 좋던걸요. 그리스 예술에 대해 조예가 좀 있는 것 같았어요."

나는 제인이 마력과도 같은 허스키 음성으로 '맞아요. 그렇죠.', '그건 아닌 것 같은데요.', '정말요? 근사하군요.'와 같은 말로 경에 게 맞장구치는 장면을 그려 보고 슬쩍 미소를 지었다. 몬태규 경은 어떤 사람의 지적 수준을 자기의 말을 경청해 주는 정도에 따라 결 정하는 타입의 사람이었다.

"에지웨어는 매우 수상적은 인물이죠. 어디를 보나 그래요. 아마 적들이 꽤 많았을 거란 생각이 드네요."

위드번 씨가 말했다.

그러자 그 부인이 물었다.

"그런데 푸아로 씨, 누군가 펜나이프로 그 남자 목덜미를 찔렀다는 게 사실인가요?"

"그렇습니다, 마담. 아주 깔끔하고 효과적으로 처리했더군요. 사실 거의 과학적이었다고 할 수 있겠죠."

"당신도 그 예술가다운 만족감을 느꼈겠군요. 푸아로 씨?"

몬태규 경이 말했다.

"이제 제가 여기 온 목적을 말씀드리죠. 에지웨어 부인이 저녁식사 도중에 전화를 받고 나갔다고 하더군요. 제가 찾고 있는 건 그 전화에 대한 정보입니다. 그 문제에 대해서 하인들과 몇 마디 나누어 봐도 되겠습니까?"

"그럼요. 그렇게 하시죠. 그냥 거기 벨을 누르면 됩니다. 눌러주겠나, 로스?"

벨이 울리자 집사가 나타났다. 그는 성직자 같은 분위기의 키가 큰 중년 남자였다.

몬태규 경이 무엇이 필요한지 그에게 말해 주었다. 집사는 예의 바른 태도로 푸아로에게 돌아섰다.

"벨이 울렸을 때 누가 전화를 받았나요?"

푸아로가 질문했다.

"제가 받았습니다, 선생님. 전화는 복도 끝 벽감에 있습니다."

"전화건 사람이 에지웨어 부인을 바꿔 달라던가요, 아니면 제인 윌킨슨이라고 이름으로 부르던가요?"

"에지웨어 부인이었습니다."

"정확히 뭐라고 말했나요?"

집사는 잠시 기억을 더듬어보았다.

"제가 기억하는 대로 말씀드리죠. 제가 '여보세요.' 하고 전화를 받자 여기가 치스윅 43434번지가 맞느냐고 묻더군요. 그래서 맞다고 했습니다. 그러더니 잠시만 기다리라고 하더니 또 다른 목소리로 여기가 치스윅 43434번지가 맞느냐고 물었고 다시 '그렇습니다.'라고 대답했어요. 그러고는 그 목소리가 말했죠. '에지웨어 부인이 그곳에서 식사하고 있습니까?' 라고 물어서 나는 부인이 여기서 식사를 하신다고 대답했고요. 전화 속 목소리가 말했습니다. '그녀와 이야기하고 싶은데요.' 내가 가서 저녁 식사를 들고 있는 부인에게 이 일을 알리자 그녀는 일어났습니다. 저는 전화기가 있는 곳으로 안내했고요."

"그러고 나서?"

"부인이 수화기를 들더니 말했죠. '여보세요? 누구세요?' 그리고 말했습니다. '맞는데요. 제가 에지웨어 부인입니다.'라고요. 제가 자리를 뜨려고 하는데 부인이 부르시더니 상대가 전화를 끊었다고 하더군요. 상대는 웃으면서 수화기를 내려놓더랍니다. 전화한 사람이 자기 이름을 밝혔는지 물으시길래. 안 그랬다고 말해 주었고요. 그게 일어난 일의 전부입니다, 선생님."

푸아로는 인상을 찌푸렸다.

"그 전화가 살인 사건과 관계가 있을 거라고 생각하시나요, 푸아로 씨?"

위드번 부인이 말했다.

"지금은 단정할 수 없지요, 마담. 그냥 상황이 좀 수상해서 그렇습니다."

"장난 전화는 곧잘 걸려오잖아요. 저한테도 가끔 왔었는걸요."

"세 뚜주 파시블르(그럴 수 있죠), 마담."

그는 집사에게 다시 말했다.

"남자 목소리였나요, 여자 목소리였나요?"

"여자 목소리 같았습니다, 선생님."

"목소리 톤이 어땠죠? 높았나요, 낮았나요?"

"낮았습니다, 선생님. 차분하면서도 뚜렷한 개성이 있는 목소리였습니다."

그는 잠시 생각했다.

"제 상상일지 모르지만 왠지 외국인이 아닐까 싶었어요. 'R' 발음이 두드러졌습니다."

"만약 그게 사실이라면 스코틀랜드 사람 말씨였을 수도 있어요, 도널드."

위드번 부인이 로스를 바라보며 웃었다.

로스도 웃음을 터뜨리면서 말했다.

"전 무죄예요. 저는 그때 디너 테이블에 있었으니까요."

푸아로는 다시 집사에게 말을 시켰다.

"만약 그 목소리를 다시 들으면 알아볼 수 있겠습니까?"

집사는 잠시 우물쭈물했다.

"자신은 없습니다. 그럴 수도 있겠지만요. 아니, 알아늘을 수 있을 것도 같습니다."

"고마워요."

"아닙니다, 선생님."

집사는 고개를 숙이더니 마지막까지 로마 주교 같은 태도를 풍기며 물러났다.

몬태규 코너 경은 계속 친근하게 대해 주면서 옛 시대의 매력을 간직한 사람이라는 역할을 즐기고 있었다. 그는 우리에게 같이 남아서 브리지를 하자고 설득했지만 나는 사양했다. 판돈이 내가 평소 즐기는 것보다 큰 편이었기 때문이었다. 젊은 로스도 누가 자리를 대산하게 되어 안심하는 눈치였다. 그와 나는 앉아서 다른 네 사람이 게임하는 것을 지켜보기만 했다. 그날 저녁은 푸아로와 몬태규 경의 압도적인 승리로 끝났다.

우리는 주인에게 감사 인사를 하고 나왔다. 로스도 우리와 함께였다.

"이상한 작은 사나이야."

날씨가 온화했고 우리는 전화로 택시를 부르지 않고 택시가 나타날 때까지 걷기로 했다.

"이상한 작은 사나이야."

푸아로가 다시 말했다.

"네. 아주 부유하고 작은 사나이죠."

로스가 감정이 섞인 목소리로 말했다.

"그런 것 같습니다."

"그분은 저를 마음에 들어 하는 것 같습니다. 호감이 계속 이어지길 바랍니다. 그런 분이 뒤에서 받쳐 주고 있으면 든든하니까요."

"당신도 배우인가요, 로스 씨?"

로스는 그렇다고 대답했다. 그는 사람들이 자기를 한번에 알아보지 못하자 서글픈 모양이었다. 그는 최근 러시아 희곡을 번안해서 올린 우울한 연극으로 주목 받았던 모양이었다.

푸아로와 내가 우리 사이에 있는 그를 달래주는 동안 푸아로가 지나가는 말처럼 물었다.

"칼로타 애덤스를 아나요?"

"압니다. 오늘 아침 신문에 사망 기사가 실렸더군요. 무슨 약물 과용이라고 하던데요. 왜 그런 여배우들은 약에 중독되는지 참 어리석어요."

"안타까운 일이죠. 연기도 잘 했는데."

"그랬겠죠."

그는 자기 연기 외에 다른 사람의 연기에는 전혀 흥미가 없는 것 같았다.

"그녀의 쇼를 봤나요?"

내가 물었다.

"아니요. 그런 식의 연기는 나와는 맞질 않아요. 순간적으로 폭발적인 인기는 끌겠지만 생명이 길 것 같지는 않습니다."

"아! 택시가 왔군."

푸아로가 말하며 지팡이를 흔들었다.

"저는 걸어가도록 하겠습니다. 해머스미스에서 집까지 가는 지하철이 있어요."

갑자기 그는 불안한 웃음을 터뜨렸다.

"묘한 일이 하나 있죠. 예전 그 디너파티 말입니다."

"네."

"원래 그 파티에 열네 명이 올 예정이었지만 사실은 열세 명이 왔답니다. 누군가 마지막 순간에 나타나지 않았어요. 하지만 파티가 끝날 때까지 아무도 알아채지 못했죠."

"누가 먼저 자리를 떴나요?"

내가 물었다.

그는 기묘하고 신경질적인 웃음을 터트렸다.

"제가요."

그가 말했다.*

---

\* 서양에서는 열세 명이 모인 자리에서 먼저 자리에 뜨는 사람이 죽는다는 미신이 있음

# 중요한 의논


우리가 집에 오니 재프 경감이 우리를 기다리고 있었다.

"일을 끝내기 전에 잠깐 들러서 이야기나 나누면 좋겠다고 생각했네, 푸아로."

그가 밝은 목소리로 말했다.

"에 비엥(그러지). 내 친구, 일이 어느 정도 진척되고 있나?"

"글쎄. 별로 진척된 게 없네. 솔직히 인정하자면 그래. 도움이 될 만한 건 없나, 푸아로?"

그는 울적해 보였다.

"한두 가지 알려 주고 싶은 힌트는 있지."

그 말을 듣고 재프가 말했다.

"자네와 자네 힌트라! 알겠지만 난 어떤 면에서는 자네를 경계해야 하네. 그렇다고 듣고 싶지 않단 뜻은 아니지만. 듣고 싶네. 그 재미있게 생긴 머리에는 언제나 쓸 만한 물건이 담겨 있으니까."

푸아로는 재프의 칭찬인지 아닌지 모를 말을 그냥 냉담하게 넘어 갔다.

"두 장소에 나타난 한 사람 문제에 대해서는 어떤 묘안이 있나? 그걸 먼저 알고 싶네. 푸아로, 어떻게 된 거지? 그 여자가 누군가?"

"내가 지금 말하려던 것도 바로 그거네."

그는 재프에게 칼로타 애덤스에 대해 들어 본 적이 있느냐고 물 었다.

"이름은 들어 봤지. 하지만 지금 당장은 생각이 안 나는군."

푸아로가 설명했다.

"그 여자가⋯⋯! 그 여자가 제인 윌킨슨 흉내를 냈단 말인가? 어 떻게 그녀를 찾아낸 건가? 어떤 경위로 그런 결론을 얻게 된 거고?"

푸아로는 우리가 밟아온 과정과 그 과정에서 끌어낸 결론을 모두 이야기했다.

"이럴 수가! 하긴 자네가 옳은 것 같군. 옷이며 모자, 장갑, 또 금 발머리 가발이 있었으니까. 확실해. 역시 대단하단 말을 할 수밖에. 푸아로. 훌륭한 솜씨였네. 하지만 칼로타 애덤스 또한 살해당했다는 증거는 없지 않은가. 약간 비약이 심한 것 같아. 나도 같은 의견이라 고 할 수는 없네. 자네 이론은 나한테는 너무 기상천외해 보여. 그 방면에서는 내가 조금 더 경험이 많으니까. 배후에 악당이 숨어 있 다는 식의 해석은 웬만해선 잘 믿지 않네. 칼로타 애덤스가 대역을 한 것은 틀림없겠지만 두 가지 가능성 중에 나는 이쪽을 택해 보겠네. 그녀는 자신의 목적을 위해 갔다는 말이야. 협박일 수도 있겠지. 돈이 생길 거라는 낌새를 풍겼다면서. 그리고 싸움이 오간 게지. 남자는 화를 냈고 여자도 마찬가지로 화를 낸 걸세. 그리고 없애 버린 거고. 집에 왔을 때는 정신이 하나도 없었겠지. 경을 죽일 생각까지는 없었으니까. 그래서 그 두려움에서 벗어나고 싶어서 약을 복용하게 된 것이 아닐까 하는 게 내 생각이네."

"그걸로 모든 사실을 설명할 수 있다고 생각하나?"

"물론 우리가 아직까지 파악하고 못한 사실들이 있지. 하지만 이게 가장 그럴듯한 가설이네. 또 다른 설명은 그 장난질과 살인이 서로 아무 관련이 없다는 건데, 그러기에는 너무 기막힌 우연의 일치 아닌가."

푸아로가 전혀 동의하지 않는다는 것을 나는 알았다. 그러나 그는 애매하게 말했다.

"메 위, 세 파시블르(그래, 그럴 수도 있겠지)."

"아니면 이거 어떤가? 그 장난은 순수한 장난에 불과했던 거야. 그런데 누군가 그 이야기를 듣고 자기 목적에 기가 막히게 들어맞는다고 생각한 거지. 그렇게 터무니없는 아이디어는 아니지 않나?"

그는 잠시 멈추었다가 말을 이었다.

"하지만 개인적으로 1번 아이디어가 더 끌리는군. 조사해 보면 그 양반과 그 여자가 어떤 관계였는지 나올 거야."

푸아로는 하녀가 미국으로 부친 편지에 대해서 이야기했고 재프도 그 편지가 큰 도움이 될 수도 있다는 것에 동의했다. 그가 삭은 수첩에 메모하면서 말했다.

"당장 알아보도록 하겠네. 하지만 아무래도 그 여자가 살인자일 공산이 큰 것 같네. 그 외에는 다른 사람이 없으니까."

그는 수첩을 집어넣었다.

"마시 대위에게도, 아니 지금은 에지웨어 경인 그 사람한테도 명백한 살인 동기가 있어. 평소 행실도 좋지 않았고. 파산 직전이면서도 돈을 물 쓰듯 했지. 게다가 어제 아침 백부와 말다툼을 했었다고 하더군. 사실 자기 입으로 말했기 때문에 오히려 별 일 아닌 것처럼 여겨졌지만 말야. 그 사람이 범인일 가능성도 배제해선 안 되네. 하지만 어젯밤에는 알리바이가 있어. 도르트하이머 가족과 오페라에 갔었다나. 부유한 유태인들이지. 그로브너 스퀘어에도 갔었다지. 조사를 해 봤는데 알리바이는 틀림없네. 그들과 저녁을 먹고 오페라를 보고 소브라니에 가서 한잔한 것 같더군. 그뿐이었네."

"마드무아젤은?"

"그 딸 말이지? 그녀도 외출 중이었네. 카슈 웨스트 가족들과 저녁 식사를 했더군. 그들이 오페라 극장에도 데려다주고 끝난 후 집까지도 바래다 주었다나. 11시 45분에 들어왔으니 그걸로 혐의에서 제외되었지. 그 여비서도 괜찮은 사람처럼 보였네. 성실하고 고상한 여성이었어. 그러면 집사가 남는데, 사실 그 집사한테는 믿음이 안 가. 평범한 직업의 남자가 그렇게 잘생겼다는 것 자체가 별로 자연스럽지가 않으니까. 수상쩍은 데가 있네. 그가 에지웨어 경 밑에서 일하게 된 경위도 의심스럽고. 맞아, 계속 알아보고 있기는 하지만 그렇다고 살인 동기가 뭔지는 모르겠단 말이야."

"새로운 사실이 드러난 건 없나?"

"한두 가지 있네. 별다른 의미가 있는 건지는 모르겠지만. 우선 에지웨어 경의 열쇠가 없어졌네."

"현관 열쇠 말인가?"

"그래."

"그거 흥미롭구먼. 확실히 그래."

"말했지만 중대한 의미가 있을지도 모르고 아무것도 아닐 수도 있네. 상황에 따라 달라지겠지. 내가 보기에 그것보다 더 중요한 건 이거야. 에지웨어 경이 어제 수표를 현금으로 바꾸었어. 그렇다고 거금은 아니었고 100파운드 정도였다네. 프랑스 화폐로 바꾼 것은 오늘 프랑스로 갈 예정이었으니까 그랬을 테고. 그런데 그 돈이 사라졌다네."

"누가 말해 주던가?"

"캐롤 양. 본인이 수표를 바꿔 현찰을 받았었다고 하더군. 나한테 말해 주기에 찾아보니 돈은 아무 곳에도 없더군."

"어제 저녁에는 어디 있었다고 하던가?"

"캐롤 양도 잘 모른다는군. 어제 오후 3시 30분쯤에 에지웨어 경에게 주었다는데. 은행 봉투에 넣어서. 그때 경은 서재에 있었다고 하네. 봉투를 받아들더니 옆에 있는 탁자에 올려놓았다고 했어."

"분명 뭔가 생각할 거리를 던져 주는군. 복잡한 문제가 되겠어."

"아니면 단순해지든가. 그리고 그 피해자의 외상 밀인데……."

"말해 보게."

"의사 말에 따르면 평범한 펜나이프로 낸 상처 같지가 않다고 하네. 비슷한 종류이긴 한데 칼날 모양이 다르다는 거야. 훨씬 더 날카롭다고 하네."

"면도칼은 아니고?"

"아니, 훨씬 작은 종류라지."

푸아로는 미간을 찌푸린 채 생각에 잠겼다.

"새로운 에지웨어 경은 자기가 하는 농담을 즐기는 것 같아. 용의자로 지목된 것이 아주 재미있나 봐. 우리가 자기를 살인자로 의심하는지 확인까지 하더라고. 아주 특이해."

재프가 말했다.

"머리가 비상해서일 수도 있지."

"죄의식 때문일 수도 있겠지. 삼촌의 죽음이 자기한테는 최고의 선물이 되어 버렸으니까. 어쨌건 이제 집으로 아예 들어왔던데."

"그 전까지는 어디서 살았나?"

"세인트 조지 로드의 마틴 스트리트였네. 독신 귀족들 동네는 아니지."

"그 주소를 적어 두게나, 헤이스팅스."

나는 그리 했지만 조금 의아했다. 로널드 에지웨어는 이미 리전트 게이트로 옮겼는데 왜 예전 주소가 필요한지 알 수가 없었다.

"아무래도 애넘스란 여자가 일을 저지른 것 같아. 그 사실을 눈치채다니 대단한 솜씨였네, 푸아로. 물론 극장 같은 곳에 가서 연극을 즐길 여유가 되니 가능한 일이었겠지만. 자네와 같은 행운을 잡을 기회가 나한테는 없거든. 아직은 명백한 동기가 없다는 게 아쉽군. 하지만 조금 파헤쳐 보면 분명 진상이 드러날 거네. 그렇게 기대하고 있어."

"동기가 있는 사람이 또 하나 있는데 전혀 관심을 안 보이는군."

푸아로가 말했다.

"그게 누굽니까?"

"에지웨어 경의 부인과 결혼하고 싶어 한다는 그 신사. 머튼 공작 말일세."

"그런가? 동기가 없진 않겠군."

재프가 웃음을 터트렸다.

"하지만 그런 지위에 있는 신사가 살인을 저지를 리 없지. 어쨌건 그는 파리에 있었네."

"그를 유력한 용의자로 보지 않는다는 말인가?"

"글쎄, 푸아로. 자네는 그런가 보군?"

도대체 말도 안 되는 생각이라는 듯 껄껄 웃으며 재프 경감은 방을 나갔다.

# 집사

 

 

다음 날, 우리는 별다른 활동을 하지 않았지만 재프는 무척 바빴다. 그는 오전 티타임에 우리를 찾아왔다.

그는 열이 잔뜩 올라 씩씩 거렸다.

"완전히 허탕 쳐 버렸어."

"그럴 리가 없지, 친구."

푸아로가 부드럽게 위로했다.

"그랬다니까. 그 (이 부분에서 그는 그대로 옮기기에는 너무나 험한 욕을 했다.) 집사 녀석을 수중에서 놓쳐 버렸다니까."

"그가 종적을 감추었나?"

"그래. 도망가 버렸어. 그자를 왜 더 철저히 감시하지 않았을까! 완전히 천하의 바보천치가 되어 버렸네."

"진정하게. 마음을 좀 가라앉혀."

"말이야 쉽지. 경시청에서 있는 대로 혼쭐이 났다면 자네도 진정할 수 없을 거네. 아! 미꾸라지 녀석 같으니! 그가 누군가를 따돌린 게 이게 처음이 아니야. 아주 상습범이더라고."

재프는 이마에 흐른 땀을 닦으며 몹시 괴로운 표정을 지었다. 푸아로는 동정 어린 얼굴로 마치 알을 낳는 암탉같이 애처로운 소리를 냈다. 푸아로보다는 영국인들의 기질에 밝은 내가 죽을 상을 하고 있는 경감 앞에 독한 위스키와 소다를 한 잔 타서 놓아 주었다. 그의 얼굴이 약간 밝아졌다.

"원래 안 마셔야 하지만 한 모금만 하겠소."

그는 훨씬 쾌활해진 말투로 이야기를 하기 시작했다.

"지금까지도 그를 살인자로 보진 않아. 물론 그런 식으로 꽁무니를 뺐다는 점이 무척 거슬리긴 해도. 하지만 다른 이유도 있을 수 있겠지. 뒷조사를 하다 보니 그는 소문이 나쁜 나이트클럽 몇 군데와 관련이 있더군. 흔한 나이트클럽이 아니야. 아주 추잡한 곳이더군. 사실 그자는 진짜 건달패였네."

"투 드 멤(정말) 그렇다고 해서 반드시 살인자라는 뜻은 아니지."

"바로 그거야! 뭔가 수상쩍은 일을 꾸미고 있었는지는 모르지만 살인자라고 단정할 수는 없지. 사실 나는 칼로타 애덤스라는 여자가 범인이라는 데 초점을 맞추고 있었네. 아직까지는 증명할 방도가 없지만. 오늘 부하들을 시켜 아파트를 이 잡듯이 뒤져 봤지만 그럴듯한 증거는 하나도 건지지 못했네. 빈틈없는 여자였더군. 금전 거래에 관한 사업상의 편지가 전부였는데, 그것들도 모두 깔끔하게 라벨을 붙여 놨더군. 워싱턴에 사는 여동생에게 온 편지가 몇 통 있었네. 고풍스런 패물들이 두어 개 있었지만 새 것도 없었고 값나가는 것도 없었지. 일기도 전혀 안 썼고. 통장이나 수표장에서도 수상한 점이 없었네. 젠장, 마치 사생활이라고는 전혀 없는 여자 같더라니까."

"워낙 내성적인 여자였던 것 같네. 우리 입장에서 보면 참 안타까운 일이야."

푸아로는 신중하게 말했다.

"집안일을 해 주던 여자와도 이야기해 봤지만 별 건 없었네. 모자 가게 여자와는 둘이 꽤 친했던 모양이야."

"아! 그랬군. 드라이버 양을 어떻게 생각하나?"

"매사 똑 부러지고 상황 파악도 잘 하는 것 같더군. 하지만 도움이 되진 못했네. 그 점은 놀라울 게 없지. 내가 수많은 실종 여성들을 조사를 해 본 결과, 가족과 친구들은 한결같이 이렇게 말하지. '밝은 성격에 정도 많았고 남자친구는 없었어요.' 절대 그럴 리가 없는데! 부자연스럽다고. 아가씨들은 전부 남자친구가 있게 마련이네. 없다면 뭔가 문제가 있는 거지. 그저 속 편하게 믿고 있는 친구와 친척들이 형사들의 인생을 정말 피곤하게 한다니까."

그는 한숨 돌리려고 잠깐 입을 다물었고 나는 그 사이 잔을 다시 채워 주었다.

"고맙소이다. 헤이스팅스 대위, 이래도 될지 모르겠소. 아무튼 도리가 있나, 하는 데까지 뒤를 캐고 다녔지. 가볍게 만나 같이 저녁을 먹거나 춤을 춘 상대 남성들은 여러 명 되었지만 특별한 관계였던 사람은 하나도 없더군. 현 에지웨어 경이 있었고, 영화 배우 브라이언 마틴이 있었고, 대여섯 명이 더 있었지만 눈여겨볼 만한 사람은 없었네. 그러니 배후에 어떤 남자가 있다는 자네 생각은 틀린 거라고. 지금은 피해자의 주변을 집중 조사할 생각이네. 분명히 뭔가가 존재할 테니까. 참, 작은 금색 상자에 파리라는 글자가 새겨져 있었는데, 에지웨어 경이 작년 가을 파리에 자주 방문했다고 캐롤 양이 알려 주더군. 경매에 참가해서 골동품을 사려는 목적이었다더군. 나도 파리에 가 봐야 할 것 같네. 원래는 내일이 심리일이지만 일단 연기하고, 그런 다음에 오후 배를 타야겠어."

"그런 에너지가 어디에서 나오는지 놀라울 뿐이네."

"당연한 거지. 자네는 점점 게을러지는 거 아닌가? 그냥 여기 앉아서 생각만 하잖나. 항상 말하는 그 회색 뇌세포를 작동시키면서. 소용없다고. 뭐든 직접 찾아 나서야지 제 발로 걸어 들어오는 건 아무 것도 없으니까."

자그마한 가정부가 문을 열었다.

"브라이언 마틴 씨가 찾아왔습니다. 바쁘시다고 할까요? 아니면 만나 보시겠습니까?"

재프가 서둘러 일어났다.

"나는 빠지겠네, 푸아로. 연극계의 모든 스타들은 자네에게만 조언을 구하는가 보군."

푸아로는 겸손의 표시로 어깨를 으쓱해 보였고 재프는 키득키득

웃었다.

"지금쯤 백만장자가 다 되셨을 텐데, 푸아로. 그 돈 갖고 뭘 하는가? 무조건 저축?"

"내 신조가 근검절약이긴 하지. 돈 이야기가 나와서 말인데 에지웨어 경의 유산은 어떻게 되는 건가?"

"상속을 지정하지 않은 재산은 모두 딸에게 돌아갔다네. 캐롤 양에게 500파운드를 남겼고. 다른 유품은 없더군. 굉장히 간단한 유언장이었네."

"언제 작성되었지?"

"아내가 집을 나간 다음에. 그러니 2년이 좀 넘었지. 그리고 아내는 상속인에서 제외시켰더군."

"앙심을 품었군."

푸아로가 중얼거렸다.

"또 보세."

재프가 밝은 목소리로 인사하고 떠났다.

브라이언 마틴이 들어왔다. 완벽하게 갖춰 입어 무척 멀끔해 보였다. 그러나 나는 그가 눈에 띄게 수척해졌고 퍽 불행해 보인다고 생각했다.

"오랜만에 찾아뵈어 죄송합니다, 푸아로 씨. 제가 공연히 아까운 시간만 낭비하게 만든 것 같습니다."

"앙 베리테(그런가요)?"

"네. 제가 말씀드린 그 여인과 상의를 했습니다. 강하게도 나가

봤고 애원도 해 보았지만 목적을 이루지 못했답니다. 이 문제에 대해서 당신의 도움을 받으려 한다는 말은 들으려고도 안 하더군요. 그래서 이쯤에서 그만두기로 했습니다. 정말 죄송합니다. 괜히 말부터 꺼냈다가…….”

“뒤 투, 뒤 투(그럴 줄 알았소).”

푸아로가 진심을 담아 위로했다.

“네? 이렇게 될 줄 알았다고요?”

젊은이는 깜짝 놀란 모양인지, 어안이 벙벙한 표정으로 물었다.

“메 위(그래요). 당신 친구와 먼저 상의해 보겠다고 했을 때 이런 결과가 오리라고 미리 예상했었습니다.”

“그때 벌써 이론을 세우고 계셨나요?”

“마틴 씨, 탐정에게는 언제나 이론이 있답니다. 모두가 탐정에게 기대하는 바이기도 하고요. 사실 나는 그걸 이론이라고 부르지 않습니다. 그냥 작은 생각이 떠올랐다고 합니다. 이게 바로 첫 번째 단계지요.”

“두 번째 단계는요?”

“만약 그 생각이 옳다고 판명이 나면 그때는 안다고 하죠! 보시다시피 아주 간단한 겁니다.”

“당신의 이론, 아니 그 작은 생각을 말해 주실 수 있겠습니까?”

푸아로는 고개를 가로저었다.

“그게 또 하나의 법칙입니다. 탐정은 절대 말하지 않는다.”

“약간의 암시도 안 되겠습니까?”

"안 되죠. 저는 당신이 금니에 대해 언급하자마자 이론을 세웠다고만 말해 주겠습니다."

브라이언 마틴은 멀뚱멀뚱 바라보다가 외쳤다.

"너무나 어리둥절하네요. 대체 무슨 생각을 하고 계신 건지 알아들을 수가 없어요. 힌트라도 주시면 좋으련만."

푸아로는 웃으며 고개를 저었다.

"우리 주제를 바꾸도록 하지요."

"그러는 게 좋겠군요. 하지만 먼저 보수에 대해 알려 주십시오."

푸아로는 황급히 손을 저었다.

"파 위 수(그래선 안 되지)! 제가 도움을 드린 게 있어야지요."

"시간을 빼앗았는데요."

"어떤 사건이 흥미가 있을 때는 돈에 대해서 신경 쓰지 않아요. 그 사건이 무척 끌렸을 뿐입니다."

"그렇다면 잘됐군요."

하지만 그 배우는 불편해하고 있었다. 그리고 절망에 빠진 모습이었다.

"이제 그만 하고, 우리 다른 이야기 좀 합시다."

푸아로가 친절히 말했다.

"아까 계단에서 만난 경시청 사람이 누구였죠?"

"재프 경감입니다."

"불빛이 너무 어두워서 확실히 못 봤습니다. 여하튼 그 사람이 제게 와서 몇 가지 질문을 하더군요. 불쌍한 칼로타 애덤스 때문에요.

베로날을 먹고 죽었다죠."

"애덤스 양에 대해 잘 알고 있나요?"

"그렇지는 않아요. 미국에서 어렸을 때 조금 친했을 뿐이니까요. 여기 와서는 한두 번 마주쳤지만 자주 만나진 않았습니다. 그런데 죽었다는 소리를 들으니 마음이 참 아프더군요."

"그녀를 좋게 생각했나요?"

"그럼요. 말하기 굉장히 편한 상대에요."

"다정다감한 성격이었나 보군요. 저도 그렇게 느꼈죠."

"자살이라고 생각하는 모양이죠? 별로 아는 게 없어서 경감을 도울 수가 없었습니다. 칼로타는 자신을 잘 드러내지 않았으니까요."

"저는 자살이라고 생각하지 않습니다."

푸아로가 말했다.

"저도 역시 그보다는 사고일 가능성이 높다고 생각됩니다."

둘 사이에는 침묵이 흘렀다. 그리고 푸아로가 미소를 지으며 말문을 열었다.

"요즘 다들 에지웨어 경 살인 사건 이야기뿐 아닙니까, 안 그렇습니까?"

"정말 놀랍습니다. 누가 범인인지 아십니까? 아니, 개인적 의견이라도 갖고 계시나요? 이제 제인은 혐의를 벗어나지 않았습니까?"

"메 위(그렇죠). 경찰이 따로 주목하는 사람이 있어요."

브라이언 마틴은 흥분한 눈빛이었다.

"정말이신가요? 누구죠?"

"집사가 사라졌어요. 마틴 씨도 알겠지만 도주는 자백이나 마찬가지입니다."

"집사요! 정말입니까?"

"대단히 잘생긴 남자죠. 일 부 리상블 잉 프(당신도 약간 닮은 것 같네요)."

그는 찬사를 보내듯 그에게 고개를 숙였다.

그랬었다! 나는 왜 처음 봤을 때 그 집사의 얼굴이 내가 아는 누구와 닮았다고 생각했는지 이제야 알게 되었다.

"농담도 잘하시는군요."

브라이언이 웃으며 말했다.

"아니에요. 전혀 농담이 아닙니다. 모든 젊은 여자들, 하녀, 십 대 소녀, 타이피스트, 사교계 여성들 누구 하나 브라이언 마틴 씨를 흠모하지 않는 사람이 없죠? 누가 당신을 거부할 수 있겠습니까?"

"아주 많겠죠. 저는 그렇게 알고 있습니다."

마틴이 말했다. 그리고 갑자기 일어났다.

"고맙습니다, 푸아로 씨. 번거롭게 해 드린 것 죄송합니다."

그는 우리 둘 모두에게 악수를 청했다. 순간 그는 몇 살이나 더 늙고 초췌한 모습으로 보였다.

나는 호기심을 억누르지 못하고 그가 문을 닫고 나가자마자 궁금한 것을 캐물었다.

"푸아로, 정말 그가 다시 와서 미국에서 겪었다는 괴상한 사건의 조사 의뢰를 취소할 줄 알았나요?"

"내가 그렇다고 했잖아, 헤이스팅스."

"하지만 그때 이미……."

나는 논리적으로 그 일을 따라가 보았다.

"그때 이미 꼭 상의를 거쳐야 하는 묘령의 여인이 누군지 알았다는 건가요?"

그는 가만히 미소를 지었다.

"친구여, 그냥 작은 생각이었어. 말했지만 금니 이야기를 꺼내는 순간 그 생각은 시작되었네. 그리고 내 작은 생각이 맞다면 나는 그 여자가 누구인지도 알아. 그리고 왜 마틴이 의뢰를 철회했는지도 알지. 나는 그 사건의 진실을 모두 알고 있어. 만약 하느님이 주신 두뇌만 잘 사용한다면 자네도 충분히 알 수 있는 문제이고, 나는 가끔 그분이 실수로 자네한테만 그걸 안 주신 게 아닐까 의심스럽단 말이야."

# 제3의 남자

나는 에지웨이 경과 칼로타 애덤스 사건의 심리에 대한 자세한 묘사는 피하려 한다. 칼로타 사건은 과실에 의한 사망으로 판결이 났고, 에지웨어 경의 심리는 신분 확인과 의학상의 증거가 확정되는 이후로 미루어졌다. 위 내용물 분석 결과 사망 시각은 저녁 식사 후 한 시간 이내가 아니라 그보다 한 시간 이후인 것으로 밝혀졌다. 따라서 살해는 10시부터 11시 사이에, 비교적 10시에 가까운 시각에 이루어졌다는 것이다.

우리는 칼로타 애덤스가 제인 윌킨슨 흉내를 냈다는 사실이 새나가지 않도록 각별히 조심했다. 도망친 집사의 몽타주가 언론에 실리자 여론은 그 집사가 범인이라는 쪽으로 쏠렸다. 제인 윌킨슨의 방문은 집사가 꾸며낸 뻔뻔스러운 거짓말로 여겨졌다. 그와 동일한 진술을 한 여비서에 대한 말은 전혀 언급되지 않았다. 모든 신문에 살인에 대한 기사가 실렸지만 진짜 정보는 별로 없었다.

　재프가 여전히 동분서주하고 있다는 것을 나는 알고 있었다. 그러나 푸아로가 계속해서 무기력한 태도를 보이는 것이 나는 자꾸 마음에 걸렸다. 아무래도 나이 탓일지도 모른다는 생각이 고개를 들었는데, 사실 그런 생각이 든 게 이번이 처음은 아니었다. 그는 아니라고 변명을 했지만 나를 납득시키진 못했다.

　"내 나이쯤 되면 괜한 수고는 안 하는 것이 상책이야."

　"하지만 친애하는 푸아로, 늙었다고 그렇게 자책하실 필요는 없어요."

　내가 항변했다.

　그에게는 자극과 격려가 필요한 시점일지도 모른다. 나는 암시에 의한 치료라는 현대 요법을 적용해 보기로 했다.

　"당신은 어느 때보다 활력이 넘쳐요. 인생의 최전성기입니다, 푸아로. 능력이 최고점에 올라 있는 때예요. 마음만 먹으면 현장에서 이 문제를 훌륭하게 해결할 수 있다니까요."

　나는 열정적으로 말했지만 푸아로는 집에 앉아서 문제를 해결하는 편이 좋겠다고 대답했다.

　"하지만 그건 불가능해요, 푸아로."

　"완전히 하긴 어렵겠지. 그 말이 맞아."

　"내가 하고 싶은 말은요, 우리는 지금 아무것도 안 하잖아요! 재프는 온갖 수단을 동원하고 있어요!"

　"나에게는 더할 나위 없이 편리한 일이지."

"나한테는 하나도 편리하질 않아요. 당신도 나가서 일을 좀 했으면 좋겠어요."

"일하고 있네."

"무슨 일이요?"

"기다리는 일."

"뭘 기다립니까?"

"푸 크 몽 시엔 드 샤세 드 루포르테 드 기비에(내 사냥개가 정보를 물어 오기만을 기다리고 있지)."

푸아로가 눈을 찡긋하며 대답했다.

"무슨 말인가요?"

"우리의 충실한 재프 말일세. 왜 개가 있는데 주인이 나서서 짖는단 말인가? 재프는 자네가 그리도 높이 평가하는 육체적 에너지의 결과물을 들고 나타날 거야. 그는 이용할 수 있는 지위와 수단이 있지만 나는 그렇지 않아. 그는 새로운 소식을 들고 출현할 거야. 틀림없지."

실제로 재프는 끈질긴 탐문 수사를 통해 천천히 자료를 수집해 가고 있었다. 파리에서는 빈 손으로 돌아왔다고 하나, 며칠 후에는 들뜬 얼굴로 우리에게 들렀다.

"일이 천천히 진행되긴 하는구먼. 하지만 언젠가는 결론에 도달할 거네."

"축하하네, 친구. 무슨 일이 있었지?"

"사건 당일 밤 9시, 금발머리 여인이 유스턴의 수화물 보관소에

서류 가방 같은 것을 맡겼다는 사실을 발견했지. 애덤스 양의 가방을 보여 주었더니 대번에 틀림없다고 하더군. 미국 제품이라 알아보기 쉽거든."

"아! 유스턴. 리전트 게이트에서 가장 가까운 지하철역이지. 분명히 그곳 화장실에서 변장을 하고는 가방을 맡겼을 거야. 언제 찾으러 왔다고 했나?"

"10시 30분. 직원이 말하길 같은 여자였다고 말했어."

푸아로가 고개를 끄덕였다.

"그리고 또 다른 것도 찾아냈다네. 칼로타 애덤스가 11시경에 스트랜드에 있는 리온스 코너 하우스에 있었다는 믿을 만한 정보가 있지."

"아! 세 트레 비엔 카(그것 정말 대단하구먼)! 어떻게 알아냈나?"

"우연이었다고 할 수 있겠지. 루비로 이니셜이 새겨진 작은 금색 상자 이야기가 신문에 실리지 않았나. 어떤 기자가 그걸 잔뜩 부풀렸어. 젊은 여배우들 사이에서 마약 복용이 만연하고 있다는 기사였지. 일요일 판 신문에 실리는 통속적인 기사들 있잖나. 치명적인 금색 상자에 담긴 죽음의 약물! 창창한 미래를 앞두고 있었던 한 젊은 여인의 비극적인 운명! 그리고 그녀가 마지막 밤을 어떻게 보냈고 무슨 생각을 했을지 뭐 이런 내용으로 상상의 나래를 펼쳤더군.

그런데 코너 하우스에 있던 여종업원이 기사를 읽고 그날 밤 손에 상자를 들고 있던 여인에게 서빙을 했었다는 사실을 기억해냈네. C.A.라는 이니셜도 기억하더라고. 그래서 잔뜩 흥분해서 친구들에게 떠들어 댄 모양이야. 아마도 신문이 그녀에게 정보를 산 것 같네.

젊은 기자 한 명이 바로 달려갔으니 오늘 밤《이브닝 슈리크》에 아주 눈물 짜는 이야기가 실릴 거야. 재능 있는 여배우, 인생의 마지막 순간 절대 오지 않을 남자를 기다리다! 불쌍한 여동생이 이 세상에 혼자 남겨질 것을 직감하는 그녀! 뭐 이러면서. 그런 기사들 알잖나, 푸아로."

"어떻게 그런 정보들이 자네 귀에만 쏙쏙 들어가나?"

"글쎄.《이브닝 슈리크》는 우리와 상호 협력하는 관계니까. 한 똑똑한 젊은 기자가 원하는 다른 정보를 좀 주고 대신 이걸 받아냈네. 그래서 나는 바로 코너하우스로 달려가서는 말이야……."

그렇다. 일이란 이런 식으로 진행되어야 하는 것이다. 나는 푸아로가 안됐다는 생각에 속이 아팠다. 이제 재프가 모든 뉴스를 먼저 알아내고 있었다. 물론 정말 중요한 알짜 정보는 빠진 것 같은 느낌이 들지만. 어쩌다 푸아로는 얌전히 입에 떠다 주는, 그것도 별 쓸데없는 소식이나 받아먹는 신세가 된 걸까.

"내가 그 종업원을 만나 봤지만 의심할 만한 구석은 없었네. 칼로타 애덤스의 사진을 골라내지는 못하더군. 하지만 그 여자의 얼굴을 주의해서 보지는 않았다고 하니까. 종업원이 말하길 그녀는 젊고 마른 체형, 검은 머리에 옷을 잘 차려 입었다고 했네. 새 모자를 썼다고 하더군. 제발 여자들이 모자를 보지 말고 얼굴이나 제대로 봤으면 하는 소원이 있지만."

"애덤스 양의 얼굴을 한 눈에 알아보기는 쉽지 않네. 유동적이라고나 할까. 섬세하다고나 할까. 그때그때 다르게 보이지."

"그 말이 맞는 것 같네. 그런 걸 분석하는 데는 취미가 없지만 말야. 어쨌건 검은색 옷을 입었고 서류 가방을 들고 있었다고 해. 그것은 특히 더 확실히 기억하는데, 그렇게 잘 차려입은 여자가 서류 가방을 들고 있는 것이 이상했다는 거야. 스크램블 에그와 커피를 주문했는데 그냥 시간을 때우면서 누군가를 기다리려는 것 같았다고. 손목시계를 간간히 쳐다보더라지. 종업원은 계산서를 갖다 주면서 금빛 상자를 보았어. 그녀가 그걸 핸드백에서 꺼내더니 테이블에 올려놓고 바라보고 있었다나. 뚜껑을 열었다가 다시 닫기도 하고. 꿈꾸는 것 같은 미소를 짓고 있었다고 하네. 종업원은 상자가 너무 예뻐서 인상 깊었나 봐. '나도 루비로 내 이름이 새겨진 상자가 있으면 좋겠다.' 그렇게 생각했다는군."

애덤스 양은 돈을 지불하고도 조금 더 앉아 있었네. 그러다 결국 시계를 마지막으로 한 번 더 보더니 포기한 듯 자리를 떴다고 하더라고."

푸아로는 인상을 쓰고 있다가 중얼거렸다.

"그건 일종의 랑데부였을 거야. 누구와 접선하기로 했지만 나타나지 않은 거지. 칼로타 애덤스가 그 다음에 그를 만났을까? 아니면 못 만나고 집에 와서 전화를 하려고 한 걸까? 알고 싶군! 알면 얼마나 좋을까?"

"그거야 자네 이론이지, 푸아로. 수수께끼의 배후 인물 이론 말인가? 그 미지의 배후 인물 나부랑이는 너무 허구적이야. 누군가를 기다리지 않았다는 말이 아니네. 그건 그렇겠지. 그 에지웨어 경을 만족스럽게 처리하고 누구와 약속을 했을지도 모르고. 우리는 무슨 일이 일어났는지 알아. 애덤스가 이성을 잃고 그를 찌른 거지. 하지만 그렇게 오랫동안 제정신을 못 차릴 여자는 아니었어. 역에서 원래 모습으로 돌아온 다음에 가방을 들고 나와 랑데부 장소로 간 거야. 하지만 그때 소위 '반작용'이란 현상이 그녀를 엄습하지. 자기가 저지른 일 때문에 공포에 사로잡힌 거네. 친구마저 나타나지 않자 절망에 빠진 거고. 그 친구는 그녀가 리전트 게이트에 가리라는 것을 아는 사람이었을 수도 있어. 그녀는 이제 게임이 끝났다고 생각하지. 그리고 약 상자를 꺼냈어. 한꺼번에 많이 복용하면 모든 게 끝날 것이다. 어쨌건 교수형은 당하지 않겠지…… 어떤가? 자네 얼굴에 붙어 있는 코만큼 당연한 것 아닌가?"

푸아로는 의심스럽다는 듯 코 근처를 더듬거렸고 곧 그의 손은 콧수염으로 내려갔다. 그는 자랑스러운 얼굴로 콧수염을 부드럽게 쓰다듬었다.

재프는 자기에게 유리한 점만을 완강히 밀고 나갔다.

"수수께끼의 배후 인물이 있다는 증거는 어디에도 없네. 아직까지는 그녀와 경 사이에 관계가 있었다는 증거는 찾아내지 못했지만 찾고 말 거네. 시간문제야. 물론 파리에 다녀온 일은 실망스러웠지만 9개월 전을 파헤치려니 쉽지 않더군. 하지만 파리에 심어 놓은 사람이 계속 조사 중이지. 곧 세상 빛을 보게 되겠고. 그렇게 생각하지 않는다는 것 알아. 하지만 본인도 인정하겠지? 자기가 머리가 앞

뒤로 꽉 막힌 노인네라는 걸.”

“처음에는 내 코를 능멸하더니 그 다음에는 내 머리인가!”

“내 말 본새가 원래 좀 그렇잖나. 농담으로 받아 주게나.”

그가 위로하듯이 말했다.

“그런 농담은 안 받겠다면요?”

내가 치고 들어갔다.

푸아로는 어리둥절한 얼굴로 우리를 번갈아 쳐다보았다.

“주문은 또 없나?”

재프가 문가에 서서 익살맞게 물었다. 푸아로는 용서한다는 듯이 그를 향해 빙그레 웃어 주었다.

“주문할 건 없고 제안할 건 있네.”

“뭐지? 그게 뭔가? 어서 말해 주게.”

“택시를 조사해 보라는 제안이지. 사건 당일 밤 코벤트 가든 근처에서 리전트 게이트까지 손님 한 사람, 어쩌면 두 사람을 태운 택시가 있었는지 조사해 보게. 아마 시간대는 11시 20분쯤 될 것이네.”

재프는 알아들었다는 듯 눈을 치켜떴다. 마치 영리한 테리어 같은 표정이었다.

“바로 그게 자네 의견이군. 하지 뭐. 손해날 것도 없는 걸. 자네도 가끔은 자기가 무슨 말 하는지를 알 때도 있으니까.”

그가 나가자마자 푸아로가 일어나 모자를 온 힘을 다해 탁탁 털기 시작했다.

“아무 질문도 하지 말게나, 친구. 대신 벤센을 좀 가져다 줘. 아침에 오믈렛이 조끼에 흘렀지 뭔가."

내가 벤젠을 가져다주었다.

"처음으로 질문을 하지 않아도 될 것 같은 생각이 드네요. 그의
이론도 일리는 있어 보여요. 하지만 정말 그렇게 생각하세요?"

"몬 아미, 지금 이 순간 나는 화장실에 가고픈 생각뿐이야. 그리
고 이런 말을 이해해 주었으면 하는데, 지금 자네가 하고 있는 넥타
이 때문에 내 눈이 다 피곤하네."

"끝내주게 멋진 타이인걸요."

"그래. 한때는 그랬겠지. 자네가 고분고분하던 그때 그 시절을 떠
올리게 해 주는 넥타이라고나 할까. 제발 바꾸게. 이렇게 애원을 하
잖나. 그리고 오른쪽 소매의 먼지도 좀 털고."

"아, 우리 다 같이 조지 왕을 방문하나 보군요."

내가 비꼬았다.

"아니야. 하지만 오늘 아침 머튼 공작이 머튼 저택으로 돌아왔다
는 기사를 봤어. 그는 영국 귀족 중에서도 최고의 명문가 자제지. 오
늘 그분께 경의를 표할 예정이라네."

푸아로는 절대 사교적인 사람은 아니었다.

"왜 우리가 머튼 공작에게 가려는 거죠?"

"그냥 만나고 싶으니까."

내가 알아낼 수 있는 것은 그게 전부였다. 내 차림새가 푸아로의
엄격한 기준을 통과한 다음에야 비로소 우리는 떠날 수 있었다.

머튼 저택에 도착하자 하인이 푸아로에게 미리 약속을 잡았는지

를 물었다. 푸아로는 아니라고 대답했다. 하인은 명함을 들고 사라지더니 굉장히 죄송하지만 공작이 오늘 오전에는 너무나 바빠서 만날 수 없다는 답변을 들고 돌아왔다. 푸아로는 그 즉시 의자에 걸터앉으며 말했다.

"트레 비엥(괜찮아요). 기다리겠소. 필요하다면 몇 시간이라도 앉아서 기다리지."

그가 말했다.

그러나 그럴 필요까지는 없었다. 귀찮은 방문객을 어서 내쫓아버리겠다는 의도였는지 공작이 푸아로를 만나기로 결정한 것이다.

공작은 스물일곱 살 정도의 청년이었다. 별로 호감을 주지 않는 외모에 마르고 허약해 보였다. 별 다른 특징 없이 가늘기만 한 머리카락은 관자놀이 근처에서는 확연히 줄어들었고 작고 냉소적인 입매와 몽상가 같은 눈을 갖고 있었다. 방에는 여러 종류의 십자가 조형물과 종교 미술 작품들이 걸려 있었다. 그는 공작이라기보다는 홀쭉한 잡화상처럼 보였다. 내가 알기론 그는 너무나 예민하고 몸이 약해서 집에서만 교육을 받았다고 한다. 이런 사나이가 단번에 제인 윌킨슨의 포로가 되다니! 한마디로 배꼽 잡고 웃을 일이다. 그의 매너는 까다로웠고 우리를 반기는 태도도 공손함과는 거리가 있었다.

"당신도 아마 제 이름은 들어보셨겠죠."

푸아로가 말을 꺼냈다.

"전혀 들어본 적이 없는데요."

"저는 범죄 심리학을 연구하고 있습니다."

공작은 침묵을 지켰다. 그가 앉아 있는 책상엔 쓰다 만 편지가 놓여 있었다. 그는 짜증스럽다는 듯이 펜으로 책상을 두드렸다.

"무슨 이유로 나를 만나시려던 겁니까?"

그는 차갑게 물었다.

푸아로는 그의 맞은편에 앉아 있었다. 푸아로는 창을 등지고 있었고 공작은 마주보고 있었다.

"저는 에지웨어 경의 죽음을 둘러싼 상황을 조사 중입니다."

약하지만 고집스러워 보이는 얼굴의 근육은 하나도 움직이지 않았다.

"정말입니까? 나는 그 사람을 잘 알지 못합니다."

"그렇지만 그분의 아내인 제인 윌킨슨과는 친분이 있다고 들었습니다."

"그건 그렇습니다."

"그녀는 남편이 죽기를 갈망하고 있었습니다. 그녀에게 강력한 동기가 있었다는 건 알고 계셨습니까?"

"그런 종류의 일은 내가 알 바 아닙니다."

"단도직입적으로 여쭙겠습니다. 제인 윌킨슨과 조만간 결혼하실 예정입니까?"

"내가 누군가와 약혼을 하게 된다면 그 사실은 신문에 발표가 될 겁니다. 주제넘은 질문을 하시는군요."

그가 일어났다.

"그럼 안녕히 가시지요."

푸아로 역시 일어났다. 몹시 당황한 기색이 역력했다. 그는 고개를 숙이며 더듬거렸다.

"그럴 의도는 아니었습니다. 저는 그저……. 주 부 드망 파르동(용서를 구하겠습니다)."

"안녕히 가시지요."

그가 이번에는 조금 더 큰 소리로 말했다.

이번에는 푸아로도 포기했다. 그는 희망이 없을 때 하는 특유의 몸짓을 해 보였고 우리는 물러났다. 참으로 불명예스러운 후퇴였다.

나는 푸아로가 딱해 보였다. 그의 평소의 허풍이 전혀 먹혀들지 않았던 것이다. 머튼 공작에게는 위대한 탐정조차 벌레보다 못한 존재인 것 같았다. 나는 안타까운 마음이 들어 최선을 다해 위로를 건넸다.

"일이 잘 풀리지 않을 수도 있죠. 오만방자한 사람 같으니. 그런데 저 남자에게 뭘 알아내고 싶었던 겁니까?"

"정말 제인 윌킨슨과 결혼할 예정인지 알고 싶었어."

"그녀는 그렇다고 했잖아요."

"아! 그녀가 말했다고? 자네도 지금쯤은 깨달았겠지만, 그녀는 자기 목적에 맞으면 어떤 말이든 떠벌리는 여자야. 자기 혼자 그와 결혼하기로 결심했을지도 모르지만 그 불쌍한 사내에게는 금시초문일수도 있지."

"하여간 그 남자는 무슨 귀에 붙은 벌레라도 되는 양 당신을 떼

버리더군요."

"그는 기자한테나 줄 만한 답변을 나에게도 했어, 맞아. 하지만 난 알아! 사정이 어찌된 건지 정확히 알고 있단 말일세."

푸아로가 어깨를 들썩이며 웃었다.

"어떻게 압니까? 그 남자 태도로요?"

"아니. 그가 편지를 쓰고 있는 것 봤지?"

"네."

"벨기에 경찰에서 일하던 애송이 시절에 아주 유용한 기술을 배웠지. 거꾸로 된 글씨를 읽는 기술이라네. 그가 편지에 뭐라고 쓰고 있었는지 알려줄까? '사랑하는 제인, 내 소중한 사람. 내 아름다운 천사, 당신이 내 삶에 어떤 의미인지 어떻게 말로 다 할 수 있을까요? 그 동안 너무나 고통스러웠소! 당신의 아름다운 마음씨는…….'"

"푸아로!"

나는 더 이상 참을 수 없어서 그의 말을 막았다.

"거기까지만 썼더군. '당신의 아름다운 마음씨는 오직 나만이 알고 있지요.'"

나는 몹시 화가 났다. 그는 자기가 친 장난을 순진하게 즐거워하고 있었다.

"푸아로, 그런 짓을 해서는 안 되죠. 남의 사적인 편지를 훔쳐보다니."

"바보 같은 소리를 하고 있구먼, 헤이스팅스. 벌써 한 짓을 '해서는 안 된다'고 하면 무슨 소용인가?"

"그건 공정한 게임이 아니잖아요."

"나는 게임을 하지 않아. 자네도 그건 알잖나. 살인은 게임이 아니야. 심각한 문제야. 그리고 헤이스팅스, 자네도 그 문장은 사용하지 말게. 게임을 하다니. 이제 이런 말은 유행이 지났어. 이제는 죽어 버린 말이야. 젊은 애들이 들으면 비웃을걸. 메 위(정말이야). 자네가 '게임을 하자'니 '크리켓'이 어쩌니 하면 아름다운 여성들도 저 멀리 달아날 거야."

그러나 나는 아무 말도 하지 않았다. 나는 푸아로가 아무렇지 않게 한 그 짓을 참을 수가 없었다.

"그래도 그럴 필요까진 없었어요. 당신이 제인 윌킨슨의 부탁을 받고 에지웨어 경에게 갔었다는 이야기만 했어도 그의 태도는 달라졌을 겁니다."

"아! 하지만 그럴 수야 없지. 제인 윌킨슨은 내 의뢰인이야. 의뢰인이 맡긴 일을 함부로 발설할 수야 없지. 나는 비밀을 지키기로 약속하고 일을 맡는 거고. 그걸 함부로 입 밖에 내는 건 명예에 어긋나는 일이야."

"아, 명예 좋죠!"

"그렇지."

"하지만 공작과 제인은 결혼할 거잖아요."

"그렇다고 해서 그녀가 감추고 싶은 비밀 하나 없다는 뜻은 아니지. 결혼에 대한 사고방식이 어쩌면 그렇게 구식인가. 자네가 제안

하는 대로 할 수는 없어. 나는 탐정으로서의 명예를 지켜야 해. 명예
는 아주 중요한 문제라네."

"거 참, 본인이 편리할 때만 명예를 찾는군요."

# 귀부인

다음 날 아침에 받은 방문은 내 마음속에 이 사건 전체를 통틀어 가장 뜻밖의 일 중 하나로 남아 있다.

내 방에 앉아 있을 때 푸아로가 눈을 반짝반짝 빛내며 들어왔다.

"몬 아미, 손님이 오셨다네."

"누구요?"

"머튼 공작 미망인이시라네."

"그럴 리가! 무슨 일로 오셨답니까?"

"나와 같이 1층으로 내려가면 알게 되겠지, 몬 아미."

나는 서둘러 그의 말에 따랐고 우리는 같이 그 방으로 들어갔다.

공작 부인은 자그마한 체구에 콧날이 오뚝하고 사람을 압도하는 눈빛을 갖고 있는 여성이었다. 키가 작은 편이긴 했지만 그 누구도 감히 작다는 단어를 꺼내지 못할 것이다. 유행에 뒤떨어진 검은 드레스를 입었어도 머리부터 발끝까지 귀부인다운 풍모를 풍기고 있었다. 또한 거침없는 성격 때문에 더욱 강한 인상을 주었다. 그 아들이 소극적이라면 그 어머니는 적극적이었다. 의지력 또한 대단함에 틀림없었다. 그녀에게서 발산되는 에너지에 내가 다 휩쓸리는 느낌이었다. 이 여인은 만나는 사람 모두에게 항상 이러한 위압감을 행사하는 것이 분명했다.

그녀는 긴 손잡이가 달린 안경을 눈에 대고는 나를 살펴본 다음에 푸아로를 보았다. 그리고 그에게 말을 했다. 또렷하고 흡인력 있는 목소리는 평생 남에게 명령을 하고 복종을 시켜 왔다는 것을 짐작케 했다.

"당신이 에르퀼 푸아로 씨입니까?"

내 친구는 정중히 고개를 숙였다.

"그렇습니다. 공작 부인."

그녀는 나를 바라보았다.

"제 친구인 헤이스팅스 대위입니다. 제가 맡은 사건들을 도와주고 있지요."

그녀의 눈에 잠시 의혹이 스쳤다. 그러고는 허락한다는 듯이 살짝 고개를 숙였다.

그녀는 푸아로가 권한 의자에 앉았다.

"나는 난처한 문제를 상의하러 왔어요, 푸아로 씨. 그리고 내가 하는 말은 철저히 비밀에 붙여 달라고 미리 부탁하고 싶습니다."

"그 점은 절대 걱정 안 하셔도 좋습니다, 마담."

"야들리 부인이 당신에 대해 이야기해 주더군요. 당신에 대한 찬사와 감사의 말을 들으니 당신이 나를 도와줄 유일한 사람이 아닐까 생각했지요."

"믿어 주시니 고맙습니다. 최선을 다하겠습니다, 마담."

그녀는 아직도 망설이고 있었다. 이윽고 간신히 본론으로 들어가며 그녀가 보여 준 단순명료함은, 잊지 못할 그날 밤에 사보이 호텔에서 제인 윌킨슨이 사용했던 단도직입적인 말투를 떠올리게 했다.

"푸아로 씨, 내 아들이 그 여배우 제인 윌킨슨과 결혼하지 못하도록 막아 주세요."

푸아로가 놀랐는지는 모르지만 적어도 겉으로는 드러나지 않았다. 그는 그녀의 말을 경청하며 천천히 대답을 골랐다.

"약간만 더 구체적으로 설명해 주시겠습니까, 마담? 제가 어떤 일을 하길 원하십니까?"

"그건 쉽게 말할 수 없네요. 그런 결혼은 우리 집안의 재앙입니다. 내 아들의 인생을 파멸로 몰아갈 거예요."

"그렇게 생각하십니까, 마담?"

"난 확신해요. 내 아들은 굉장히 높은 이상을 갖고 있어요. 그 아이는 세상 물정에 대해서는 잘 몰라요. 같은 계층의 여성들에게는 전혀 관심을 두지 않았답니다. 다들 그 애에게는 머리가 텅텅 비고 경박해 보였을 뿐이에요. 하지만 그 여자는 말이지요……. 그래요. 굉장히 아름답다는 건 인정합니다. 그리고 남자를 사로잡는 방법을 알고 있겠죠. 그래서 내 아들이 넘어간 거고요. 난 아들의 충동적인 감정이 식기만을 기다렸어요. 다행히 여자가 자유의 몸이 아니었죠. 그런데 이제 남편마저 죽었으니…….”

그녀는 말을 멈추었다.

“아마 몇 달 안에 결혼하려고 할 겁니다. 내 아들 평생의 행복이 위태로울 수도 있어요.”

그녀는 더욱 독단적으로 말했다.

“당장 멈춰야 해요, 푸아로 씨.”

푸아로는 어깨를 으쓱했다.

“마담의 생각이 틀렸다고는 말하지 않겠습니다. 어울리지 않는 결혼이라는 것 또한 저도 인정합니다. 하지만 그 누가 막을 수 있겠습니까?”

“그래도 당신이라면 무언가 생각해낼 수 있을 거예요.”

푸아로는 천천히 고개를 흔들었다.

“아니에요. 당신은 도와줄 수 있어요.”

“과연 어떤 방법이 통할는지 모르겠군요, 마담. 이렇게 말해서 죄송하지만 아마 아드님은 지금 그 여인을 비난하는 말은 아예 들으려고도 안 하실 겁니다! 그리고 또 그녀를 비난할 만한 근거가 있을까요? 과거를 아무리 뒤져 봐도 그리 불명예스러운 일은 나오지 않을 텐데요. 그녀는 뭐랄까, 아주 처신을 잘해 왔다고나 할까요?”

“알아요.”

공작 부인이 험악하게 내뱉었다.

“아! 그렇다면 그런 방면으로 조사를 해 보셨다는 겁니까?”

그의 예리한 시선에 그녀는 얼굴을 조금 붉혔다.

"푸아로 씨. 아들을 그 결혼에서 빼낼 수만 있다면 이 세상에 하지 못할 일이란 아무것도 없어요."

그녀는 특히 마지막 단어를 강조했다.

"아무것도요!"

그녀는 말을 멈추었다가 다시 이었다.

"돈은 아무 문제가 아닙니다. 원하는 대로 말만 하세요. 무조건 결혼만은 막아야 합니다. 당신만이 할 수 있어요."

푸아로는 천천히 고개를 저었다.

"돈 문제가 아닙니다. 저는 할 수 없습니다. 머지않아 그 이유를 설명해 드리죠. 하지만 만에 하나 일을 맡는다고 해도 방법이 떠오르지 않습니다. 공작 부인, 대신 실례가 되지 않는다면 한 가지 조언을 해 드려도 될까요?"

"조언이라뇨?"

"아드님과 반목하지 마세요! 아드님은 이제 성인이시니 자기 인생은 자기가 책임지시는 겁니다. 아드님의 선택이 부인의 선택과 일치하지 않을 때 무조건 부인이 옳다고 믿으시면 두 분 다 힘들어집니다. 만약 불행을 선택했다면 그 불행을 받아들여야죠. 아드님이 도움의 손길을 요청할 때 곁에서 힘이 되어 주세요. 하지만 아드님이 먼저 당신께 등을 돌리게 하셔서는 안 됩니다."

"도대체 이해를 못하시는군요."

그녀는 자리에서 일어났다. 입술이 사정없이 떨리고 있었다.

"아니요, 공작 부인. 굉장히 잘 이해하고 있습니다. 어머니 되신 마음을 헤아릴 수 있어요. 저 에르퀼 푸아로보다 더 잘 이해하는 사람은 없을 겁니다. 그리고 감히 말씀드리건대 제발 참으세요. 참고 진정하고 감정을 숨기도록 하세요. 그 문제가 저절로 해결될 수도 있습니다. 섣불리 반대하시면 오히려 아드님이 더 고집을 부리실 수도 있어요."

"잘 있어요, 푸아로 씨. 참으로 실망스럽군요."

그녀는 냉랭하게 말했다.

"도움이 되어드리지 못해 한없이 죄송스럽게 생각합니다, 마담. 제가 처한 상황도 곤란하네요. 에지웨어 부인이 이미 저에게 의뢰를 한 적이 있었습니다."

"아! 이제 알겠군."

그녀의 목소리는 비수처럼 날카로웠다.

"당신은 그쪽 편이라 이거군요. 왜 에지웨어 부인이 남편 살해죄로 체포당하지 않았는지 그걸로 설명이 되는군요."

"코멍(뭐라고요), 공작 부인?"

"내 말을 들었을 것 같은데요. 왜 체포되지 않느냐고요. 그날 밤 그 장소에 있었잖아요. 집으로 들어가고 서재까지 들어가는 모습이 목격됐지요. 그 외에 다른 사람은 그 남자 주위에 없었는데 경이 죽은 채로 발견이 됐다죠? 그런데도 아직까지 체포되지 않다니! 우리 경찰들이 썩을 대로 썩은 게 분명해요."

부인은 떨리는 손으로 목 주위의 스카프를 정리한 후 보일 듯 말

듯 인사하고 방을 빠져나갔다. 내가 한숨을 쉬며 말했다.

"휴! 어지간히 깐깐한 부인이로군요. 하지만 존경스럽네요. 안 그렇습니까?"

"이 우주를 자기가 원하는 대로 배열하려고 한다는 점이?"

"글쎄요. 아들의 앞날이 걱정 되어서 그러는 것뿐이잖습니까?"

푸아로는 고개를 끄덕였다.

"그거야 그렇지. 하지만 헤이스팅스, 정말 공작이 제인 윌킨슨과 결혼하는 게 그렇게까지 불행한 일일까?"

"왜요? 당신도 그녀가 정말 공작이랑 사랑에 빠졌다고는 생각지 않잖아요."

"그렇긴 해. 그건 절대 아니야. 하지만 그의 지위와는 단단히 사랑에 빠져 있지. 공작 부인이란 역할은 충실하게 잘 해낼 거야. 아름다운 데다가 야망도 있잖나. 서로의 인생에 엄청난 재해가 되는 건 아니야. 공작은 귀족 계급에서 아내를 고를 수도 있겠지만 그들도 모두 같은 이유로 그를 택하는 거야. 하지만 아무도 거기에 대해서는 야단법석을 떨지는 않잖아."

"그건 맞는 이야기지만요."

"그리고 만약 자기를 애타게 사랑하는 여자와 결혼하면 과연 그게 남편에게 득이 될까? 자기를 사랑하는 아내와 결혼한 남자들이 불행한 경우를 여러 번 봤어. 여자는 질투에 눈이 멀어서 난리를 피우고 남편을 우스꽝스럽게 만들지. 그리고 남편의 시간과 관심을 온통 자기에게만 쏟아 달라고 애원하고. 아! 그건 아니야. 그런 셀

혼은 절대 장미 화원이 될 수 없다고."

"푸아로, 당신은 정말 구제 불능의 독설가에요."

내가 외쳤다.

"메 농, 메 농(아냐, 아냐). 나는 내 감상을 말한 것뿐이네. 자네도 알다시피 나는 그 다정한 엄마 편이야."

도도한 공작 부인을 그런 식으로 말하니 웃음을 터뜨리지 않을 수가 없었다.

푸아로는 계속 심각한 얼굴이었다.

"웃어서는 안 돼. 이 모든 게 아주 중요한 의미를 띠고 있어. 심사숙고할 것들이 많은걸."

"당신이 이 문제에 관해서 어떤 일을 할 수 있을지 모르겠네요."

나는 비꼬듯이 말했다.

푸아로는 내 말은 아랑곳 하지 않고 말했다.

"헤이스팅스, 아까 그 공작 부인이 얼마나 정보에 빠른지 눈치 챘겠지. 그리고 증오에 가득 차 있었어. 그녀는 제인 윌킨슨에게 불리한 증거를 모두 알고 있었어."

"고발을 위한 증거지 방어를 위한 증거는 아니죠."

나는 웃으면서 말했다.

"어떻게 그것들을 알게 되었을까?"

"제인이 공작에게 말했고 공작이 어머니한테 말했겠죠."

내가 제안했다.

"그럴 수도 있겠지. 하지만 나는 말이야……."

그때 날카로운 전화벨 소리가 우리 대화 사이에 끼어들었다. 내가 전화를 받았다.

다른 말없이 간간히 "네."라고 대답만 하면 되는 통화였다. 마침내 수화기를 내려놓은 나는 흥분에 들떠 푸아로를 바라보았다.

"재프 경감이었어요. 첫째로 당신은 역시 언제나처럼 '일등급 상품'이랍니다. 두 번째로 그가 미국에서 전보를 받았대요. 세 번째로 택시 운전사를 찾아냈답니다. 네 번째로 한번 그쪽으로 와서 택시 운전사가 하는 말을 듣지 않겠냐는군요. 다섯 번째로, 당신은 정말 '일등급 상품'이 맞답니다. 배후에 미지의 남자가 있을 거란 당신의 의견이 핵심이었다면서요. 물론 나는 방금 경찰이 썩을 대로 썩었다라고 말한 손님이 다녀갔다는 말은 깜빡 잊고 못했네요."

"재프도 결국 확신하게 됐군. 내가 방금 다른 가능한 가설을 세우려는 찰나 '배후의 미지의 인물' 가설이 증명되게 생겼다니 거참 신기한 노릇이구먼."

푸아로가 중얼거렸다.

"무슨 가설이요?"

"살인 동기가 에지웨어 경 본인과는 아무 관련이 없을지도 모른다는 가설이야. 누군가 제인 윌킨슨을 증오하는 거야. 너무 증오한 나머지 살인죄로 교수형 당하게 만들고 싶었던 거지. 세 윈느 아디(이것도 괜찮은 아이디어 아닌가)?"

그는 한숨을 쉬고 몸을 일으켰다.

"가 보세, 헤이스팅스. 재프가 무슨 말을 할지 들어 보자고."

# 택시 운전사

재프는 콧수염을 덥수룩하게 기르고 안경을 낀 노인을 심문하고 있었다.

"아. 저기들 오셨군. 이제야 사건이 술술 풀리고 있는 느낌이네. 이 남자 이름은 좁슨인데, 지난 6월 29일 밤에 롱 에이커에서 손님 두 명을 태웠다고 하네."

재프의 말에 좁슨이 쉰 목소리로 동의했다.

"맞습니다. 아주 아름다운 밤이었죠. 달빛이 은은하게 비추고 있었어요. 젊은 아가씨와 신사가 지하철 역 근처에서 날 불러 세웠습니다."

"둘 다 야회복을 입고 있었소?"

"네. 신사는 흰 조끼를 입고 있었고 아가씨는 새 무늬가 수놓아진 흰 드레스를 입고 있었어요. 로얄 오페라 하우스에서 나오는 것 같았습니다."

"몇 시경이었소?"

"11시 조금 전이었어요."

"그리고 그 다음에는?"

"리전트 게이트 쪽으로 가자고 하더군요. 근처에서 어떤 집인지 가르쳐 주었습니다. 계속 빨리 가라고 재촉하더군요. 하긴 안 그런 사람이 없죠. 마치 우리가 일부러 속도를 늦추기라도 하는 것처럼 요. 더 빨리 갈수록 팁을 많이 받을 수 있으니까 우리도 그러고 싶어요. 하지만 다들 그렇게 생각 안 하나 봐요. 이걸 아셔야죠. 그러다 사고라도 나면 무조건 운전자 탓을 한다 이겁니다."

재프가 참지 못하고 말을 막았다.

"쓸데없는 소리 작작하시오. 어쨌건 그때는 사고가 안 났잖소, 안 그렇소?"

노인 운전사는 택시 운전사 전체를 대변할 기회를 놓쳐서 무척 서운해 하는 것 같았다.

"안 났죠. 그때는 사고가 안 났습니다. 아무튼 리전트 게이트에 갔습니다. 7분도 안 걸렸어요. 신사가 창문을 두드려서 차를 세웠죠. 아마 8번지 정도였을 겁니다. 둘이 같이 나가더군요. 그 신사는 그 자리에 남아서 아까 거기로 돌아갈 테니 기다리라고 하더군요. 아가씨가 길을 건너더니 맞은편에 있는 집들 옆을 걸었습니다. 신사는 계속 택시 옆 인도에 서서 등을 나에게 돌리고 아가씨를 바라보고 있었어요. 손을 주머니에 집어넣고요. 그리고 5분 후에 남자 목소리가 들렸습니다. 소리를 지를 뻔했다가 간신히 참는 것 같았어요. 그 남자도 그쪽으로 갔습니다. 나는 택시비를 떼먹히지 않으려고 계속 눈으로 그 사람을 좇았죠. 전에 그런 적이 있어서 말이죠. 죽 지켜봤어요. 그는 맞은편에 있는 어떤 집의 계단을 오르더니 그 안으로 들어가더군요."

"문을 밀어서 열었소?"

"열쇠를 갖고 있었습니다."

"그 집 번지수는 기억하시오?"

"아마 17번지나 19번지였을 겁니다. 저더러 있던 자리에 계속 있으라고 한 게 아무래도 이상했거든요. 그래서 계속 집을 노려보다시피 하고 있었어요. 한 5분쯤 후에 그 남자와 여자가 같이 나오더군요. 그리고 택시로 돌아오더니 코벤트 가든 오페라 하우스로 돌아가자고 했습니다. 그 사람들을 태웠던 곳보다 조금 못 미친 곳에서 멈춰 달라고 하고 택시비를 주었죠. 꽤 후하게 얹어 주더군요. 그래서 무슨 말썽이나 생기지 않을까 싶었는데 아니나 다를까 이렇게 불려 왔잖습니까?"

"당신은 괜찮을 거요. 그냥 이 사진들만 잘 보시오. 이 중에 그 젊은 아가씨가 있으면 말해 주고."

재프가 말했다.

"이 여자입니다."

좁슨이 말했다. 그는 이브닝드레스를 입고 있는 제럴딘 마시를 손가락으로 가리켰다.

"확실합니까?"

"확실합니다. 얼굴은 창백하고 검은 머리였어요."

"그리고 남자를 보시오."

또 다른 사진 뭉치들이 그에게 넘겨졌다. 그는 사진들을 한참이나 바라보았지만 고개를 흔들었다.

"잘 모르겠네요. 확실하지가 않아요. 이 두 남자 중에 한 명 같긴 한데."

그중에는 로널드 마시 사진도 끼어 있었다. 그러나 그는 마시와 비슷한 타입의 남자 사진을 두 장 골랐다.

좁슨이 나갔고 재프는 사진들을 테이블에 던졌다.

"이 정도면 충분해. 그 양반을 보다 확실히 알아봤으면 좋으련만. 물론 사진이 좀 된 거긴 하네. 거의 7~8년 전 사진이니까. 구할 수 있는 게 이것밖에 없었거든. 하여간 보다 확실한 증거를 잡고 싶긴 해도 이 사건은 이제 결정난 것 같네. 두 사람의 가짜 알리바이가 들통나 버렸잖아. 이런 걸 추리해 내다니 역시 대단하군, 푸아로."

푸아로는 짐짓 겸손한 태도로 말했다.

"그녀와 사촌이 둘 다 오페라 극장에 있었다고 했을 때 어쩌면 막간에 만났을지도 모른다는 생각이 들었네. 그들과 같이 있던 사람들은 그들이 오페라 하우스를 떠났을 리가 없다고 철석같이 믿었겠지. 하지만 30분 정도의 시간이면 리전트 게이트까지 왕복하고도 남지. 새 에지웨어 경이 자기 알리바이를 지나치게 강조하는 걸 보니 뭔가 켕기는 것이 있구나 싶었고."

재프가 애정을 담아 말했다.

"하여간 의심 덩어리라니까. 어쨌건 자네가 다 맞았네. 이 세계에서는 의심이 많을수록 좋지. 이제 그 에지웨어 경이 우리가 찾던 남자다 이거군. 그리고 이걸 보시게."

그는 종이를 한 장 꺼내 보였다.

"뉴욕에서 온 전보야. 루시 애덤스 양과 연락이 닿았지. 편지가 오늘 아침 배달되었다고 하네. 반드시 필요한 게 아니라면 원본은 주지 않겠다고 해서 경찰이 사본을 만들어 전보로 보내온 거지. 여기 자네가 기다리던 편지가 있네."

푸아로는 기대에 찬 눈빛으로 전보를 받아들었다. 나는 그의 어깨너머로 그것을 읽었다.


다음은 6월 2일 런던 S.W.3. 로즈듀 맨션에서 보낸 편지로 루시 애덤스에게 온 것이다.


사랑스러운 내 동생 루시

지난주에 편지를 그렇게 짧게 써서 미안. 일도 바빴고 알아볼 일들이 많았거든. 있지. 공연은 말도 못하게 성공적이었어! 기사도 아주 좋게 났고 박스오피스 성적도 훌륭했어. 사람들도 다 친절하더라. 여기서 진짜 좋은 친구들을 몇 명 만났어. 내년에는 두 달 동안 공연을 하게 될지도 몰라. 러시아 댄서 연기도 다들 좋아해 주었고 파리의 미국 여인도 인기가 많았단다. 하지만 외국 호텔에서 일어난 일이 역시 반응이 제일 좋더라. 지금 너무 흥분해서 언니가 무슨 말을 하는지도 모르겠다. 하지만 너도 곧 그 이유를 알게 될 거야. 일단 사람들이 뭐라고 말했는지 이야기해 줘야겠지. 허그스하이머 씨가 고맙게도 나한테 큰 도움이 될 수 있는 몬태규 경과의 점심 만남을 주선해 주셨어.

또 지난밤에는 제인 윌킨슨을 만났단다. 내 쇼와 성대 모사 연기를 극찬해 주더라고. 사실 그 여자를 그렇게 좋아하는 건 아니야. 내가 아는 사람한테 그 여자의 진면목에 대해서 자세히 들었는데 굉장히 음흉하고 잔인한 성격인 것 같아. 하지만 지금은 이 정도로만 해둘게. 너도 그녀가 에지웨어 부인이기도 하다는 것 알고 있지? 그 남자에 대해서도 들은 게 많아. 그 역시 고상한 인간은 아니지. 그건 확실해. 예전에 말한 마시 대위가 그 남자 조카인데 아주 끔찍한 꼴을 당했다더라. 문자 그대로 집에서 쫓아내고 집에 발도 들여놓지 못하게 했대. 그 이야기를 모두 털어놓은 적이 있는데 참 안쓰럽더라. 그는 특히 내 쇼를 무척 좋아했어. 그가 이렇게 말하더라고. "그 정도라면 에지웨어 경 본인도 속일 수 있을 것 같네요. 나하고 내기 하나 할래요?" 나는 웃으면서 말했어. "얼마 내기요?"

루시, 난 그에 대한 대답을 듣고서 잠시 숨이 멎는 줄 알았어. 1만 달러라는 거야! 자그마치 만 달러! 생각해 봐. 바보 같은 내기에서 이기도록 해 주는 것뿐인데 말이야. 내가 말했지. "당연하죠. 버킹엄 궁전에 가서 국왕에게 장난을 걸고 불경죄로 체포된다고 해도 그 돈이라면 해 보겠어요." 그런 다음 우리는 머리를 맞대고 자세한 걸 의논했지.

다음 주에는 전부 다 알려줄게. 내가 들켰는지 아닌지 말이야. 아무튼 사랑하는 루시야, 성공하건 실패하건 나는 만 달러를 받게 되어 있단다. 오! 루시, 우리 귀여운 동생. 그게 우리한테 어떤 의미인지 너도 알지? 이제 시간이 없구나. 곧 '짓궂은 장난'을 치러가야 되거든. 너에 대한 사랑을 어떻게 표현할 수 있겠니. 너무너무 사랑하는 우리 귀여운 동생. 그러면 잘 있어.

칼로타 언니가

푸아로는 편지를 내려놓았다. 그 편지가 그의 마음을 건드렸다는 것을 알 수 있었다.

그러나 재프는 완전히 다른 방향으로 반응했다.

"이제 다 잡은 거네."

재프는 승리에 도취되어 말했다.

"그렇군."

푸아로가 말했다.

그의 목소리는 이상하리만치 차분했다.

재프는 그를 의아하게 쳐다보았다.

"왜 그러나, 푸아로?"

"아무것도 아니네. 어딘가 내가 생각한 것과는 맞지가 않아. 그것뿐이야."

그는 확실히 행복하지는 않아 보였다.

"하지만 그럴 수도 있겠지. 그래. 그럴 수도 있어."

푸아로는 마치 자신을 위로하듯 중얼거렸다.

"당연히 그런 거지. 도대체 왜 그러나? 처음부터 이렇게 될 거라고 했잖아?"

"아니야. 날 잘못 이해한 거네."

"이 순진한 여자를 이용한 남자가 있을 거라고 하지 않았나?"

"그랬지. 그래."

"그러면 더 이상 뭘 원하는 건가?"

푸아로는 한숨만 푹푹 내쉴 뿐 대답을 하지 않았다.

"하여간 별난 양반이로세. 도무지 만족을 모르는군. 그 여자가 동생한테 편지를 썼다니 정말 행운 아닌가?"

푸아로는 그나마 원기가 되살아났는지 맞장구를 쳤다.

"메 위(그렇지). 그건 살인자도 짐작하지 못했을 거네. 애덤스 양이 만 달러를 받았을 때 이미 자기 무덤을 판 거야. 살인자는 나름대로 일을 빈틈없이 처리했다고 믿었지만 그녀가 너무도 순진한 방법으로 그에게 한 방을 먹인 거지. 죽은 자가 말을 한 거야. 그래, 가끔은 죽은 사람이 말을 하기도 하지."

"나도 애초부터 그녀의 단독 범행이라고는 생각하지 않았네."

제프는 눈도 깜짝하지 않고 뻔뻔한 거짓말을 했다.

"아니야. 아니야."

푸아로가 멍한 얼굴로 말했다.

"그러면 나는 일을 진행시켜야겠네."

"마시 대위, 아니 에지웨어 경을 체포할 생각인가?"

"당연한 거 아닌가? 그에게 철저하게 불리한 증거이니까."

"맞아."

"그런데도 왜 그렇게 의기소침한 건가, 푸아로. 자넨 항상 복잡하고 어려운 일만 좋아해. 자기 이론이 적중했는데도 만족을 못하는군. 우리가 입수한 증거에 결점이라도 있나?"

푸아로는 고개를 흔들자 재프가 말했다.

"마시 양이 공범인지 아닌지는 모르지. 그래도 오페라 극장에서부터 그와 같이 갔으니 뭔가 아는 바가 있을 거네. 만약 그렇지 않다면 왜 데리고 갔겠나? 그 두 사람이 무슨 이야기를 할지 어디 한번 들어 보세."

"그런데 내가 같이 가도 되겠나?"

거의 자기 비하적인 태도였다.

"물론이지. 자네의 아이디어를 빚지고 있잖은가."

그는 테이블 위에 있는 전보 용지를 집어 들었다.

나는 푸아로를 옆으로 끌어당겼다.

"무슨 일이죠, 푸아로?"

"무척 우울해, 헤이스팅스. 일이 자연스럽게 흘러감에도 자꾸 이건 아니란 생각이 들어. 뭔가 잘못됐어. 헤이스팅스, 우리가 놓친 사실이 어딘가에 분명 있어. 내 예상대로 모든 게 잘 맞아떨어지고 있었다고. 하지만 친구, 뭔가 잘못됐네."

푸아로는 나를 애처롭게 바라보았다. 나는 아무 말도 떠오르지 않았다.

# 로널드의 이야기

나는 푸아로의 태도를 전혀 이해할 수 없었다. 그가 이제껏 예상했던 바가 아니었던가?

리전트 게이트까지 가는 내내 푸아로는 재프의 자화자찬을 듣는 둥 마는 둥 하면서 심란한 얼굴로 미간을 찌푸린 채 앉아 있었다.

그가 마침내 긴 한숨을 쉬며 몽상에서 깨어났다.

"일이 어찌 되었건 간에 에지웨어 경도 할 말이 있겠지."

푸아로가 중얼거리자 재프가 말했다.

"그가 똑똑한 친구라면 입을 다무는 것이 좋을걸. 진술을 너무 착실히 하다가 교수형에 처해진 사람들이 수도 없이 많다네. 우리가 경고하지 않은 것도 아니야. 이건 아주 공명정대한 처사라네. 죄가 심할수록 너무나 걱정스러운 나머지 어떻게든 상황에 맞춰서 거짓말을 지어내는 거야. 그런 거짓말은 먼저 변호사에게 털어놓아야 한다는 걸 모르는 거지."

재프가 한숨을 쉬더니 말했다.

"변호사들과 검시관들이 우리 경찰에게는 최대의 적이라네. 명백한 사건을 검시관들이 이러쿵저러쿵 떠들면서 망쳐놓으니 결국 범인들이 미꾸라지처럼 빠져 나간다 이거야. 변호사들에 대해선 말할 것도 없지. 교활한 수법으로 법망을 빠져나가서 돈을 챙기는 사람들이니 오죽하겠는가?"

리전트 게이트에 도착하자마자 우리의 사냥감이 집에 있다는 것을 알 수 있었다. 그 집 가족들은 그때까지도 점심 식사를 하는 중이었다. 재프는 에지웨어 경과 먼저 개인 면담을 해야겠다고 말했다. 우리는 서재로 들어갔다.

몇 분이 흐른 후 문제의 젊은이가 들어왔다. 그는 여유 있는 미소를 짓고 있었지만 우리를 흘끗 보더니 표정이 약간 달라졌다. 그는 입술을 깨물었다.

"안녕하십니까, 경감님. 또 무슨 일이십니까?"

에지웨어 경이 말했다.

재프는 딱딱한 말투로 간단하게 그동안 수집한 정보들을 이야기했다.

"아. 그게 그렇게 된 거군요."

로널드가 말했다.

그는 의자를 끌어다가 앉았다. 그리고 담뱃갑을 꺼냈다.

"경감님, 진술을 해야 할 것 같습니다."

"좋을 대로 하십시오, 에지웨어 경."

"그 말은 진술을 하면 저에게 절대적으로 불리하다는 뜻이겠죠. 그럼에도 불구하고 하겠습니다. '진실을 두려워할 이유는 없다.' 역사책에 나오는 영웅들이 한 목소리로 그렇게 말하지 않습니까."

재프는 아무 말도 하지 않았다. 그의 얼굴에는 어떤 표정도 드러나지 않았다.

"저기 편하게 이용할 수 있는 책상과 의자가 있습니다. 당신 부하가 저기 앉아서 속기로 받아 적으면 되겠군요."

젊은이는 말을 계속 했다.

제프는 이렇게 누군가 심문 절차까지 신경 써 주는 것에 익숙지 않은 것 같았다. 어쨌건 에지웨어 경의 제안은 수락되었다.

젊은이가 말문을 열었다.

"일단 하고 싶은 말부터 하지요. 저도 그렇게 둔한 사람은 아니라 저의 아름다운 알리바이가 날아갔다는 것 정도는 눈치 챘습니다. 연기 속으로 사라져 버렸죠. 필시 저의 사랑스런 도르트하이머 씨 가족이 퇴장하고 택시 운전사가 등장했지요?"

"우리는 그날 당신의 행적에 대해 빠짐없이 알고 있소."

재프가 무표정으로 말했다.

"런던 경시청에 감탄했다는 말씀을 먼저 드립니다. 하지만 동시에 이걸 생각해 보세요. 만약 제가 정말 범행을 계획했다면 그렇게 택시를 잡아타고 범행 현장으로 곧장 간 다음 택시 운전사를 대기시키기까지 했겠습니까? 혹시 그 점은 생각해 봤는지요? 아! 푸아로 씨는 아마 생각해 보셨겠지요."

"그런 생각이 들긴 했소. 맞아요."

푸아로가 말했다.

"미리 용의주도하게 계획한 범죄였다면 그런 식은 아니겠죠. 붉은 콧수염을 달고 두꺼운 뿔테 안경을 쓰고는 택시를 타고 조금 더 간 후에 돈을 내고 내렸겠죠. 그런 다음 거기서 지하철로 갈아타고 말이죠. 아. 뭐 그렇게 자세히 말할 것도 없겠군요. 수천 기니의 수임료를 받는 제 변호사가 저보다 훨씬 잘 대변해 줄 테니까요. 물론 이럴 때 나오는 대답이 있죠. 우발적인 범행이었다고요. 거기서 택시를 기다리고 있었다. 그런데 갑자기 이런 생각이 떠올랐다. '이건 어떨까. 저기 올라가 없애 버릴까?'

하지만 여러분께 진실만을 말씀드리겠습니다. 전 완전히 빈털터리였습니다. 그건 분명한 사실이죠. 모두들 알고 계실 겁니다. 절박한 상황이었습니다. 다음 날까지 돈이 들어오지 않으면 지금 하고 있는 사업이 완전히 고꾸라질지도 몰랐죠. 그래서 그날 아침 백부에게 말을 붙여 보았어요. 물론 그분에게 저에 대한 애정이라곤 없지만 그래도 자기 명예는 지키고 싶을지도 모르니까요. 기성세대 남자들이란 원래 그러잖습니까. 물론 저의 큰아버지는 냉소적인 무관심이라는 측면에서 어찌나 신세대다우시던지요.

하지만 그냥 씩 웃고 참는 수밖에요. 그래서 도르트하이머 씨에게 시도를 해 보려고 했습니다만 희망이 없다는 것 정도는 알았어요. 그리고 그 딸과 결혼할 수는 없었죠. 굉장히 이성적인 여성이라 저를 받아 주지도 않았을 겁니다. 그런데 우연히 오페라극장에서 사촌 제럴딘을 만난 겁니다. 그동안 자주 만난 건 아니었지만 그 집에 살 때 항상 제게 친절하게 대해 주었죠. 어쩌다보니 제가 사촌동생에게 사정 이야기를 하고 있더군요. 어차피 그 애도 아버지한테 들었을 테고요. 그때 제럴딘의 진심이 나오더군요. 선뜻 제게 자기가 가진 진주를 주겠다는 겁니다. 어머니 유품인 걸 말이죠."

그는 잠시 말을 멈추었다. 그의 목소리에는 진실한 감정이 담겨 있는 것 같다는 생각이 들었다. 그게 아니라면 내 기대치보다 더 능수능란한 연기를 펼치는 것이겠지.

"그래서 그 착한 아이의 제안을 받아들였습니다. 그걸 팔면 원하는 만큼 돈을 마련할 수도 있고, 또 쉽진 않겠지만 꼭 물건을 되찾아 돌려주겠노라고 약속했습니다. 그런데 진주는 리전트 게이트의 저택에 있었어요. 우리는 당장 가서 그걸 가져오는 것이 최선이라는데 동의했습니다. 그래서 택시를 타고 출발한 겁니다.

우리는 반대편에 택시를 세우기로 했죠. 집안 사람들이 택시 소리를 들으면 안 되니까요. 제럴딘이 나가서 길을 건너갔습니다. 그 애는 현관 열쇠를 갖고 있었죠. 조용히 올라가서 진주를 가져와 저에게 줄 작정이었습니다. 어쩌다 하인과 마주칠 수는 있어도 다른 사람과 만날 위험은 없었죠. 비서인 캐롤 양은 보통 9시 30분이면 잠자리에 들고 백부는 서재에 있을 테니까요.

그래서 디나가 먼저 떠났습니다. 저는 인도에서 담배를 피우면서 있었죠. 계속 반대편 저택을 보면서 그 애가 나오기만을 기다렸고요. 그런데 지금부터 할 이야기는 당신들이 믿을지 안 믿을지 모르겠지만 좋을 대로 하길 바랍니다. 한 남자가 저를 스쳐 지나갔어요. 돌아서서 그를 바라보았습니다. 놀랍게도 그 남자는 계단을 올라가더니 17번지로 들어가더군요. 물론 거리가 좀 떨어져 있었지만 말입니다. 두 가지 이유 때문에 크게 놀랐습니다. 첫째, 그 남자가 열쇠를 갖고 있었다는 것과, 둘째로 그 남자가 유명한 배우처럼 보였다는 거죠.

저는 너무 놀라서 직접 확인해 봐야겠다고 생각했습니다. 저도 주머니에 17번지 우리 집의 열쇠가 있었어요. 3년 전에 잃어버렸다고 생각했는데 하루 이틀 전 우연히 발견한 거라 그날 아침 백부에게 드리려고 마음먹고 있었죠. 하지만 말다툼이 오가는 통에 열쇠 생각은 까맣게 잊고 말았고요. 그리고 옷을 갈아입을 때 주머니에 있던 다른 물건들과 같이 옮겨진 겁니다.

택시 기사에게 조금 기다리라고 하고 급하게 인도를 걸어가 길을 건넌 후 현관 계단을 올라가 열쇠로 문을 열었습니다. 홀은 텅 비어 있었어요. 누가 방금 들어왔다는 흔적은 전혀 없었지요. 그래서 잠시 주위를 둘러보다 서재 쪽으로 가 보았습니다. 어쩌면 그 남자가 서재에서 백부와 함께 있는 건지도 모르니까요. 그렇다면 중얼거리는 소리 정도는 들렸겠죠. 하지만 서재 문 밖에 서 있었음에도 아무소리도 들리지 않았습니다.

갑자기 제가 비굴한 바보 천치 같단 생각이 들더군요. 물론 그 남자가 다른 집에 들어갔을 수도 있습니다. 어쩌면 옆집일 수도 있겠죠. 리전트 게이트는 밤에는 굉장히 어두컴컴하거든요. 제가 세상에 둘도 없는 바보처럼 느껴지더라고요. 대체 뭐에 홀려서 여기까지 들어온 건지 알 수가 없었습니다. 생각이 없었던 거죠. 그냥 발길을 옮긴 겁니다. 그리고 만약 백부가 서재에서 나와 저를 발견하기라도 하면 제 꼴이 뭐가 되겠습니까. 제럴딘도 난처해질 테고 돌이킬 수 없는 사태로 발전하겠죠. 이게 다 그 남자가 뭔가 비밀스러운 일을 하는 게 아닐까 하는 상상 때문이었는데, 그래도 아직 아무한테도 들키지 않았으니 되도록 빨리 나가면 되겠다 싶었죠.

현관문으로 살금살금 걸어가는데 제럴딘이 진주를 들고 계단에서 내려오더군요. 소스라치게 놀랐지만 얼른 집 밖으로 끌어내 자초지종을 설명했습니다."

그가 잠시 한숨을 쉬었다.

"무슨 말을 하실 줄 압니다. 왜 그때 말하지 않았나? 그래서 지금 이렇게 말씀드리고 있는 겁니다. 누가 봐도 명백한 살인 동기를 가진 사람이 사건 당일 범죄 장소에 있었다고 가볍게 말할 수가 있겠습니까?

솔직히 겁이 났어요. 경찰이 우리를 믿어 준다고 하더라도 저나 제럴딘이나 엄청 시달릴 것 같았죠. 우리는 살인과는 아무 상관없단 말입니다. 아무것도 보지 못했고 아무것도 듣지 못했어요. 제인 아주머니가 저지른 걸로만 알았죠. 그런데 제가 굳이 왜 끼어듭니까? 저는 백부와의 말다툼과 제 주머니 사정에 대해서도 일부러 다 털어놨어요. 어차피 당신들이 밝혀낼 테니까요. 만약 제가 숨기려고 하면 의심만 살 테고 그러면 알리바이를 더 철저히 조사했을지도 모르니까요. 사실 모두들 순순히 제 말을 믿을지도 모른다고 생각했습니다. 도르트하이머 가족들은 제가 내내 코벤트 가든에 있었다고 순진하게 믿고 있었죠. 제 사촌과 막간에 함께 있었다고 해서 의심 받을 이유는 없고요. 그리고 제럴딘도 거기 나와 쭉 함께 있었고 절대 자리를 뜨지 않았다고 했을 테니까요."

"마시 양도 이 비밀에 동참을 한 건가요?"

"네. 사건 소식을 듣자마자 만나서 절대로 지난밤 우리가 여기 왔었다는 이야기를 하지 말라고 주의를 주었죠. 막간에 같이 코벤트 가든에 있었다는 정도로 말을 맞추기로 했죠. '우리는 거리에서 이야기를 나누었을 뿐이야, 그게 다야.' 하면서요. 동생도 사태를 이해하고 동의했습니다."

그가 잠시 멈추었다.

"이렇게 모두 밝혀진 이상 제 행동이 수상해 보일 거라는 것쯤은 다 압니다. 하지만 이 이야기는 진실입니다. 오늘 아침 제럴딘의 진주를 현찰로 바꾸어 준 사람의 이름과 주소를 말씀드릴 수도 있습니다. 그리고 만약 그녀에게도 묻는다면 저와 말 한 마디 틀리지 않게 이야기해 줄 겁니다."

그는 의자에 기대 앉아 재프를 바라보았다.

재프의 얼굴에는 여전히 표정이 없었다.

"그러면 제인 윌킨슨이 살인을 저질렀다고 생각했다는 겁니까, 에지웨어 경?"

그가 말했다.

"글쎄요. 당신이라면 그렇게 생각하지 않았겠습니까? 집사의 이야기를 듣고?"

"그러면 애덤스 양과의 내기에 대해서는 어떻게 설명할 작정입니까?"

"애덤스 양과의 내기라뇨? 칼로타 애덤스 말씀이십니까? 그녀와 이 사건이 무슨 관련이 있죠?"

"그날 밤 애덤스 양이 제인 윌킨슨을 흉내 내는 대가로 만 달러를 제안했다는 것을 부정할 겁니까?"

로널드는 멍한 얼굴로 바라보았다.

"만 달러요? 말도 안 됩니다. 누군가 당신한테 장난을 친 거겠죠. 저는 주고 자시고 할 만 달러가 없어요. 그녀가 그렇게 말합디까? 오! 제기랄. 잊고 있었군요. 그녀는 죽었죠?"

"그래요. 그녀는 죽었소."

푸아로가 조용히 말했다.

로널드는 우리와 차례차례 눈을 맞추었다. 이제까지 그는 그래도 정중하고 기분도 명랑한 편이었다. 그러나 지금 그의 얼굴에는 핏기가 싹 사라졌고 눈은 공포에 질려 있었다.

"하나도 이해를 못하겠습니다. 제가 말씀드린 건 모두 사실입니다. 여러분은 모두 저를 믿지 않으시겠죠, 단 한 명도요."

그리고 놀랍게도 푸아로가 한 걸음 나아갔다.

"아니요. 저는 믿습니다."

## 에르퀼 푸아로의 이상한 행동

푸아로와 나는 우리의 방으로 돌아왔다.

"아니 도대체 무슨 생각을……."

내가 오자마자 따지고 들었다.

푸아로는 이제까지 한 번도 보지 못했던 요란한 몸짓으로 나의 말을 막았다. 그가 두 팔을 허공에 마구 휘저으며 말했다.

"부탁하네, 헤이스팅스! 지금은 참아줘. 지금은 아니야."

말이 끝나자마자 모자를 집어 들더니 마치 방법과 순서란 단어를 모르는 사람처럼 모자를 마구잡이로 눌러 쓰더니 방을 서둘러 빠져나갔다. 그는 한 시간이 지났을 때까지도 나타나지 않았고 재프가 먼저 방으로 들어왔다.

"작은 영감님은 어디 나가셨소?"

그가 물었다.

내가 고개를 숙였다.

재프는 의자에 깊숙이 몸을 파묻었다. 그리고 손수건으로 이마에 흐른 땀을 닦았다. 덥고 끈적끈적한 날이었다.

"대체 무슨 망령이 든 건지? 내가 당신이니까 솔직히 말하는데 헤이스팅스 대위, 아까 푸아로 영감이 천천히 그 남자한테 걸어가서 '나는 믿습니다.'라고 말하던 때 말이오. 그때 누가 나한테 손가락 하나면 댔어도 그대로 뒤로 넘어갔을 겁니다. 마치 무슨 로맨틱 멜로드라마라도 찍는 줄 알았다니까. 완전히 두 손 들었소."

나 역시 영문을 모르긴 마찬가지라고 말했다.

"그리고 씩씩하게 그 집을 나섰잖소. 당신에게는 뭐라고 합디까?"

그가 물었다.

"아무 말도 안 해요."

내가 대답했다.

"아무 말도?"

"그래요. 전혀 말이 없었어요. 아예 말을 걸지도 못하게 하더군요. 그냥 혼자 놔두는 게 나을 것 같아요. 여기 오자마자 내가 질문을 꺼냈죠. 그러자 팔을 있는 대로 휘젓더니 모자를 쓰고 휑하니 나가 버렸답니다."

우리는 멍하니 서로를 쳐다보았다. 재프는 자기 이마를 의미심장하게 툭툭 치며 말했다.

"맛이 간 거야."

순간적으로 나는 그 말에 동조하고 싶은 마음마저 들었다. 재프는 이전에도 푸아로가 '머리가 약간 돌았다.'라는 뜻을 비친 적이 몇 번이나 있었다. 단순히 푸아로가 의도하는 바를 이해할 수 없을 때 주로 사용하던 말이었다. 그러나 지금은 고백하건대 나 또한 푸아로의 태도를 전혀 이해할 수 없었다. 설사 머리가 돈 것은 아니라 해도 이상한 변덕을 부리고 있다는 것만은 확실했다. 자기의 가설이 적중했는데도 기뻐하기는커녕 의기소침해 하고 있으니 말이다.

그런 행동은 그를 가장 지지하는 사람들마저도 실망시키고 힘들게 하기 충분했다. 내가 낙담한 채 고개를 흔들자 재프가 말했다.

"언제나 나는 그를 참 특이하다고 표현했잖소. 사물을 자기만의 특이한 시각으로 볼 줄 알지. 정말 괴상한 관점이라니까. 물론 천재긴 천재지. 그 점은 나도 인정하오. 하지만 다들 그러잖소. 천재란 정신병자와의 경계선상에 있는 사람이고 까딱 잘못하면 그쪽으로 넘어간다고. 푸아로는 항상 문제를 어렵게만 만들어. 단순한 사건은 영 구미가 안 당기는 것 같다고나 할까. 분명히 그래. 꼭 거의 고문 당하는 듯한 괴로움을 즐기는 거요. 실제 생활과는 동떨어져 있는 사람이라오. 자기만의 게임을 즐기는 거요. 마치 할머니들이 페이션스*를 하는 거와 마찬가지지. 카드가 마음대로 안 나오면 슬쩍 바꿔치잖소. 하긴 그것과는 완전히 반대이려나? 푸아로는 패가 너무 쉽게 나오면 더 어렵게 나오라고 주문을 건다니까. 내가 보기에는 그렇소."

--------

\* 혼자 하는 카드놀이

나는 대답하기가 곤란했다. 나 역시 푸아로의 행동을 헤아릴 수 없었다. 또한 나는 이상한 꼬마 영감님에 대한 애정이 워낙 깊기 때문에 말로 다 표현 못할 정도로 걱정이 되었다.

그렇게 우울한 침묵에 잠겨 있었을 때 푸아로가 들어왔다.

지금은 안정을 되찾은 듯 보여 무척 안심이 되었다.

그는 매우 조심스럽게 모자를 벗어서 지팡이와 함께 테이블 위에 올려놓더니 익숙한 자기 의자에 앉았다.

"여기 있었구먼, 내 좋은 친구 재프. 잘 됐어. 그렇지 않아도 될 수 있는 한 빨리 만나 보고 싶었거든."

재프는 대답 없이 그를 바라보았다. 그는 이제 시작에 불과하다는 것을 알았기에 푸아로가 알아서 설명할 때까지 기다렸다. 내 친구는 천천히 신중하게 말을 시작했다.

"에쿠테(들어보게), 재프. 우리가 틀렸어. 우리 모두 틀렸어. 인정하기 괴롭긴 하지만 분명 우리는 실수를 저질렀다네."

"그 정도는 괜찮네."

재프는 자신 있게 말했다.

"하지만 괜찮지 않아. 개탄스러운 일이야. 그것 때문에 마음이 너무나 아파."

"그 젊은이 때문에 슬퍼할 필요는 없어. 자기 죗값을 치르게 된 거니까."

"나는 그 젊은이 때문에 마음이 아픈 게 아니야. 자네 때문이지."

"나? 나는 걱정 안 해도 되는데?"

"걱정 해야지. 누가 자네가 이런 방향으로 수사를 하도록 했나? 바로 에르퀼 푸아로야. 메 위(맞아). 내가 자네에게 이 길을 제시했네. 나 때문에 자네가 칼로타 애덤스에게 주목하게 됐지. 미국으로 보낸 편지 건에 대해 언급한 것도 나야. 그 모든 과정을 내가 지시했단 말이네."

"나는 결국 그 방향으로 갔을 거네. 자네가 나보다 약간 앞서 있었을 뿐이야."

재프는 약간 자존심이 상한 것 같았다.

"슬라 스 푸(그럴 수도 있었겠지). 하지만 그렇다고 위안이 되지는 않아. 만약 내 하잘것없는 의견에 따른 대가로 자네가 피해를 입게 된다면, 그러니까 명성을 잃게 된다면 나는 나 자신을 용서하지 못할 거네."

재프는 그저 재미있다는 얼굴이었다. 나는 그가 전혀 순수하지 않은 동기로 푸아로를 치하했다는 사실을 알 수 있었다. 그는 성공적인 사건 해결로 얻게 될 명성을 푸아로가 자신에게 주기 아까워하는 것이라고 생각하고 있었다.

"그건 괜찮네. 나는 이번 일에서 자네에게 도움을 많이 받았다는 점을 잊지 않고 알릴 테니까."

재프가 나에게 윙크했다.

푸아로는 참지 못하고 혀를 끌끌 찼다.

"오! 그게 아니라니까. 나는 칭찬을 바라는 게 아냐. 그리고 이 사건에서 칭찬 같은 건 없을 거네. 자네는 지금 완패를 준비하는 거나 마찬가지야. 나 에르퀼 푸아로 책임이라 이거야."

지독한 우울에 빠진 푸아로를 앞에 두고 재프는 느닷없이 웃음을 터트리고 말았다. 푸아로는 화가 난 얼굴이었다.

재프는 눈물을 닦으며 말했다.

"미안하네, 푸아로. 하지만 자네가 지금 꼭 벼락을 맞아 죽어 가고 있는 오리 같아서. 나를 보시게. 우리 모든 걸 잊어버리자고. 이 사건으로 얻게 될 칭찬이건 비난이건 다 내가 받겠네. 아무래도 당신이 이 사건에 관련이 있었다고 한다면 말이 더 많아질 테니까. 아무튼 나는 확증을 잡고야 말겠네. 어쩌면 능력 있는 변호사가 그를 꺼내 줄 수도 있겠지. 배심원들이 어떻게 결정할지 모르니까. 하지만 확증을 얻지 못한다고 해도 범인을 잡았다는 것만은 알려질 거야. 그리고 어쩌다 제3의 인물, 하녀라고 해 두지. 어떤 하녀가 히스테리를 부리면서 자기가 했다고 고백한다면 말이네, 그래도 내가 책임을 지겠어. 왜 나를 이쪽으로 몰았냐고 자네를 비난하는 일은 없을 거야. 이 정도면 공정하지 않나?"

푸아로는 온화하지만 슬픈 표정으로 그를 바라보았다.

"자네는 어쩌면 그렇게 확신에 넘치나. 언제나 말이야! 잠깐 멈추고 이렇게 물어본 적 없지? 정말 그럴까? 자넨 절대 의심을 안 해. 궁금해 하지도 않고. 이건 너무 쉬운 거 아닐까라고 한 번도 생각지 않는다고."

"물론 그런 쓸데없는 일은 안 하지. 바로 그래서 말인데, 이렇게 말해 미안하긴 해도 항상 길에서 벗어나려고 하는 건 자네 아닌가?

일이 쉬우면 하늘이 두 쪽이라도 나나? 쉬우면 탈이라도 나냐고?"

푸아로는 그를 바라보다 한숨을 푹 내쉬고는 양팔을 높이 들더니 고개를 흔들었다.

"세 피니(이제 끝났어)! 나는 아무 말도 안 하겠네."

"훌륭하네. 이제 본론으로 들어가 보세. 내가 그동안 뭘 했는지 들어보겠나?"

재프가 기운차게 말했다.

"그러세."

"제럴딘 양을 만났고 그녀 쪽 이야기도 에지웨어 경, 즉 마시 대위의 말과 정확히 일치한다는 것도 알게 됐네. 물론 같이 있었을 수도 있겠지. 하지만 난 그렇게 생각하지 않아. 아마 그녀를 잘 꼬드긴 걸 거야. 사촌 오빠를 좋아하는 게 분명하니까. 그가 체포됐다고 하자 기절할 것처럼 놀라던데."

"그랬나? 그러면 그 비서, 캐롤 양은?"

"그녀는 그렇게 놀라는 눈치는 아니었네. 하지만 그건 내 의견일 수도 있고."

"진주는 확인해 봤나요? 그 말이 사실이던가요?"

내가 물었다.

"그렇더군. 다음 날 아침 일찍 그걸로 돈을 마련했던데. 하지만 그게 중요한 사실에 영향을 미치진 않을 거요. 아마 오페라 극장에서 사촌을 보았을 때 계획이 떠오른 거겠지. 마치 섬광처럼 스쳐지나갔을 거요. 절망적인 상태였던 그가 탈출구를 본 거고. 아마 그런 계획을 평소에도 품고 있었으리라 생각하오. 그러니까 열쇠를 가지고 다녔겠지. 허나 잃어버렸던 열쇠가 어느 날 보니 바지 주머니에 있더라는 말은 믿을 수 없어. 그러던 중 마시 대위는 사촌과 이야기를 나누면서 그녀를 끌어들이면 조금 더 안전할 거라는 걸 깨달을 거요. 동정에 호소하면서 슬쩍 진주 이야기를 꺼내자 그녀가 응했을 것이고, 같이 집에 간 거요. 그녀가 집에 들어가자마자 뒤따라가서 바로 서재로 들어갔겠지. 아마 경은 의자에서 졸고 있었을 거고. 그리고 몇 초 만에 '그 일'을 해치우고 다시 홀로 나왔겠지. 아마 집에서 그녀와 만날 거라고는 예상치 못했을 테고. 원래는 얼른 돌아와서 택시 옆에 서 있으려 했을 거요. 그는 아마 택시 운전사에게 집으로 들어가는 장면을 목격당한 것도 몰랐을 거요. 담배를 피워 물고 기다리면서 서성댄 걸로만 보일 줄 알았겠지. 생각해 보시오. 택시는 반대편에 있었으니까 그럴 수도 있었을 것 아니겠소.

그는 다음 날 진주를 저당 잡혔소. 돈이 급한 것처럼 보여야 하니까. 그런 다음 그는 신문에 범죄 소식이 난 것을 보고 제럴딘을 잘 설득해 집에 온 것을 비밀에 부치기로 하는 겁니다. 막간에 오페라 하우스에서 같이 있었다고 말하면 되니까."

"그러면 그는 왜 뒤늦게 사실을 실토한 건가?"

푸아로가 날카롭게 지적했다.

"마음을 바꾼 거겠지. 아니면 여자 쪽이 사실을 털어놓을지도 모른다고 생각했을지도 모르고. 원래 신경이 예민한 여자잖나."

"그렇지. 부적 신경이 예민하지."

푸아로가 생각에 잠겨 말했다. 몇 분 후 그가 다시 말했다.

"하지만 마시 대위 입장에서는 혼자 오페라 하우스를 나오는 편이 더 쉽고 간단했으리라는 생각은 들지 않나? 조용히 열쇠를 갖고 가서 백부를 죽인 다음 오페라 하우스로 돌아오는 것이지. 택시를 대기시켜 놓는다거나 언제고 흥분해서 모든 걸 털어놓을지 모를 신경과민 사촌이 계단을 오르내리게 하는 수고는 하지 않고 말이네."

재프가 싱긋이 웃었다.

"자네나 나라면 그렇게 했겠지. 하지만 로널드 마시 대위는 우리보다 약간은 멍청하잖아."

"별로 그런 것 같진 않은데. 그 사람은 충분히 똑똑해 보였네."

"하지만 에르퀼 푸아로보다 똑똑할 리는 없네! 그거 하나는 확실하지."

재프는 껄껄 웃었다. 푸아로는 싸늘한 눈초리로 그를 바라보았다.

"만약 그에게 죄가 없다면 왜 애덤스 양을 그 모험에 끌어들였겠나? 그가 그런 장난을 친 이유는 단 하나일세. 진범을 숨기기 위한 것이지."

"그건 나도 자네와 같은 생각이네."

재프가 강변했다.

"그래도 우리가 한 가지에는 의견 일치를 보다니 다행이로군."

"애덤스 양에게 직접 말을 한 게 그 사람일지도 모르겠구먼. 하지만 왜 그렇게 된 거지? 아니야, 모두 어리석은 생각이야."

중얼거리던 푸아로는 갑자기 재프를 쳐다보더니 재빨리 물었다.

"그러면 애덤스 양의 죽음에 대해서는 어떤 가설을 세웠나?"

재프는 목청을 가다듬었다.

"아무래도 약물 과용에 따른 사고사라고 믿게 되는군. 범인에게는 더없이 운 좋은 우연이었다는 점을 인정해야겠지. 하지만 그가 애덤스 양의 죽음과 관계가 있었을 것 같지는 않네. 오페라가 끝난 다음부터는 알리바이가 확실하거든. 도르트하이머 가족과 소브라니에 새벽 1시까지 있었던 건 맞아. 벌써 그 전에 그녀는 침대에서 잠이 들었겠지. 가끔 범인들에게 그렇게 지독한 운이 따르는 순간이 있거든. 만약 그런 사고가 나지 않았다면 그녀와 흥정을 하려고 했을 거야. 첫째로 귀족이라는 자기 지위를 이용했겠고, 만약 진실을 털어놓으면 살인죄로 체포될 거라고 협박했겠지. 마지막으로 넉넉한 돈을 안겨 줘서 매수하지 않았을까."

"이런 생각은 들지 않나? 무죄라는 증거가 있는 데도 애덤스 양이 누군가를 교수형 당하도록 내버려 두었을 것 같은가?"

푸아로가 재프를 정면으로 바라보며 말했다.

"제인 윌킨슨은 교수형 당하지 않네. 몬태규 코너 경의 파티라는 증거가 튼튼하게 받쳐 주고 있잖나."

"하지만 살인자는 그걸 몰랐을 수도 있어. 그는 아마 칼로타 애덤스가 입만 다물면 제인 윌킨슨이 교수형당할 거라고 믿었을지도 모르네."

"농담이겠지, 푸아로? 그렇다면 로널드 마시가 절대 잘못을 저지르시 않는 흠마른 정년이라고 믿는 선가? 그 집으로 은밀하게 들어

가는 사내를 목격했다는 그 말을 믿는 거냐고?"

푸아로는 어깨를 으쓱했다.

"그 사내가 누구였다고 말했는지는 알지?"

"대강 예상은 하고 있네만."

"그가 영화배우 브라이언 마틴 같다고 했네. 그 사람이 누군가? 에지웨어 경을 만나 보지도 못한 사람이야."

"그런 사람이 열쇠를 갖고 집으로 들어갔다면 그거야말로 이상한 일이 되겠지."

완전히 기가 차다는 듯 재프가 소리쳤다.

"참 내! 그럼 브라이언 마틴 씨가 그날 밤 런던에 있지 않았다는 사실을 들으면 당연히 놀라겠군. 그는 몰시에서 젊은 숙녀와 저녁을 먹고 있었네. 그들은 자정까지 런던에 돌아가지 않았다고."

"아! 그렇군. 아니, 전혀 안 놀랐네. 그 젊은 숙녀도 같은 영화배우인가?"

푸아로가 부드럽게 말했다.

"아니. 모자 가게를 운영하는 여자였어. 실은 애덤스 양의 친구인 드라이버 양이지. 그녀의 증언에 의문점이 별로 없었다는 건 인정하겠지."

"그 점에 대해서는 따로 할 말은 없네, 친구."

재프는 만면에 희색이 가득했다.

"그러면 이번엔 자네가 졌다는 걸 알겠나, 늙은 영감? 그 부분은 즉석에서 지어낸 황당무계한 이야기라 이거네. 아무도 17번지에 들어가지 않았어. 그리고 양쪽에 있는 옆집에도 들어가지 않았고. 그렇다면 무슨 뜻이겠나? 그 양반이 거짓말쟁이라는 사실만 남지."

푸아로는 슬픈 얼굴로 고개를 저었다.

재프는 자리에서 일어났다. 그의 기분은 훨씬 좋아져 있었다.

"잘 보시게. 보시다시피 우리가 옳았던 거네."

"파리에 있는 D는 누구지?"

재프는 어깨를 으쓱하고 올려보였다.

"그건 고대사나 마찬가지야. 6개월 전에 범죄와는 아무 상관이 없는 선물을 받았다고 해서 뭐가 큰일 나나? 모든 일에는 균형 감각이 중요한 걸세."

"6개월 전이라……."

푸아로는 중얼거렸다. 갑자기 그의 눈에 빛이 돌았다.

"디유, 끄 주 쉬 베테트(맞아. 그럴 수도 있지)!"

"지금 뭐라는 거요?"

재프가 나를 보며 물었다.

"들어보게."

푸아로가 일어나더니 재프의 가슴을 툭툭 쳤다.

"왜 애덤스 양의 가정부가 그 상자를 알아보지 못했을까? 왜 드라이버 양도 그 상자는 못 봤다고 했을까?"

"무슨 말인가?"

"왜냐하면 그 상자는 새것이었거든! 그때서야 그녀의 손에 들어간 거였어. 파리, 11월이라! 아주 그럴듯하지. 물론 그 상자를 선물

받은 날짜일 수도 있어. 하지만 그 상자는 분명 6개월 전이 아니라 그때 준 거야. 아마 바로 전에 샀을 거야! 그걸 좀 조사해 주게. 부탁이네, 재프. 이게 아마 결정적인 단서일 수도 있네. 그건 런던이 아니라 어디 외국에서 샀을 거야. 아마 파리겠지. 만약 여기서 샀다면 보석상이 이미 나타났을 거야. 신문에 사진까지 실렸으니까 말야. 그래. 아마 파리, 아니면 다른 외국 도시겠지. 하지만 파리 같아. 알아봐 주게. 부탁이야. 조사를 해 봐. 부디 이것만은 꼭 해 주게. 너무나 알고 싶어. 대체 그 신비에 싸인 D란 인물이 누굴까 궁금해 미치겠군."

재프가 넉넉한 미소를 지으며 말했다.

"그거야 해될 건 또 없지. 솔직히 내 관심이 동하는 주제는 아니네만. 하지만 할 수 있는 데까진 해 보지. 더 많이 알수록 더 좋은 법이니까."

그는 씩씩하게 고개를 끄덕이고는 방을 빠져나갔다.

# 편지

"이제 우리는 점심이나 먹으러 가지."

푸아로는 내 팔에 팔짱까지 끼면서 말했다. 빙긋 웃는 얼굴이었다. 그가 설명했다.

"그래도 아직 희망이 있거든."

그가 예전의 모습을 되찾게 되어 나까지 흐뭇했다. 물론 나 또한 젊은 로널드가 범인이라고 믿고 있는 쪽이었지만 말이다. 아마 푸아로도 재프와의 대화를 통해 같은 의견을 갖게 되었을지도 모른다고 추측했다. 상자를 산 사람을 찾아보라고 한 것은 아마 체면을 차리기 위한 그의 마지막 시도였을 테지.

우리는 사이좋게 점심을 먹으러 나갔다. 재미있었던 건 같은 식당의 반대편 테이블에서 브라이언 마틴과 제니 드라이버가 함께 점심을 들고 있다는 사실이었다. 재프의 말을 떠올리자 둘 사이에 로맨스가 싹트고 있는 걸지도 모른다는 생각이 들었다.

그들은 우리를 보았고 제니가 손을 흔들었다. 그녀는 우리가 커피를 마시고 있을 때 이쪽 테이블에 건너왔다. 여전히 발랄하고 생기가 넘치는 모습이었다.

"잠깐 여기 앉아서 말씀 나눠도 될까요, 푸아로 씨?"

"물론입니다, 마드무아젤. 만나서 반갑군요. 마틴 씨도 오라고 하지 그랬나요?"

"제가 그냥 있으라고 했어요. 실은 칼로타에 관해서 드릴 말씀이 있어서요."

"무슨 말씀인가요, 마드무아젤?"

"그녀한테 남자친구가 있는지 궁금하다고 하셨죠, 맞나요?"

"그랬죠. 맞아요."

"제가 그 동안 곰곰이 생각을 해 봤는데요……. 가끔은 바로바로 생각이 안 나기도 하잖아요. 찬찬히 지난날을 돌이켜 보면 당시에는 별로 대수롭지 않게 여겼던 사소한 단어나 문장들이 새롭게 다가오죠. 제가 그랬거든요. 골똘히 생각하면서 그 애가 한 말을 기억해 냈어요. 그래서 나름대로 어떤 결론에 도달했답니다."

"그런가요, 마드무아젤?"

"칼로타가 마음에 두고 있던 남자는, 아니 조금이라도 관심을 보였던 남자가 있었다면 그 사람은 바로 로널드 마시 같아요. 아시죠? 이번에 작위를 물려받은 사람요."

"어떤 연유로 그 남자라고 생각하게 된 거죠, 마드무아젤?"

"글쎄요. 언젠가 칼로타가 그냥 지나가는 말처럼 이런 이야기를 했어요. 불행이 사람 성격에 얼마나 영향을 미치는지 아느냐고요. 근본이 나쁜 사람은 아니지만 자꾸 타락의 길로 가게 될 수가 있다나요. 죄를 짓는다기보다는 죄에 희생된다는 표현도 있잖아요. 원래 여자가 남자를 좋아하기 시작하면 괜히 빙 돌려서 말을 꺼내는 법이거든요. 그런 심리는 뻔히 보인답니다. 칼로타는 영리하지만 연애에 있어서만은 인생을 헛산 바보나 마찬가지예요. '이것 봐라? 뭔가 있네?' 싶었죠. 그 애는 상대의 이름은 꺼내지 않았어요. 그냥 일반적인 이야기처럼 넘어갔죠. 하지만 바로 그 다음 말을 들어 보니 로널드 마시란 남자가 정말 부당한 대접을 받고 있다고 말하는 거예요. 무심한 척 자기와는 상관없다는 식이었지만요. 그때는 두 가지를 연결해 생각지 못했지만 지금은 알겠어요. 그 애가 말한 사람은 로널드 마시였던 것 같아요. 어떻게 생각하세요, 푸아로 씨?"

그녀는 진지하게 그를 주시하고 있었다.

"마드무아젤, 저에게 굉장히 중요한 정보를 준 것 같습니다."

"그렇죠."

제니는 기뻐서 손뼉까지 쳤다.

푸아로는 그녀를 부드럽게 바라보았다.

"아직 듣지 못하신 것 같은데. 당신이 말한 그 로널드 마시, 그러니까 에지웨어 경이 체포되었답니다."

"네?"

그녀의 입은 다물어질 줄 몰랐다.

"그러면 제가 너무 늦게 전해드린 거로군요."

"절대 늦지 않았습니다. 적어도 저한테는 늦지 않았단 뜻이죠. 고맙습니다, 마드무아젤."

그녀는 우리를 떠나 브라이언 마틴에게 돌아갔다.

"푸아로, 저 말 때문에 믿음이 흔들리지 않았나요?"

내가 물었다.

"아니네, 헤이스팅스. 반대야. 이제 더 확고해졌어."

그가 당차게 주장했건만 나는 사실 그가 동요하고 있으리라 생각했다.

이후 며칠 동안 그는 에지웨어 경 사건에 대해서는 한 마디도 언급하지 않았다. 내가 말을 꺼내면 흥미 없다는 듯한 단음절의 대답만이 돌아왔다. 다시 말해서 그는 이 사건에서 손을 씻은 것이었다. 그의 환상적인 두뇌 속에 어떤 꿍꿍이가 담겨 있는지 몰라도 이제는 그것들이 실현될 리 없다는 사실을 인정할 수밖에 없었다. 그 사건에 대해서 처음 세운 가설이 옳았으며 로널드 마시의 혐의가 뚜렷하다는 것을 받아들여야 했던 것이다. 하지만 그는 다른 사람도 아닌 '푸아로'이기 때문에 그 사실을 대놓고 인정할 수가 없다! 그래서 흥미를 잃은 척 행동하고 있는 것이다.

이것이 그의 태도에 관한 나의 해석이었다. 그 밖에도 여러 사실들이 나의 해석을 뒷받침해 주고 있었다. 그는 지극히 형식적인 것에 불과했던 검찰의 재판 과정에 있어서도 일말의 흥미를 보이지 않았다. 다른 사건들을 처리하느라 바쁘게 지내는 그는 내가 말했듯 이 주제에 관해서는 아예 관심을 끈 것처럼 보였다.

나는 그 사건이 마지막으로 언급된 지 거의 보름이 지나서야 그의 태도에 대한 내 해석이 완전히 틀렸음을 깨닫게 되었다.

아침 식사 시간이었다. 여느 때와 마찬가지로 푸아로의 접시 옆에는 편지가 잔뜩 쌓여 있었다. 그는 날렵한 손놀림으로 그것들을 분류했다. 그리고 기쁨의 탄성을 지르면서 미국 우표가 붙어 있는 편지를 집어 들었다.

그는 편지 가위로 조심스럽게 겉봉을 뜯었다. 편지를 받고 너무나 들떠하는 그를 나도 흥미롭게 바라보고 있었다. 나온 것은 편지한 통과 두툼한 종이 뭉치가 들어 있었다.

푸아로는 편지를 연속으로 두 번 읽고 나서 고개를 들었다.

"이거 보고 싶지 않나, 헤이스팅스?"

나는 그것을 받았다. 다음과 같은 내용이었다.

푸아로 씨께

선생님의 친절하신 편지에 무척 감동했습니다. 요즘 여러 가지 일들로 몹시 방황하고 있었거든요. 칼로타 언니를 잃은 슬픔이야 물론 말로 다할 수 없지만 동시에 언니에 대한 여러 가지 나쁜 소문까지 견뎌내야 했으니까요. 칼로타 언니는 세상에서 둘도 없는 착한 여자였답니다. 푸아로 씨, 언니는 절대 약물을 복용하지 않았습니다. 저는 누가 뭐래도 확신합니다. 언니는 그런 약에 대해서 혐오감까지 갖고 있었어요. 평소 자주 그렇게 말하곤 했습니다. 그 불쌍한 남자의 죽음에 언니가 어떤 식으로도 연관이 있었다면 그건 언니가 순진해서 뭘 모르고 한 일일 거예요. 물론 제게 보낸 편지에도 나와 있지만요. 여기 부탁하신 편지 원문을 보냅니다. 언니가 마지막으로 쓴 편지를 떠나보내는 건 슬프지만 선생님이 잘 갖고 계셨다가 돌려주시리라 믿어요. 그리고 이 편지가 선생님 말씀대로 언니의 죽음에 관한 수수께끼를 푸는 데 도움이 된다면 당연히 보내드려야지요.

칼로타 언니가 편지에서 어떤 특별한 친구에 대해서 말한 적이 있는지 물으셨죠? 언니는 여러 사람의 이름을 언급했었지만 크게 눈에 띄는 친구는 없었어요. 몇 년 전에 알았던 브라이언 마틴과 제니 드라이버라는 여자 친구, 로널드 마시 대위가 그래도 친한 사람들이었던 것 같아요.

앞으로도 선생님께 도움이 될 만한 것들이 생각났으면 좋겠습니다. 배려와 이해가 가득 담겨 있는 편지를 읽다 보니 저와 칼로타 언니가 서로 얼마나 애틋했는지 잘 알고 계신 듯 했어요.

감사를 전하며

루시 애덤스

추신. 이 편지 때문에 경찰이 왔었답니다. 하지만 벌써 선생님께 부쳤다고 말했어요. 물론 거짓말이었지요. 왠지 선생님께서 가장 먼저 보셔야 할 것 같았습니다. 런던 경시청에서도 살인범에 대한 증거물로 사용하려나 보던데요. 선생님이 경찰에 넘기셔도 됩니다. 하지만 제발 다시 되돌려 받아서 언젠가는 저에게 꼭 보내 주세요. 아시겠지만 언니가 제게 남긴 마지막 편지거든요.

"그러니까 당신이 동생에게 직접 편지를 쓴 거군요."

나는 편지를 내려놓으며 말했다.

"왜 그랬나요, 푸아로? 왜 칼로타 애덤스의 편지 원본을 달라고 한 거죠?"

그는 내가 방금 말한 그 편지 뭉치를 내려다보고 있었다.

"정확하게는 뭐라 말할 수 없네, 헤이스팅스. 단지 원본이 불가사의한 점을 설명해 줄지도 모른다는 한 가닥 희망 때문이야."

"그 편지 원문에서 뭘 알아낼 수 있을지 모르겠네요. 칼로타 애덤스가 직접 하녀에게 주어서 하녀가 우체통에 넣었다고 하잖아요. 거기에 다른 요술을 부릴 수가 없죠. 게다가 내용도 그냥 평범하고 솔직했어요."

푸아로가 한숨을 쉬었다.

"알아. 그래서 문제를 어렵게 만드는 거야. 왜냐하면 헤이스팅스, 지금 이 상태로 그대로라면 이 편지는 '불가능'해."

"말도 안 돼요."

"시, 시(맞아). 그렇다니까. 이보게, 나는 어떤 일들은 반드시 이해 가능한 방법으로 일정한 방법과 순서에 따라 연결 되어야 한다는 것을 누구보다 잘 알고 있어. 하지만 이 편지를 보게. 도무지 앞뒤가 맞질 않아. 그렇다면 누가 틀린 걸까? 에르퀼 푸아로일까, 아니면 편지일까?"

"그게 에르퀼 푸아로일 수도 있다는 생각은 피하고 싶은 거죠?"

나는 최대한 조심스럽게 물었다. 푸아로는 그 즉시 질책하는 시선을 던졌다.

"물론 내가 실수한 적도 없진 않아. 하지만 이 편지만은 아니야. 이 편지를 믿을 수 없다면 정말 믿을 수 없는 거야. 우리를 피해 가는 뭔가가 이 편지에 있어. 나는 그 사실을 알아낼 거야."

그리고는 즉시 작은 돋보기를 꺼내어 문제의 편지를 면밀히 살피기 시작했다

그가 한 장씩 정밀 검사한 다음에는 나에게 넘겨주었다. 나는 이상한 점을 찾을 수 없었다. 편지는 분명하고 알아보기 쉬운 필체로 쓰여 있었고 지난 번 전보에서 본 내용과 단어 하나 바뀌지 않았다.

푸아로는 땅이 꺼져라 한숨을 쉬었다.

"여기에는 위조한 흔적이 없구면. 없어. 모두 한 사람이 쓴 것이 맞아. 하지만 여러 번 말했듯이 이건 불가능한 편지인데……."

그가 말을 멈추었다. 그는 초조한 태도로 내가 들고 있던 편지를 달라고 했다. 내가 건네주자 다시 한 번 천천히 읽어 내려갔다.

갑자기 그가 괴성을 질렀다. 나는 그때 식탁에서 일어나 창문을 내다보고 있었다. 푸아로가 내지른 소리를 듣고 나는 재빨리 그를 돌아보았다.

푸아로는 흥분한 나머지 말 그대로 몸을 덜덜 떨고 있었다. 그의 눈은 마치 고양이 눈처럼 초록색으로 빛나고 있었다. 편지를 가리

키는 그의 손가락 또한 부들부들 떨렸다.

"알겠나, 헤이스팅스? 이거 보라고. 얼른 와서 이것 좀 봐."

나는 그의 곁으로 달려갔다. 그 앞에는 편지 뭉치 중에 한 장\*이 펼쳐져 있었다. 나는 거기서 이상한 점을 전혀 알 수 없었다.

"보이지 않나? 다른 종이들은 가장자리가 모두 말끔해. 한 장의

he said " I believe it
would take in Lord
Edgware himself . Look
here, will you take some
thing on from a bet?"
I caught ...
"How much? "
Lucie darling.
the answer fairly took
my breath away
Ten thousand dollars!

---

\* 그가 이렇게 말하더라고. "그 정도라면 에지웨어 경 본인도 속일 수 있을 것 같네요. 나하고 내기 하나 할래요?" 나는 웃으면서 말했어. "얼마 내기요?"

부시, 난 그에 대한 대답을 듣고서 잠시 숨이 멎는 줄 알았어. 1만 달러라는 거야!

종이가 맞지. 하지만 이걸 보게. 이쪽이 울퉁불퉁하지. 찢어진 거야. 내가 무슨 말을 하는지 알겠나? 이 편지는 원래 겹쳐져 있는 종이였어. 무슨 말인지 알겠나? 그런데 한 페이지가 없어졌다니까."

나는 멍청하게 바라만 보고 있었다.

"하지만 그게 어떻다는 말입니까? 이대로도 말이 되잖아요."

"그렇지, 말은 자연스럽게 이어지지. 그래서 이게 간교하다는 거야. 잘 읽어 보게. 그러면 보일 거야."

나는 문제의 페이지가 이상하다고는 생각하지 않았다.

"이제 보이나? 편지는 그녀가 마시 대위를 이야기하는 부분에서 찢어져 있어. 그가 안쓰럽다고 말하지. 그런 다음에 '그는 내 쇼를 무척 좋아해.'라고 하고 다음 페이지에는 이렇게 쓰고 있어. '그가 말했어⋯⋯' 하지만 몬 아미, 한 페이지가 사라졌어. 새로운 페이지의 '그'는 이전 페이지의 '그'가 아닐 수도 있어. 사실 이전 페이지의 '그'가 아닌 게 확실해. 그러니까 그 장난을 제안한 것은 완전히 다른 사람이라는 뜻이지. 잘 살펴보게나. 어디에도 그의 이름은 써 있지 않아. 아! 세 에피탕(놀라운 솜씨군)! 범인은 어떤 식으로든 이 편지를 손에 넣었겠지. 편지에는 자기 이름이 나와 있으니까. 물론 없애버리려고 했겠지. 하지만 다시 읽어 보니 더 좋은 수가 생각났던 거야. 한 페이지만 잘라내면 이 편지 내용이 엉뚱하게 바꾸어 다른 사람을 겨냥할 수 있거든. 에지웨어 경을 살해할 만한 동기가 아주 충분한 사람에게 말이야. 그러니 이건 선물이었지. 공돈이나 마찬가지라고. 그는 한 장을 찢어 버린 후 되돌려 놓은 거야."

나는 감탄의 눈길로 푸아로를 바라보았다. 아직 그 가설이 옳은지 그렇지 않은지는 완전히 확신할 수가 없었다. 차라리 칼로타가 이미 찢어진 편지지를 사용했다는 편이 더 신빙성 있어 보였다. 그러나 푸아로가 환희로 들떠 있는 이 와중에 공연한 이의를 제기해 김을 새게 만들고 싶은 생각은 추호도 없었다. 결국 그가 옳을 수도 있으니까.

그러나 나는 용기를 내어 그 가설이 이루어지기 어려운 점을 지적하기는 했다.

"하지만 누구건 간에 그 남자가 어떻게 편지를 손에 넣었을까요? 애덤스 양은 핸드백에서 꺼내서 가정부에게 주었잖아요. 가정부가 그렇게 말했고요."

"그러니 두 가지를 가정해 볼 수가 있어. 가정부가 거짓말을 하는 것일 수도 있고 그날 밤 칼로타가 살인범을 만났을 수도 있지."

내가 고개를 끄덕였다.

"아무래도 두 번째가 더 가능성이 높아. 칼로타 애덤스가 아파트를 떠난 다음부터 유스턴 역에 서류 가방을 맡겼던 9시까지 어디 있었는지를 모르니까. 그때 아마 약속 장소에서 살인자를 만나지 않았나 싶어. 같이 저녁을 먹었을 수도 있지. 그 남자가 그녀에게 주의사항들을 일러 주었을 거야. 편지에 관해 어떤 일이 일어났는지는 아직 몰라. 상상은 해 볼 수 있지만. 그녀가 편지를 부치려고 갖고 다니다가 레스토랑 테이블 위에 올려놓았을지도 모르고. 그는 편지의 주소를 보고 위험을 직감했지. 그래서 능숙하게 그걸 숨겼다가 핑계를 대고 자리를 비운 다음 편지를 읽고 종이를 찢은 후 다시 테이블에 올려 놓았겠지. 아니면 마치 그녀가 실수로 떨어뜨린 편지를 주운 것처럼 돌려 주었을 수도 있고. 방법은 중요치 않아. 하지만 두 가지는 확실해졌네. 칼로타 애덤스는 그게 에지웨어 경이 살해되기 전이었건 후였건 저녁 때 그 살인범을 만났던 거야. (그녀가 누군가 만나려고 코너 하우스에 갔다가 나갔을 때도 시간이 있었어.) 아직 확실하지는 않지만 금색 상자를 준 건 그 살인범이었을 거야. 그들의 첫 만남을 기념하는 감상적인 선물이거든. 만약 그렇다면 살인자는 D가 된다는 말이지."

"나는 금색 상자가 왜 중요한지 모르겠어요."

"들어보게, 헤이스팅스. 칼로타 애덤스는 베로날에 중독되지 않았어. 루시 애덤스가 그렇게 말했고 나 또한 그렇게 믿는다네. 그녀는 약물이라면 질색하는 총명하고 건전한 아가씨였어. 친구나 가정부도 전혀 그 상자를 알아보지 못했고 말이야. 그런데 왜 그녀가 죽은 다음에 그녀의 소지품 속에서 발견된 걸까? 그녀가 베로날을, 그것도 아주 오랫동안, 한 6개월 동안이나 복용했었다는 인상을 남기고 싶었던 것 아닐까? 만약 살인이 일어난 후에 칼로타가 단 몇 분간만이라도 살인자를 만났다고 치세. 아마 자축하는 의미에서 같이 한 잔 마셨을 거야, 헤이스팅스. 그리고 여자의 음료에 다음 날 아침에 일어나지 못할 만큼의 베로날을 집어넣은 거지."

"소름끼치네요."

나는 몸서리치며 말했다.

"그래. 전혀 귀엽지 않아."

푸아로가 냉담하게 말했다.

"재프에게 이 모든 걸 말할 건가요?"

내가 잠시 후에 물었다.

"지금 당장은 아냐. 내가 뭘 말할 게 있겠나? 아마 그 탁월한 재프 경감은 이렇게 말하겠지. '또 무슨 소설을 쓰시는 건가? 그 여자가 처음부터 찢어진 편지지를 사용했던 걸 거네.' 세 뚜(분명해)."

나는 내 마음을 들킨 것 같아 바닥만 내려다보고 있었다.

"내가 그 말에 무슨 대꾸를 할 수 있겠나? 못해. 그럴 수도 있는 일이야. 나는 오로지 그런 일이 일어나지 않아야 했기 때문에 일어나지 않았다는 것밖에는 몰라."

그는 말을 멈추었다. 꿈꾸는 듯한 표정이 잠시 스치고 지나갔다.

"생각해 보게, 헤이스팅스. 만약 그 남자가 꼼꼼한 사람이었다면 그 편지를 손으로 안 찢고 칼로 잘랐을 테지. 그러면 우리는 아무것도 발견하지 못했을 거야. 아무것도!"

"그러면 그는 덜렁거리는 사람이라고 추측할 수 있겠네요."

내가 웃으며 말했다.

"아니야. 아냐. 서두르다 보니 그렇게 되었겠지. 대강 찢은 흔적이 남아 있잖나. 분명히 시간에 쫓기고 있었을 거야."

그가 멈추었다가 다시 말을 이었다.

"한 가지는 명심하길 바라네. 이 D란 남자는 그날 밤 아주 훌륭한 알리바이를 갖고 있을 거야."

"그가 리전트 게이트에서 살인을 저지르고 칼로타 애덤스도 만났다면 어떻게 알리바이를 꾸밀 수가 있었을까요?"

"바로 그렇지. 내 말이 바로 그거야. 그는 알리바이가 절실했을 거야. 그래서 하나 준비해 두었겠지. 그리고 핵심은 또 있어. 그의 이름이 정말 D로 시작할까? 아니면 D는 그녀만 알고 있는 별명 같은 걸까?"

그는 말을 멈추더니 부드럽게 말했다.

"우리는 이니셜이나 별명이 D인 남자를 찾아야 해. 꼭 찾아야 한다고, 헤이스팅스. 그래, 우리는 기필코 찾아내고 말거야."

## 파리에서의 소식

　다음 날 우리는 예상치 못한 방문객을 맞았다. 제럴딘 마시가 찾아온 것이다.

　푸아로가 그녀를 반기고 의자를 권하는 동안 나는 그녀의 가련한 모습을 보며 안타까움을 금할 길이 없었다. 원래 크고 까맣던 눈은 더 커져서 더 짙은 어둠이 드리워져 있었다. 잠을 이루지 못한 탓인지 눈가가 거무스름하고 눈빛은 퀭했다. 그녀의 얼굴은 그렇게 나이 어린 처녀, 이제 아이에서 이제 막 벗어난 소녀라고 하기에는 너무나 초췌하고 찌들어 있었다.

　"선생님을 만나 뵈러 왔어요, 푸아로 씨. 이 상태로 얼마나 더 버틸 수 있을지 몰라서요. 걱정스럽고 화도 나고 괴롭습니다."

　"그러시죠, 마드무아젤?"

　그의 태도는 한없는 연민으로 가득했다.

"로널드한테 요 전날 선생님이 하셨던 말씀을 들었어요. 오빠가 체포된 그 무서웠던 날 말이에요."

그녀는 몸을 부르르 떨었다.

"로널드가 아무도 자기 이야기를 믿지 않을 거라고 자조적으로 말하니 선생님이 다가와서 말씀하셨다죠? '나는 믿어요.'라고요. 그 말이 사실인가요, 푸아로 선생님?"

"사실입니다, 마드무아젤, 내가 한 말 그대로지요."

"알아요. 하지만 저는 그 말을 실제로 하셨는지의 여부가 아니라 진심이신지가 궁금해요. 제 말뜻은요, 정말 오빠가 한 이야기를 믿으시나요?"

그녀는 양손을 꼭 붙잡고 몸을 앞으로 내민 채 간절히 대답을 기다리고 있었다.

"그 말은 진심입니다, 마드무아젤."

푸아로는 조용하게 말했다.

"나는 아가씨의 사촌이 에지웨어 경을 죽였다고 믿지 않아요."

"아! 그러시군요."

창백했던 얼굴에 화색이 돌았고 눈은 더 크게 벌어졌다.

"그렇다면 다른 사람이 한 짓이라고 생각하시는 군요!"

"에비드망(확실하죠), 마드무아젤."

그가 살짝 미소 지었다.

"제가 바보에요. 항상 말을 제대로 못하는군요. 제 말은요. 누가 범인인지 아신다는 말씀이신가요?"

그녀는 진지한 얼굴로 몸을 숙였다.

"당연히 아이디어는 있습니다. 의심이 가는 사람……, 정도라고
나 할까요?"

"제발 말씀해 주세요. 제발 부탁입니다."

푸아로는 고개를 저었다.

"그건 뭐랄까, 부당한 일이 되겠죠."

"그렇다면 누군가 확실한 용의자가 있다는 건가요?"

푸아로는 아무것도 장담할 수 없다는 듯이 고개를 가로저었다.
이제 그녀는 거의 애원하고 있었다.

"아주 조금이라도 알고 싶어요. 그러면 제 마음이 가벼워질 것 같
아요. 어쩌면 도움이 되어 드릴 수도 있고요. 그래요. 정말 도움이
되어 드릴 수도 있잖아요."

그녀가 애처로울 정도로 간곡히 애원했지만 푸아로는 말없이 고
개만 저을 뿐이었다.

"머튼 공작 부인은 아직까지도 범인이 제 계모라고 생각하세요."

그녀는 조심스럽게 말을 꺼냈다. 그리고 푸아로에게 캐묻는 듯한
시선을 던졌다. 그는 아무 반응도 보이지 않았다.

"하지만 저는 어떻게 그럴 수 있는지 모르겠어요."

"그녀를 어떻게 생각합니까? 아가씨의 계모에 대해서요."

"글쎄요. 잘은 몰라요. 아버지가 결혼했을 때는 파리에서 학교를
다니고 있었으니까요. 그리고 제가 집에 왔을 때면 그럭저럭 친절
하게 대해 줬어요. 거의 제가 거기 있는지조차도 몰랐다고 할까요.

저는 그녀가 머리에 든 게 없고, 그리고 음…… 물질주의적이라고
생각했어요."

푸아로는 고개를 끄덕였다.

"머튼 공작 부인에 대해서 말했는데요. 자주 만나는 편입니까?"

"네. 저한테 잘해 주시거든요. 지난 2주 정도는 많은 시간을 같이
보냈어요. 혼자 견디기에는 끔찍한 나날이었으니까요. 온갖 소문들
도 싫고 기자들도 두렵고, 거기다 로널드까지 체포되고 여러 가지
로요."

제럴딘은 다시 몸을 떨었다.

"친구라곤 한 명도 없는 줄 알았어요. 하지만 부인은 무척 따뜻하
게 저를 대해 주셨죠. 그리고 그분도 친절하셨죠. 부인의 아드님 말
이에요."

"그 남자 분을 좋아하나요?"

"글쎄요. 약간 소심하신 것 같아요. 또 무뚝뚝해서 쉽게 친해지진
못했죠. 하지만 그분 어머니에게 워낙 말을 많이 듣다 보니까 실제
보다 더 잘 알고 있는 느낌이에요."

"그렇겠군요. 그런데 마드무아젤, 아가씨는 사촌 오빠를 좋아하
나요?"

"로널드요? 당연하죠. 지난 2년 동안은 자주 보지 못했지만 그 전
에는 한 집에서 같이 살았어요. 항상 멋진 오빠라고 생각했죠. 항상
농담을 던지고 엉뚱한 장난도 잘 쳤죠. 그 음산했던 집이 오빠 때문
에 분위기가 얼마나 달라졌었는지 몰라요."

푸아로는 이해하겠다는 듯 고개를 끄덕였지만 그 다음 한 말은 너무 생경해서 깜짝 놀랐다.

"그러면 그가 교수형 당하는 걸 보고 싶지 않겠네요, 그렇죠?"

"안 돼요. 절대 안 돼. 그럴 순 없어. 아! 그 여자, 우리 계모가 범인이라면 얼마나 좋을까요. 그녀였을 거예요. 공작 부인도 꼭 그럴 거라고 했어요."

그녀는 심하게 몸을 떨고 있었다.

"아! 만약 마시 대위가 택시에 그냥 머물러 있었다면 얼마나 좋았을까요?"

푸아로가 말했다.

"맞아요. 그랬다면……. 그런데 그게 무슨 뜻이죠?"

그녀는 눈썹을 찡그렸다.

"이해가 되질 않네요."

"로널드가 집으로 들어간 남자를 따라가지 않았다면 좋았을 거라고요. 그런데 혹시 누가 집에 들어오는 소리를 들었나요?"

"아니요, 아무 소리도 못 들었어요."

"집에 들어와서 어떤 행동을 했나요?"

"곧장 2층으로 올라갔어요. 문제의 진주를 갖고 오려고요."

"그렇겠죠. 하지만 시간이 좀 걸린 것 같군요."

"네. 보석 상자 열쇠가 바로 눈에 들어오지 않더군요."

"흔히 그렇죠. 서두르다보면 더 늦어진다고. 계단을 내려오기 전까지 시간이 약간 걸렸고. 홀에서 사촌을 만났단 말이죠?"

"네. 서재 쪽에서 오고 있었어요."

그녀는 침을 삼켰다.

"이해합니다. 그 때문에 깜짝 놀랐겠군요."

"네. 맞아요."

그녀는 푸아로의 동정어린 말투에 마음이 놓인 것 같았다.

"가슴이 철렁 내려앉았죠."

"그럴 겁니다. 맞아요."

"로니가 제 뒤에서 '안녕, 디나, 잘 가져왔어?' 그러더라고요. 순간 기절할 정도로 놀랐어요."

"그렇군요. 앞서 말한 것처럼 그냥 밖에 있었으면 좋았을 걸. 그러면 택시 기사가 그는 절대 집에 들어가지 않았다는 걸 증명해 주었을 텐데."

푸아로가 부드럽게 말했다.

그녀는 고개를 끄덕였다. 눈물이 흘러내려 무릎 위로 뚝뚝 떨어졌다. 그녀는 일어섰다. 푸아로가 그녀의 손을 잡았다.

"당신을 위해서라도 그를 꼭 구해 주길 바라죠, 그런가요?"

"맞아요, 맞아요. 오! 제발 그래 주세요. 선생님은 모르실거에요. 제가 얼마나……."

그녀는 두 손을 꼭 움켜쥐고서 감정을 억누르며 서 있었다.

"고생스럽겠죠. 마드무아젤, 나도 충분히 짐작이 갑니다. 그래요. 정말 힘들었을 겁니다. 헤이스팅스, 마드무아젤에게 택시를 잡아 주지 않겠나?"

푸아로가 따뜻하게 말했다.

나는 같이 내려가서 제럴딘 마시 양이 택시에 타는 모습을 지켜보았다. 그녀도 이제는 마음을 추슬렀는지 나에게 상냥하게 고맙다고 인사하기도 했다.

돌아와 보니 푸아로는 깊은 생각에 빠져 미간을 찌푸린 채 방 안을 왔다 갔다 하고 있었다. 그는 시무룩해 보였다. 다행히 그때 마침 전화벨이 울려 그의 주의를 딴 데로 돌릴 수 있었다.

"누구신가요? 오. 재프로군. 봉주르, 몬 아미."

"뭐라고 합니까?"

나는 전화기 가까이 다가가며 물었다.

푸아로는 다양한 감탄사만 내뱉다가 마침내 말을 했다.

"그렇군. 누가 그것을 주문했다고 하나? 그걸 안다고 하나?"

무슨 대답이었건 그의 예상에서 벗어난 것이 확실했다. 그의 얼굴이 우스꽝스럽게 일그러졌다.

"확실한가?"

"……"

"아니, 약간 혼란스러울 뿐이네. 그뿐이야."

"……"

"그래. 내 생각을 다시 정리해야겠네."

"……"

"코멍(뭐라고)?"

"……"

"결국 그건 내가 옳았군그래. 자네 말대로 세부 사항이지만."

"……."

"아니네. 아직도 같은 생각이야. 리전트 게이트와 유스턴 근처, 토트넘 코드 로드, 그리고 옥스퍼드 스트리트 근처에 있는 레스토랑들 모두 조사해 주게."

"……."

"그래, 여자 한 명 남자 한 명이지. 그리고 자정 바로 전에 스트랜드 근방도 알아봐 주고. 코멍(뭐라고)?"

"……."

"알아. 마시 대위가 도르트하이머 가족과 있었다는 건 알아. 하지만 마시 대위 외에도 이 세상에는 수많은 사람들이 있잖나."

"……."

"내가 돼지 머리라는 건 별로 아름다운 표현이 아닌걸. 쿠 드 멤(정말) 이 문제에 대해선 좀 양해를 해 주게. 그럼 잘 부탁하네."

"……."

그는 수화기를 내려놓았다.

"잘 풀렸나요?"

내가 조바심을 내며 물었다.

"잘 풀렸냐고? 글쎄, 헤이스팅스. 그 금색 상자는 파리에서 샀다는군. 편지로 주문했는데 그런 물건들만 만드는 파리의 유명한 전문점에서 팔았다고 해. 편지에는 콘스탄스 애커리 부인이란 서명이 적혀 있었는데 물론 존재하지 않는 사람이지. 살인 사건 이틀 전에 편지가 배달됐다고 해. 안쪽에 루비로 (아마도) 주문한 사람 이름의 이니셜을 새기고 헌사도 써 달라고 했다는 거야. 급한 주문이었고 다음 날 찾으러 오겠다고 했다네. 다시 말해서 살인 전날이었어."

"찾으러 왔답니까?"

"그래. 와서 현금으로 지불했다는군."

"그게 누구였죠?"

나는 흥분해서 물었다. 우리가 사건의 핵심에 다가가고 있는 느낌이었다.

"어떤 여자가 찾아갔다네, 헤이스팅스."

"여자요?"

너무나 의외였다.

"메 위(그렇다네). 여자라네. 중년에 키가 작고 코안경을 썼다고."

우리는 완전히 넋이 빠진 얼굴로 서로를 바라보기만 했다.

# 오찬 모임

  아마 그 다음 날 우리는 클래리지에 있는 위드번 부인의 오찬 모임에 참석한 것으로 기억한다. 푸아로도 나도 그다지 가고 싶지 않은 곳이었다. 그런데 이번이 자그마치 여섯 번째 초대라는 점이 문제였다. 위드번 부인은 정말 끈질겼는데, 어떻게든 유명 인사를 불러들이고 싶은 모양이었다. 반복되는 사양에도 굴하지 않고 더 이상 어떤 핑계로도 빠져나갈 수 없는 날짜를 택해 우리에게 통보했다. 이런 상황에서는 그냥 하루 빨리 해치워 버리는 것이 상책이었다.

  푸아로는 파리에서의 소식을 들은 이후부터 별로 말이 없었다. 내가 그 문제에 대해 말을 꺼내면 언제나 같은 대답을 했다.

  "내가 납득하지 못하는 점이 있어."

  그리고 한두 번쯤 이렇게 중얼거렸다.

"코안경. 파리의 코안경. 칼로타 애덤스의 핸드백에 들어 있던 코안경."

그래서 나는 이 오찬 모임을 기분 전환의 기회로 삼기로 했다.

젊은 도널드 로스가 미리 와 있다가 일어나 명랑하게 내게 인사했다. 여자보다는 남자 손님들이 많아서 그는 내 자리 옆에 앉게 되었다.

제인 윌킨슨이 우리와 거의 마주보고 앉았고 그녀와 위드번 부인 사이에는 머튼 공작이 앉아 있었다.

혼자만의 공상일 수는 있지만 나는 그 젊은이가 약간 불편해 한다고 생각했다. 거기 모인 사람들은 내가 보기에도 그의 취향이 아니었던 것이다. 공작은 대단히 보수적이고 조금은 구시대적인 젊은이로, 마치 조물주의 중대한 실수로 중세 시대에서 빠져 나와 지금이 시대에 태어난 사람 같았다. 그가 지극히 현대적인 제인 윌킨슨에게 흠뻑 빠져 있다는 것은 운명의 장난이 아닐 수 없었다.

제인의 감탄스러운 외모와 세상에서 가장 진부한 이야기마저 매력적으로 들리게 하는 절묘한 허스키 음색을 보면 그가 그녀의 포로가 된 것도 놀라운 일은 아닌 것 같았다. 하지만 제아무리 완벽한 미모와 중독성 강한 목소리도 결국에는 익숙해지고 싫증나기 마련 아닌가! 나는 그에게 약간의 상식만 있다면 도취된 사랑의 안개를 지금이라도 거둘 수 있을 것이라는 생각이 스쳐지나 갔다. 그런 인상을 갖게 된 건 우연히 던진 한 마디, 아니 제인이 저지른 얼토당토 않은 실수 때문이었다.

누구인지는 잊어버렸지만 누군가가 '파리스의 심판(judgement of Paris)'이란 말을 꺼냈을 때, 곧이어 제인의 낭랑한 목소리가 들려왔다.

"파리(Paris)요? 파리는 이제 한물갔어요. 요즘은 런던이나 뉴욕이라고요."

흔히 일어날 수도 있는 일이겠지만 하필이면 그녀의 말이 사람들의 대화가 잠깐 끊긴 순간 튀어나온 것이다. 내 오른편에 앉아 있던 도널드 로스가 숨을 헉 하고 들이쉬었다. 위드번 부인은 서둘러 러시아 오페라에 관해 떠들기 시작했다. 모두가 허둥지둥 아무나 붙잡고 어떤 말이든 주위섬겼다. 제인 혼자서만 자기의 말실수를 의식조차 못한 채로 멀뚱멀뚱 주위를 둘러보고 있을 뿐이었다.

바로 그때 나는 공작을 주목했다. 그는 입술을 꽉 다물고 얼굴을 붉힌 채 내가 보기에 아주 약간 제인에게서 몸을 떨어뜨렸다. 그는 자신과 같은 위치에 있는 남자가 제인 윌킨슨과 결혼을 했을 때 일어나게 되는 꼴사나운 사태를 살짝 예감한 것처럼 보였다.

나는 왼쪽을 돌아보며 아이들의 자선 모임을 주관하고 있는 뚱뚱한 부인에게 생각나는 대로 첫마디를 꺼냈다. 내가 한 질문은 대강 이런 것이었다. "저쪽 테이블 끝에 촌스러운 보라색 옷을 입은, 특이하게 생긴 여자가 누군지 아세요?" 알고 보니 이 여자의 동생이었다! 더듬거리며 사과한 내가 고개를 돌려 로스에게 말을 걸었지만 그도 듣는 둥 마는 둥이었다.

그렇게 양쪽에서 철저히 외면당한 나는 하는 수 없이 브라이언 마틴을 쳐다보았다. 아까까지만 해도 보이지 않았었는데 늦게 도착한 모양이었다. 그는 나와 같은 줄 약간 떨어진 곳에 있었다. 몸을 숙인 채 앞에 있는 금발 머리 미인과 활달하게 이야기하는 모습이었다.

그를 이렇게 가까이서 본 지는 꽤 오랜만이었는데 그의 얼굴이 활짝 핀 것을 보고 다소 놀랐다. 얼굴을 덮고 있던 초췌한 주름은 거의 사라졌다. 그는 젊어 보였고 모든 면에서 활력이 넘쳐 보였다. 마주 보고 있는 상대에게 웃으며 농담을 거는 게 기분이 최고조인 것 같았다.

나는 그를 계속 보고 있을 시간이 없었다. 내 옆의 뚱뚱한 부인이 넓은 마음으로 나를 용서하고 자기가 조직한 아동 자선 행사에 대한 지루한 연설을 들을 수 있는 영광을 허락했기 때문이었다.

푸아로는 약속이 있어 일찍 떠나야 했다. 어느 대사의 부츠 분실 사건을 조사하고 있었던 그는 2시 30분에 그쪽 사람과 만나기로 한 약속이 있었다. 그는 위드번 부인에게 인사를 전해 달라는 말을 남기고 꺼났다. 그 말 한마디 전하는 것도 쉽지는 않았던 것이 그녀가 연신 '달링'을 외치며 작별 인사를 하는 사람들에게 둘러싸여 있기 때문이었다. 그때 누군가 내 어깨를 툭툭 쳤다.

도널드 로스였다.

"푸아로 씨 여기 계십니까? 말씀 드릴 것이 있는데요."

나는 푸아로가 방금 떠났다고 설명했다.

로스는 당황한 것 같았다. 그를 자세히 살펴보니 그는 무슨 일 때문인지 동요하는 눈치였다. 그는 굳은 표정이었고 눈에는 기묘한 불안감이 서려 있었다.

"특별히 무슨 일 때문에 보려고 하죠?"

내가 묻자 그가 더듬대며 말했다.

"아니요. 그게 아니라……. 잘 모르겠습니다."

너무나 별난 대답이라서 나는 그를 빤히 쳐다보았다. 그의 얼굴이 상기되었다.

"말도 안 되죠. 저도 알아요. 그게 말이죠. 괴상한 일이 일어났습니다. 제가 도저히 감당할 수 없는 일이에요. 그래서 저, 저는 푸아로 씨에게 조언을 구하고 싶었습니다. 왜냐하면 보시다시피 어떻게 해야 할지 몰라서요. 물론 괜히 성가시게 해 드리고 싶진 않지만……."

어찌할 바를 모르는 그가 안쓰러워 보여서 나는 서둘러 그를 안심시켰다.

"푸아로는 약속이 있어서 떠났어요. 하지만 5시 전에는 집에 들어올 겁니다. 그때 전화하거나 직접 오는 건 어때요?"

"고맙습니다. 그렇게 하겠습니다. 5시라고요?"

"오기 전에 먼저 전화로 확인하는 게 좋겠군요."

"알겠습니다. 그럴게요. 고맙습니다, 헤이스팅스. 저…… 이건 어쩌면 굉장히 중요한 일일지도 몰라요."

나는 고개를 끄덕이고 입에 발린 인사와 나긋나긋한 악수를 나누고 있는 위드번 부인에게로 돌아섰다.

내 임무는 끝났고 돌아서려는 찰나 어떤 손이 내 팔짱을 끼었다.

"저도 빼놓지 마세요."

명랑한 목소리였다

제니 드라이버는 놀라울 정도로 세련된 차림새였다.

"안녕하세요, 어디서 갑자기 튀어나오신 거죠?"

내가 물었다.

"옆 테이블에서 식사하고 있었어요."

"그런데도 못 봤군요. 사업은 잘 되고 있나요?"

"덕분에요. 요즘 경기가 좋답니다."

"수프 접시가 잘 팔리나 봐요?"

"그렇게 함부로 말씀하시는 수프 접시들은 아주 잘 나가고 있답니다. 모든 사람들이 그걸 쓰고 돌아다니고 있지만 사실 제작 과정에 비밀이 하나 있어요. 인조 깃털이 붙어 있는 곳이 이마에 자꾸 부딪치면 물집이 날 수가 있어요."

"아이고, 비양심적이셔라."

내가 말했다.

"전혀 그렇지 않아요. 누군가 타조들을 좀 구해 줘야겠네요. 인조 깃털이 널리 퍼진 덕분에 다들 실업자 신세거든요."

그녀는 웃더니 걸음을 옮겼다.

"그럼 안녕히 계세요. 저는 오후에는 일을 안 해요. 시골로 놀러 갈까 해요."

"좋은 생각이로군요. 오늘 런던이 말도 못하게 후덥지근하네요."

내가 공감하며 말했다.

가벼운 발걸음으로 공원을 지나와서 4시경 집에 도착했다. 푸아로는 아직 돌아오지 않았다. 4시 40분쯤에 돌아온 그는 눈을 빛내고 있었고 기분이 무척 좋아 보였다.

"알만 하네요, 셜록 홈즈 씨. 그 대사의 부츠를 찾아 내셨군요."

내가 말했다.

"그건 코카인 밀수 사건이었다네. 아주 정교한 수법을 썼더군. 그리고 지금까지 미용실에 있었는데, 자네의 다정한 마음을 단번에 사로잡을 적갈색 머리의 여자도 있더구먼."

푸아로는 내가 적갈색 머리에 약하다는 별난 생각을 갖고 있었다. 나는 귀찮아서 굳이 부정하지도 않았다.

전화벨이 울렸다.

"도널드 로스일 겁니다."

나는 전화기 쪽으로 다가갔다.

"도널드 로스?"

"네. 치스윅에서 만났던 젊은 친구 있잖습니까. 무슨 일로 상의할 것이 있답니다."

나는 수화기를 들었다.

"여보세요, 헤이스팅스 대위입니다."

로스였다.

"아, 헤이스팅스 대위님이군요? 푸아로 씨 들어오셨습니까?"

"그래요. 여기 있답니다. 전화로 말할 건가요, 아니면 이리로 오겠습니까?"

"별 건 아닙니다. 그냥 전화로 말씀드려도 됩니다."

"알았어요. 기다려요."

푸아로가 수화기를 손에 들었다. 나는 가까이에 있어서 희미하게 로스의 목소리를 들을 수 있었다.

"푸아로 선생님이시죠?"

매우 진지하고도 흥분한 목소리였다.

"그런데요."

"저 있잖아요, 공연히 귀찮게 해 드리고 싶지는 않지만 말입니다. 조금 이상한 일이 있어서요. 에지웨어 경의 죽음과 관련이 있는 얘기입니다."

푸아로의 몸이 딱딱하게 굳어졌다.

"계속해요. 듣고 있어요."

"당치도 않은 일이라고 하실지 모릅니다만……."

"아니요, 아니에요. 그래도 말해 봐요."

"파리란 말이 나오니까 생각났어요. 그게 말입니다……."

아주 희미하게 초인종이 울리는 소리가 들렸다.

"잠시만요."

로스가 말했다.

수화기를 내려놓는 소리가 들렸다.

우리는 기다렸다. 푸아로는 계속 수화기를 귀에 대고 있었다. 나는 그 옆에 서 있었다.

우리는 기다렸다.

2분이 지나고, 3분, 4분, 5분이 지났다.

푸아로는 불안하게 발을 종종거렸다. 그는 시계를 바라보았다.

그리고 그는 전화를 끊었다가 다시 들어 교환을 불렀다. 그리고 나에게 돌아섰다.

"저쪽에 연결을 시도해도 대답이 없다는군. 전화를 받지 않는다네. 서두르게, 헤이스팅스. 전화번호부에서 로스의 주소를 찾아봐. 지금 당장 가 봐야 해."

# 파리?

몇 분 후 우리는 택시에 올라탔다.

푸아로의 표정이 무척 어두웠다.

"불안하네. 헤이스팅스. 기분이 좋질 않아."

"혹시 그 말 뜻은……."

나는 더 이상 말을 이을 수 없었다.

"우리는 이미 두 번의 살인을 저지른 자와 상대하고 있어. 그자는 세 번째 살인도 주저하지 않을 걸세. 궁지에 몰린 쥐처럼 정신없이 돌파구를 찾을 테지. 범인에게 로스는 위험인물이야. 그렇다면 로스는 제거되어야만 해."

"하지만 그 정도로 중요한 말을 하려던 걸까요? 본인은 그렇게 생각하는 것 같지 않던데요."

내가 미심쩍은 말투로 물었다.

"그렇다면 그가 모르고 있는 거지. 아마 엄청나게 중대한 일을 말하려고 했을 거야."

"하지만 누가 어떻게 알았을까요?"

"그가 자네한테 이야기했잖아. 자네가 그랬지. 클래리지에서 사람들이 모두 있는 데서 말이야. 미쳤어. 완전히 미쳤어. 아! 왜 그를 집으로 데리고 오지 않았나! 그가 입을 열 때까지는 아무도 가까이 접근하지 못하게 막았어야 했어."

"그건 꿈에도 생각 못 했어요. 설마 그러리라고는……."

나는 더듬거렸다.

푸아로는 얼른 나를 달랬다.

"그렇다고 자넬 비난할 건 없어. 자네라고 어떻게 알았겠나? 나라면 눈치를 챘을지도 모르지만. 헤이스팅스, 그 살인자는 호랑이처럼 교활하고 무자비한 놈이야. 아! 이래 가지고 언제 도착하려나 모르겠네."

마침내 도착했다. 로스는 켄싱턴 광장에 면한 건물 2층에 살고 있었다. 초인종 옆 홈에 붙어 있는 작은 이름표를 보고 그의 아파트를 알 수 있었다. 홀의 문은 열려 있었다. 안에는 널찍한 계단이 놓여 있었다.

"들어오기 너무 쉬워. 아무도 보지 못했을 게야."

푸아로가 계단을 뛰어 올라가며 중얼거렸다.

2층은 경계벽으로 나뉘어 있고 예일 자물쇠가 달린 좁은 문이 있었다. 로스의 명패가 문 중앙에 붙어 있었다.

우리는 그 앞에 멈추어 섰다. 오직 죽음과 같은 침묵만이 흘렀다. 내가 밀어 보자 문은 놀랍게도 스르르 열렸다.

우리는 들어갔다. 속엔 좁은 홀이 있었고 한쪽 방문은 열려 있었으며 우리 정면에 보이는 열린 문은 거실로 통했다.

거실로 들어섰다. 커다란 객실을 둘로 나눈 것이었다. 비싸진 않지만 안락한 가구들이 비치되어 있었고 사람은 없었다. 작은 테이블 위에는 전화가 놓여 있었는데 수화기가 전화기 밑에 내려져 있었다.

푸아로는 신속하게 앞으로 나아갔고 주위를 둘러보다가 곧 고개를 저었다.

"여기도 없군. 이리 오게, 헤이스팅스."

우리는 돌아서서 홀로 나온 다음 열려 있던 다른 문으로 들어갔다. 그곳은 작은 식당이었다. 식탁 한쪽에 의자에서 비스듬히 굴러 떨어진 듯 바닥에 쭉 뻗어 있는 물체가 있었다. 로스였다.

푸아로가 그의 가슴에 고개를 갖다 댔다.

그는 다시 몸을 펴고 일어났다. 그의 얼굴이 백짓장처럼 하얗게 질려 있었다.

"죽었네. 두개골 하단을 찔렀어."

이날 오후 일어난 사건은 그 후로도 오랫동안 나에게는 지독한 악몽으로 남았다. 내가 그의 죽음을 막을 수도 있었다는 생각만 하면 괴로워서 견딜 수가 없었다.

그날 저녁 늦게 우리가 둘만 남았을 때 나는 푸아로에게 내가 느끼는 죄책감을 더듬더듬 털어놓았다. 푸아로는 서둘러 말했다.

"아니야. 아니라네. 그렇게 자책하지 말게. 자네가 어떻게 의심할수 있었겠나? 좋으신 하느님이 자네에게 의심의 본능을 주지 않으셨을 뿐이야."

"당신이라면 그래도 이상한 낌새를 느꼈을 테죠?"

"그건 달라. 자네도 알겠지만 나는 평생 동안 살인자들을 추적해왔네. 그래서 살인 충동이란 것이 어떻게 매번 강해지는지 알아. 또 그러다보면 별것도 아닌 일로……."

그는 말을 잇지 못했다.

그 무시무시한 발견 이후 푸아로는 계속 묵묵부답이었다. 경찰이 도착하고 집에 있는 다른 사람들을 심문하는 등 살인에 뒤따르는 수백 가지의 번거로운 절차에도 불구하고 푸아로는 초연하고 이상할 정도로 침착했으며, 눈은 먼 나라의 꿈을 꾸듯 깊은 사색에 잠겨 있었다. 갑자기 말을 끊은 그 순간 역시 똑같은 사색에 잠긴 표정이 그의 얼굴 위로 떠올랐다. 그가 침착하게 말했다.

"우리는 후회하고 앉아 있을 시간이 없네, 헤이스팅스. '만약'이란 말을 할 시간이 없어. 저렇게 죽어 버린 불쌍한 젊은이는 우리에게 할 말이 있었어. 우린 이제 그것이 무척 중요한 말이었다는 것을 알고 있고. 그렇지 않았다면 죽을 필요까지는 없었을 거야. 이제 그가 말해 줄 수 없으니 우리가 알아내야 하네. 추리를 해야 해. 우리를 인도하는 건 실낱 같은 단서뿐이야."

"파리죠."

내가 말했다.

"그래, 파리."

그가 일어나더니 방안을 이리 저리 거닐었다.

"이번 사건에는 유난히 파리가 여러 번 등장하지만 유감스럽게도 논리적으로 연결은 안 되고 있어. 금색 상자에 파리라는 글자가 새겨져 있었지. 작년 11월 파리, 애덤스 양은 그때 거기에 있었네. 아마 로스도 그곳에 있었을 거야. 로스가 알고 있는 누군가가 또 있었을까? 뭔가 수상한 상황 하에 그 남자가 애덤스 양과 같이 있는 것을 본 걸까?"

"우리는 절대 모르죠."

내가 말했다.

"아니야, 아냐. 우리는 알 수 있네. 꼭 알아야만 해! 인간 두뇌의 능력에 한계란 없어, 헤이스팅스. 이 사건과 관련해서 파리가 언제 또 등장했는지 아나? 파리의 보석 상점에서 상자를 찾아갔던 키 작고 코안경을 쓴 여인이 있지. 로스도 그녀를 알았을까? 범죄 당시 머튼 공작도 파리에 있었지. 파리, 파리, 파리. 에지웨어 경도 파리에 갈 예정이었어. 아! 거기서 뭔가 찾을 수 있을 것 같네. 그가 파리에 가지 못하게 하기 위해 살해된 걸까?"

그는 자리에 앉아 눈썹을 가운데로 모았다. 나는 그가 정신을 고도로 집중하고 있다는 것을 피부로도 느낄 수 있었다.

"그 오찬에서 무슨 일이 있었나?"

그가 중얼거렸다.

"지나가는 몇 마디 말 때문에 도널드 로스가 자기가 알고 있는 정보의 심각성을 눈치 챘을 지도 몰라. 프랑스에 대한 말이 나왔나? 아니면 파리? 자네가 앉아 있던 테이블에서 말이네."

"파리란 말이 언급되긴 했지만 그게 이번 일과 연계된 것 같지는 않아요."

나는 제인 윌킨슨의 말실수에 대해 모두 이야기해 주었다.

푸아로가 생각에 잠긴 채 말했다.

"아마 그게 뭔가 설명해 줄지도 몰라. 파리란 말만으로도 충분하네. 뭔가 다른 일과 연결시킬 수 있어. 그런데 그 다른 일이라는 것이 뭘까? 로스가 무엇을 보고 있었던 걸까? 그 말이 나왔을 때 그는 무슨 말을 하고 있었나?"

"그는 스코틀랜드 미신에 관해 이야기하고 있었어요."

"그의 눈이 어디에 머물러 있었지?"

"잘은 몰라요. 위드번 부인이 앉아 있던 테이블 쪽을 보고 있었던 것 같은데."

"그녀 옆에 누가 앉아 있었지?"

"머튼 공작이요. 그리고 제인 윌킨슨. 그리고 내가 모르는 남자가 있었죠."

"머튼 공작이라. 파리라는 말이 나왔을 때 머튼 공작을 보고 있었을지도 몰라. 기억해 봐. 공작은 범죄 당시 파리에 있었거나, 혹은 파리에 있었다고 알려져 있었지. 로스가 갑자기 머튼이 파리에 없었다는 사실을 증명해 주는 뭔가를 깨달았을 수도 있지 않겠나."

"오, 푸아로!"

"그래, 자네도 그런 건 어불성설이라고 생각하겠지. 누군들 안 그렇겠나. 머튼 공작에게 살인 동기가 있었을까? 있었지. 아주 강한 동기라고 할 수 있어. 하지만 그가 저질렀다고 생각해 보게. 그건 좀 아니지. 그는 엄청나게 부유하고 신분도 아주 높은 데다 또 고상한 성격으로 유명하지. 아무도 그의 알리바이에 대해 따지려 들지 않을 거야. 그러니 큰 호텔에 있었다는 알리바이를 조작하는 건 어렵지 않아. 오후 배편으로 돌아왔다가 다시 돌아간다. 있을 수 있는 일이야. 여보게, 헤이스팅스, 파리라는 말이 나왔을 때 로스가 뭐라고 하던가? 감정의 변화가 있던가?"

"숨을 급하게 들이쉬었던 건 기억납니다."

"그 다음에 자네에게 말하는 태도는 어땠나? 당황한 것 같았나, 혼란스러워했나?"

"바로 그랬죠."

"프레시제멍(정확해). 무슨 생각이 떠올랐던 거야. 불합리하다고 생각한 거지! 뭔가 납득할 수 없는 일이 있었던 거야! 하지만 그걸 입 밖에 내기에는 망설여졌지. 먼저 나에게 말하고 싶었겠지. 하지만 이럴 수가! 그가 그렇게 마음을 먹었을 때는 나는 이미 떠나고 없었어."

"아, 나에게 조금만 더 말해 줄 것이지."

내가 비탄에 잠긴 채 말했다.

"맞아. 그랬으면 좋으련만. 그때 누가 주위에 있었나?"

"글쎄요. 거의가 다 있었다고 해야겠죠. 모두 위드번 부인에게 작별 인사를 하고 있었죠. 특별히 주목하진 않았어요."

푸아로가 다시 일어났다.

"내가 완전히 틀린 걸까?"

그는 방안을 이리저리 거닐면서 말했다.

"내가 이제까지 줄곧 완전히 잘못 짚은 걸까?"

나는 딱한 눈길로 그를 바라보았다. 그의 머릿속에 어떤 생각들이 지나가는지는 알 수 없었다. 재프는 종종 그가 '조개처럼 입을 꾹 다문다'라고 했는데 그 런던 경시청 경감의 묘사는 참으로 정확했던 것 같다. 내가 지금 알 수 있는 것이라곤 그가 자신과의 싸움을 하고 있다는 것뿐이었다.

"어쨌건 이번 살인의 범인은 로널드 마시가 될 수 없겠죠."

내가 말했다.

"그에게는 유리한 일이야. 하지만 지금 이 순간 그건 중요한 논점이 아니네."

내 친구는 홀가분하게 말하더니 느닷없이 다시 의자에 앉았다.

"내가 처음부터 끝까지 잘못 짚었을 리는 없어. 헤이스팅스, 내가 예전에 다섯 가지 질문을 던졌던 것 기억하나?"

"그런 비슷한 말을 했던 건 기억납니다."

"이것들이었지. 왜 에지웨어 경이 이혼 문제에 대해 갑자기 마음을 바꾸었을까? 그가 아내에게 썼다고 주장하지만 정작 아내는 받지 못했다는 그 편지는 어떻게 설명할 수 있을까? 그날 우리가 집을 떠날 때 그의 얼굴에 떠올랐던 분노는 무슨 의미일까? 칼로타 애덤스의 핸드백 속에 들어 있던 코안경은 뭐지? 누가 치스윅에 있는 제인 윌킨슨에게 전화를 걸었다가 끊은 걸까?"

"맞아요. 그렇게 다섯 개의 질문이었죠. 기억납니다."

내가 말했다.

"헤이스팅스, 나는 계속 한 가지 작은 생각을 품고 있었어. 그 남자가 누군지에 관해, 그 배후의 인물이 누군지에 대한 견해가 있었다네. 세 가지 질문에는 대답을 찾았고 그 대답은 나의 작은 견해와 일치했지. 하지만 나머지 두 가지 질문에는…… 헤이스팅스, 대답할 길이 없었어.

그게 무슨 뜻인지 알겠나? 내가 애초에 사람을 잘못 짚은 거야. 그 사람이 아니었던 거지. 아니면 몰랐던 대답이 사실 내내 제자리에 있었다는 거고. 어느 쪽일까, 헤이스팅스? 어느 쪽일까?"

그는 일어서더니 책상으로 가서 서랍을 열고 루시 애덤스가 미국에서 보낸 편지를 꺼냈다. 그는 재프에게 그걸 하루 이틀 더 가지고 있게 해 달라고 부탁했고 재프도 승낙했다. 푸아로는 편지를 자기 앞에 올려놓고는 뚫어져라 쳐다보았다.

시간이 흘렀다. 나는 하품하다가 책을 집어 들었다. 푸아로가 거기서 뾰족한 단서를 찾아내리라고는 생각지 않았다. 그 편지는 이미 볼 만큼 보았지 않은가. 거기서 언급한 남자가 로널드 마시가 아니라고 쳐도 그 사람이 누구인지에 대한 정보 또한 편지에는 나와 있지 않았다.

나는 책장을 넘겼다……. 그러다 깜빡 졸은 것 같았다.

갑자기 푸아로가 낮은 신음 소리를 냈다. 나는 화들짝 놀라 일어났다. 그는 뭐라 형언할 수 없는 표정으로 나를 바라보았는데, 눈이 초록빛으로 번득이고 있었다.

"헤이스팅스, 헤이스팅스."

"네, 왜 그러세요?"

"내가 만약 살인자가 꼼꼼한 사람이라면 편지를 찢지 않고 칼로 오렸을 거라고 말한 적 있지?"

"그래서요?"

"내가 틀렸어. 이 범죄는 정말 꼼꼼하고 정밀하게 이루어졌어. 이 페이지는 오리지 않고 꼭 찢어 내야만 했던 거야. 여기, 자네도 한번 보게."

내가 보았다.

"에 비엥(이러면) 보이나?"

나는 고개를 절레절레 흔들었다.

"범인이 서둘렀다는 뜻인가요?"

"서둘렀건 그렇지 않건 마찬가지야. 보이지 않나, 친구? 이 편지는 꼭 찢어야만 했어……."

나는 고개를 저었다.

나지막한 목소리로 푸아로가 말했다.

"이제껏 내가 바보였네. 눈뜬장님이었어. 하지만 지금은 달라. 반드시 알아내고 말겠네."

## 코안경에 대하여

　몇 분 후 그의 기분은 눈에 띄게 달라져 있었다. 그는 자리를 박차고 일어났다.

　나도 덩달아 자리를 박차고 일어났는데 상황 파악은 안 됐지만 어쨌건 그렇게 하고 싶었다.

　"택시를 잡을 거야. 아직 9시니까 방문하기에 너무 늦은 시간은 아니지."

　나는 그를 따라 바쁘게 계단을 내려갔다.

　"그런데 누구를 방문하는 거죠?"

　"리전트 게이트로 갈 거야."

　나는 입을 다물고 있는 쪽이 현명하다고 판단했다. 내가 보기에 푸아로는 질문에 대답할 기분이 아니었다. 그가 대단히 흥분한 상태라는 것만은 알 수 있었다. 푸아로는 나와 나란히 택시에 앉아 평소의 침착한 모습과는 달리 매우 초조한 듯 손가락으로 무릎을 두드리고 있었다.

나는 칼로타 애덤스가 동생에게 쓴 편지의 내용을 되새겨 보았다. 그 즈음에는 거의 외울 지경이었다. 나는 푸아로가 찢긴 페이지에 대해서 했던 말도 생각하고 또 생각했다.

그러나 아무 소용없었다. 내 판단에 따르면 푸아로의 말은 논리에 맞질 않았다. 왜 그 페이지가 찢어져야만 했다는 걸까. 아니다. 나는 그렇게 보지 않았다.

새로 온 집사가 리전트 게이트 저택의 문을 열어 주었다. 푸아로는 캐롤 양을 찾았고 우리는 집사를 따라 계단을 올라가면서 예전에 일하던 '그리스 조각상'은 어떻게 된 건지 이미 다섯 번쯤 한 생각을 또 했다. 경찰은 지구 끝까지라도 쫓아갈 기세로 조사했지만 헛수고였다. 어쩌면 그 남자 또한 죽었을지도 모른다고 생각하니 온몸에 으스스 소름이 돋았다.

그러나 활달하고 깔끔하고 합리적인 캐롤 양을 보자 그런 망상이 저절로 사라졌다. 그녀는 푸아로를 보자 무척 놀란 표정이었다.

"아직까지 여기 일하고 있다니 다행이군요, 마드무아젤. 이 집에서 나가신 게 아닌가 걱정했답니다."

푸아로는 이렇게 말하며 예의바르게 손에 입을 맞추었다.

"제럴딘이 그러지 못하게 해요. 제발 있어 달라고 부탁하더군요. 그리고 지금과 같이 어려운 시기에 그 불쌍한 아이한테는 곁에서 지켜 줄 사람이 필요하니까요. 하다 못해 방패라도 필요할 거예요.

필요할 때 저는 효과적인 방패가 될 수 있다고 자신해요, 푸아로 씨."

그녀의 말에는 단호함이 배어 나왔다. 그녀라면 기자나 뉴스 사냥꾼들을 간단히 처리할 수 있을 것 같았다.

"마드무아젤, 당신은 언제나 능률의 표본처럼 보입니다. 능률이라는 건 제가 무척 감탄하는 자질이죠. 흔치 않은 장점이거든요. 하지만 마드무아젤 마시는 그렇게 현실적인 성격은 아니죠?"

"몽상가예요. 현실과는 동떨어져 있죠. 언제나 그랬어요. 그래도 생계 걱정은 하지 않아도 되니 다행이죠."

"그래요. 정말 그렇죠."

"하지만 어떤 사람이 현실적이냐 그렇지 않으냐를 논하려고 여기까지 찾아오시지는 않으셨을 텐데요. 제가 무엇을 도와드릴까요, 푸아로 씨?"

나는 푸아로가 이런 식의 직설적인 접근법을 좋아하지 않는다는 점을 알고 있다. 그는 우회적인 접근을 선호하는 편이었다. 하지만 캐롤 양에게 그런 방식은 실용적이지가 않은 것이다. 그녀는 도수 높은 안경을 통해 눈을 깜박이며 날카롭게 그를 바라보았다.

"명확한 정보를 얻기 위해 몇 가지 확인해야 할 점들이 있습니다. 당신의 기억력을 신뢰한다는 것을 믿어 줘요, 캐롤 양."

"당신이 저를 신뢰할 수 없다면 제가 그렇게 유능한 비서라고는 할 수 없겠지요."

캐롤 양은 단호하게 말했다.

"지난 11월에 에지웨어 경이 파리에 갔었나요?"

"그래요."

"방문 날짜를 말해 줄 수 있습니까?"

"찾아봐야겠네요."

그녀는 일어나서 서랍을 열고 작은 수첩을 꺼내서 넘겨 본 다음에 말했다.

"에지웨어 경은 11월 3일에 파리에 갔다가 7일에 돌아오셨습니다. 그리고 20일에 다시 갔다가 12월 4일에 돌아오셨고요. 또 필요하신 건요?"

"알겠습니다. 무슨 목적으로 갔었죠?"

"처음 방문은 사고 싶어 하던 조각품들을 미리 보고 나중에 경매에 참가할지 결정하기 위해서였고요. 두 번째는 뚜렷한 목적은 없으셨던 걸로 알고 있습니다."

"마드무아젤 마시가 아버지와 동행한 적이 있었나요?"

"어떤 경우에도 아버지와 동행하지는 않아요, 푸아로 씨. 에지웨어 경은 그런 일은 꿈도 꾸지 않으실 분이었죠. 아마 그 무렵 제럴딘은 파리에 있는 수녀원에 있었을 겁니다. 하지만 아버지가 그녀를 보러 갔다거나 데리고 나왔다거나 하는 일은 없었을 거예요. 만약 그랬다면 저부터 놀랐겠죠."

"당신도 그와 동행한 적은 없나요?"

"없습니다."

그녀는 그를 이상하게 쳐다보더니 갑작스럽게 물었다.

"왜 그런 질문을 하시나요, 푸아로 씨? 요점이 뭐죠?"

푸아로는 이 질문에는 대답을 하지 않았고 대신 이렇게 말했다.

"마시 양은 사촌을 굉장히 좋아하죠, 그렇지 않나요?"

"진지하게 묻겠는데요, 푸아로 씨. 그게 선생님과 무슨 상관이 있는지 모르겠군요."

"일전에 그녀가 나를 찾아왔었답니다! 그건 알았나요?"

그녀는 깜짝 놀란 것 같았다.

"아니요. 몰랐습니다. 마시 양이 뭐라고 하던가요?"

"표현은 좀 달랐지만, 사촌을 무척 좋아한다고 말하던데요."

"그런가 보죠. 그런데 왜 또 제게 물어보시죠?"

"왜냐하면 당신의 의견을 듣고 싶거든요."

이번에는 캐롤 양도 대답을 하기로 결정했다.

"제 생각엔 지나치게 좋아하고 있죠. 언제나 그랬고요."

"당신은 헌 에지웨어 경을 좋아하지 않습니까?"

"아니라고는 말 못하겠네요. 그분한테 제가 필요하지 않기도 하고요. 그뿐입니다. 진지한 면이라고는 전혀 없어요. 물론 부담 없고 성격 좋아 보이긴 하죠. 사람들 인심을 얻는 말주변도 좋고요. 하지만 저는 제럴딘이 보다 의지력이 강한 사람에게 관심을 보였으면 좋겠어요."

"머튼 공작처럼요?"

"전 공작을 잘 몰라요. 하지만 자기 지위에 맞게 품위를 지키는 분으로 알고 있어요. 하지만 그는 지금 그 여자 뒤를 쫓아 다니지 않나요. 그 소중한 제인 윌킨슨을요."

"그의 어머니가……."

"아! 난 그분 어머니는 공작과 제럴딘이 결혼하기를 바란다고 믿어요. 하지만 어머니가 무슨 힘이 있겠어요. 원래 아들들은 어머니가 원하는 처자하고는 결혼을 안 하려고 하죠."

"로널드 경도 마시 양을 좋아한다고 생각합니까?"

"지금 처한 입장에서 그가 좋아하건 좋아하지 않건 별 상관이 없는 것 같은데요."

"그러면 당신은 그가 유죄 판결을 받아야 한다고 생각합니까?"

"아니요, 그가 한 짓이라고는 생각지 않아요."

"하지만 유죄가 선언될 수도 있겠죠?"

캐롤 양은 대답하지 않았다.

"시간을 많이 빼앗아서 미안합니다."

푸아로가 일어섰다.

"그런데 칼로타 애덤스라는 여성을 알고 있습니까?"

"연기하는 걸 본 적은 있어요. 굉장히 뛰어나더군요."

"그래요, 연기력이 출중했죠."

그는 잠시 생각에 빠져 있는 것 같았다.

"아! 내 장갑을 놔두고 갈 뻔했군."

장갑을 놓아둔 테이블에 손을 뻗으면서 그의 소매가 캐롤 양의 코안경 줄에 걸려 안경이 떨어지고 말았다. 푸아로는 안경과 다시 떨어진 장갑을 주우면서 허둥지둥 사과했다.

"이거 정말 여러 가지로 죄송스럽군요."

그가 말을 이었다.

"하지만 지난해 에지웨어 경과 누군가와 다툼이 있었다는데 거기서 무슨 단서를 찾지 않을까 싶었답니다. 파리와 관련해 궁금한 것들이 있어서요. 이제는 그 희망도 꺾였네요. 하지만 마드무아젤 제럴딘은 범죄자가 사촌이 아니라고 확신하더군요. 아주 강하게 믿고 있어요. 어쨌건 좋은 밤 되십시오. 실례가 정말 많았습니다. 용서하세요."

우리가 문가에 다다랐을 때 캐롤 양이 우리를 불렀다.

"푸아로 씨, 이건 제 안경이 아닌데요. 도수가 맞질 않아요."

"코멍(그런가요)?"

푸아로는 놀란 눈으로 그녀를 바라보았다. 그리고 다시 미소가 떠올랐다.

"이런 허둥거리다 실수를 했군. 아까 장갑과 당신 안경을 주우려고 몸을 굽히다가 주머니에서 떨어졌나 보군요. 두 가지를 헷갈렸나 봅니다. 보시다시피 아주 비슷하잖아요."

둘은 웃으며 안경을 맞교환했다. 우리는 작별 인사를 하고 빠져나왔다.

나는 바깥에 나오자마자 물었다.

"푸아로, 당신은 안경 안 쓰잖아요."

그는 나를 향해 환하게 웃었다.

"대단한 통찰력이야! 어떻게 그렇게 빨리 알아차렸나?"

"그건 칼로타 애덤스의 핸드백에서 찾은 코안경이었죠?"

"맞아."

"왜 그게 캐롤 양 안경일지도 모른다고 생각했나요?"

푸아로는 어깨를 으쓱했다.

"이 사건과 관련된 인물 중에서 유일하게 안경을 꼈으니까."

"하지만 그녀 안경이 아니었잖아요."

나는 생각에 잠긴 채 말했다.

"자기가 그렇다고는 했지."

"이런 의심쟁이 악마 영감 같으니라고."

"전혀 아니야. 그게 아니라고. 아마 진실을 말했을지도 몰라. 거짓 말한 것 같진 않아. 아니면 바꿔치기한 걸 전혀 눈치 못 챘을 테니 까. 내 손놀림이 얼마나 빨랐는데 그래."

어쩌다 보니 무작정 거리를 걷고 있었다. 나는 택시를 타자고 했 지만 푸아로는 고개를 저었다.

"생각할 것들이 있어. 걷는 게 많은 도움이 돼."

나는 아무 말도 하지 않았다. 무더운 밤이었고 집에 일찍 돌아갈 필요도 없었다.

"파리에 대해서 물어본 것도 위장 수단이었습니까?"

"꼭 그렇지는 않아."

나는 생각에 잠겼다가 말을 꺼냈다.

"아직 D라는 사람의 정체를 밝히지 못했잖아요. 참 이상하지 않 습니까? 사건과 관련된 사람 중엔 예명이나 세례명이라도 D로 시 작되는 인물이 없었죠. 맞아, 그거 이상하네요. 도널드 로스가 있었군. 하지만 이미 죽은 사람이니……."

"그렇지. 그는 죽었지."

푸아로는 착 가라앉은 목소리로 말했다.

나는 언젠가 셋이서 밤길을 걸었던 날을 기억했다. 그러다가 문득 어떤 생각이 떠올라 숨을 들이마셨다.

"그럴 리가……. 푸아로, 기억합니까?"

"뭘 기억한단 말이지, 친구?"

"로스가 테이블에 열세 명이 있었다고 한 말요. 그런데 가장 먼저 자리에서 일어났다고 했잖아요."

푸아로는 대답하지 않았다. 미신이 맞아떨어졌을 때 누구나 그렇듯 나는 왠지 불편한 기분이 되었다.*

"괴상하지 않습니까? 괴상하다는 것 인정하죠?"

나는 낮은 목소리로 말했다.

"뭐라고?"

"괴상하다고요. 로스와 13명 말이에요, 푸아로. 지금 무슨 생각하세요?"

너무나 예상외로, 솔직히 인정하자면 내 기분이 무척 상할 정도로 푸아로는 갑자기 몸을 들썩이면서 웃기 시작했다. 그는 고개를 흔들고 몸을 흔들며 웃어 댔다. 뭔가가 이 요란스러운 웃음을 자아낸 것이 분명했다.

* 13명 중에 로스가 먼저 일어났으니 살해당했다는 뜻

"왜 그렇게 웃고 난리예요."

나는 기분 나쁜 투로 말했다.

"오! 오! 오!"

푸아로는 숨을 헐떡거렸다.

"아무것도 아니야. 그냥 얼마 전에 들은 수수께끼가 생각났거든. 한번 자네한테도 내 보지. 다리 두 개에 깃털이 있고 개처럼 짖는 건 무엇일까?"

"물론 닭이죠. 그런 건 유치원생들도 알겠네요."

내가 시큰둥하게 대답했다.

"자네는 지나치게 잘 알고 있는 거야, 헤이스팅스. '잘 모르겠는데요.' 이렇게 대답해야지. 그러면 내가 '닭이잖아.'라고 말하면 그때 자네는 '하지만 닭은 개처럼 짖지 않아요.' 하고 말하는 거야. 그러면 나는 '일부러 어렵게 만들려고 집어넣어 본 거네.'라고 대답하는 거고. 헤이스팅스, D라는 사람에 대한 설명을 여기에서 찾을 수도 있지 않을까?"

"그게 무슨, 말이 된다고 생각하세요?"

"그렇지. 대부분의 사람들에게는 말이 안 되지. 하지만 어떤 사람들의 마음에서는 말이야. 오! 내가 그 사람이라면 이렇게 물어봤을⋯⋯."

우리는 큰 극장 옆을 지나가고 있었다. 쏟아져 나오는 사람들은 서로에게 일 이야기, 하인들 이야기, 애인 이야기를 떠들어 대고 있었고 가끔은 방금 보고 나온 영화에 대한 이야기를 하기도 했다. 우리는 그들 무리와 함께 유스턴 로드를 건너갔다. 한 여자가 한숨을 쉬며 말했다.

"나는 재미있었어. 브라이언 마틴 멋지지 않아? 그 배우가 나오는 영화는 빼놓지 않고 다 봤다니까. 말을 타고 절벽을 내려가서 아슬아슬하게 돈을 들고 그곳까지 가는 장면에서 말이야……."

그녀와 함께 있던 남자는 별로인 것 같았다.

"뻔한 이야기야. 엘리스에게 바로 물어봤어야지. 생각이 있는 사람이라면 바로 그렇게 했을걸……."

마지막 말은 들을 수 없었다. 인도에 도착했을 때 뒤를 돌아보니 푸아로가 버스가 양옆으로 달리고 있는 도로 중앙에 넋을 놓고 서 있었다. 본능적으로 나는 손으로 눈을 가렸다. 곧 이어 끽 하고 브레이크 밟는 소리가 들리고 버스 운전사들의 거친 욕설이 들려왔다. 푸아로는 의젓하게 인도로 걸어왔다. 그는 마치 몽유병 환자처럼 걷고 있었다.

"푸아로, 당신 미쳤어요?"

내가 소리쳤다.

"아니야, 몬 아미. 방금 생각이 났어. 아까 거기서. 그 순간에."

"참 그 순간 한번 끝내주네요. 인생 마지막 순간이 될 수도 있었다고요."

"상관없네. 아, 몬 아미. 나는 장님에 귀머거리에 의식불명이었어. 이제 내 질문들, 그 다섯 개의 질문에 대한 해답을 모두 찾았네. 그래, 다 찾았어. 너무나 간단해. 유치할 정도로 간단해……."

# 푸아로가 몇 가지 질문을 하다

우리는 이유도 모르고 집까지 줄곧 걸어서 왔다.

푸아로는 마음속에 떠오르는 일련의 생각들을 되짚어가고 있는 것 같았다. 그는 입술을 우물거리며 몇 가지 단어를 말했다. 그중에 한두 가지는 알아들을 수 있었다. 한번은 '촛불'이기도 했고 또 다른 한 번은 '두젠(12)'같은 단어였다. 내가 조금 더 영리했다면 그 생각의 흐름을 따라갈 수 있었을 것이다. 지나고 생각해 보니 너무나 분명한 줄거리였기 때문이다. 그러나 그때는 순전히 횡설수설로만 들렸다.

집에 도착하자마자 그는 전화기로 달려갔다. 그는 사보이 호텔로 전화를 걸어서 에지웨어 부인과 통화하고 싶다고 했다.

"가망 없습니다요, 아저씨."

나는 놀리면서 말했다.

내가 이따금씩 하는 말대로 푸아로는 이 세상에서 가장 정보에 둔감한 사람 중 하나였다.

"그거 모르세요? 새로운 연극을 시작했다고요. 아마 극장에 있을 겁니다. 10시 30분밖에 안 되었다고요."

그러나 푸아로는 내 말은 들은 척도 하지 않았다. 그는 호텔 직원에게 열심히 설명했지만 그 직원 역시 내가 했던 말을 그대로 반복하고 있었던 것이 틀림없었다.

"아! 그렇습니까? 그렇다면 에지웨어 부인의 하녀와 이야기하고 싶습니다."

얼마 후 전화가 연결됐다.

"에지웨어 부인의 하녀 되십니까? 나는 푸아로입니다. 에르퀼 푸아로요. 기억하죠?"

"……."

"트레 비엥(좋소). 실은 매우 중요한 일이 생겼어요. 바로 이리로 와서 나를 좀 만나 줬으면 좋겠는데."

"……."

"그럼요. 아주 중요한 일입니다. 내가 주소를 가르쳐 줄 테니 잘 들으세요."

그는 주소를 두 번 반복하고 나서 심각한 얼굴로 수화기를 내려 놓았다.

나는 궁금증을 참지 못하고 물었다.

"무슨 생각하고 있는 거죠? 정말 중요한 정보를 얻긴 얻은 겁니까?"

"아니네, 헤이스팅스, 나에게 중요한 정보를 줄 사람은 바로 이 가정부야."

"무슨 정보요?"

"어떤 사람에 대한 정보지."

"제인 윌킨슨?"

"오! 그녀에 관해서라면 나는 필요한 모든 정보를 갖고 있다네. 자네 말마따나 앞뒤 사방으로 다 알고 있어."

"그렇다면 누구요?"

푸아로는 세상에서 가장 얄밉고 감질 나는 미소를 지어 보이며 나에게 그냥 기다리면 알게 될 거라고 했다. 그러더니 방을 치운답시고 야단법석 난리를 떨었다.

10분 후, 하녀가 도착했다. 그녀는 약간 초조하고 불안해 보였다. 까만 옷을 단정하게 차려 입은 자그마한 여인이 미심쩍은 눈초리로 주위를 둘러보았다.

푸아로는 분주히 앞으로 나아갔다.

"아, 오셨군요! 정말 수고했네요. 여기 앉으시죠, 마드무아젤. 성함이 엘리스 맞나요?"

"그렇습니다. 엘리스 맞아요."

그녀는 푸아로가 내준 의자에 앉았다.

그녀는 손을 무릎 위에 가지런히 포개고는 우리를 번갈아 쳐다보았다. 작고 핏기 없는 얼굴은 그런대로 침착해 보였고 입술은 굳게 다물어져 있었다.

"먼저 엘리스 양, 에지웨어 부인 밑에서 몇 년 동안 일했죠?"

"3년입니다, 선생님."

"나도 그 정도 됐을 거라 생각했어요. 그녀 주위의 일들을 잘 알겠네요."

엘리스는 대답하지 않았다. 불만스러운 얼굴이었다.

"내 말은 그녀의 적이 될 만한 사람이 누군지 정도는 알 거란 뜻이랍니다."

엘리스는 입술을 더욱 꾹 다물었다.

"대부분의 여성들이 그분에게 악의를 갖고 있어요. 다들 못 잡아먹어서 안달이죠. 유치한 질투심 때문이에요."

"한마디로 같은 여자들은 그녀를 좋아하지 않는다는 거군요?"

"그래요, 선생님. 너무 예쁘니까요. 그리고 원하는 건 언제나 손에 넣을 줄 아니까요. 그리고 그쪽 연극계에 있는 사람들이 워낙 질투심이 강하죠."

"남자들은 어떻습니까?"

엘리스의 핏기 없는 얼굴에 심술궂은 미소가 떠올랐다.

"그분은 남자들을 어떻게 다루어야 하는지 잘 알죠, 선생님. 사실은 사실이에요."

푸아로가 웃으며 말했다.

"나도 동감입니다. 하지만 그렇다고 하더라도 특정한 상황에서는 말이죠……."

그가 말을 멈추고 전혀 다른 목소리로 말했다.

"브라이언 마틴이라는 영화배우 알죠?"

"오! 그럼요, 선생님."

"잘 압니까?"

"네. 잘 알고 있어요."

"잘못 들은 게 아니라면 한 1년 전쯤에 브라이언 마틴이 아가씨와 사랑에 빠져 있었다고 하던데요."

"머리부터 발끝까지 홀딱 그랬죠, 선생님. 굳이 덧붙이자면 사랑에 빠져 '있었던' 게 아니라 사랑에 빠져 '있는' 거고요."

"당시엔 그녀가 그와 결혼할 거라 믿었겠군요."

"그래요, 선생님."

"그녀도 그와의 결혼을 심각하게 고려했었나요?"

"생각은 했었어요, 선생님. 남편과 이혼만 할 수 있었다면 아마 그 남자와 결혼했을 겁니다."

"그런데 어느 날 갑자기 머튼 공작이 둘 사이에 등장했죠?"

"그래요, 선생님. 공작이 미국 여행 중에 그녀를 보자마자 첫눈에 사랑에 빠진 거죠."

"그러면 브라이언 마틴의 기회는 물 건너간 거군요."

"그렇죠. 마틴 씨도 재산은 많지만 머튼 공작은 지위가 있잖아요. 아씨는 지위를 갈망하고 있어요. 공작과 결혼하면 영국의 최고 귀부인 중 한 명이 되니까요."

설명을 곁들이는 그녀의 목소리에 흐뭇한 자기 만족감이 배어 나와 나의 흥미를 끌었다.

"그러면 브라이언 마틴 씨는, 어떻게 말하면 될까요······ 차인 셈이군요. 쉽게 받아들이진 못했겠네요."

"아주 끔찍한 짓을 했었죠, 선생님."

"아!"

"리볼버를 들이대고 위협을 했으니까요. 그리고 온갖 난동을 부렸답니다. 그때 얼마나 놀랐는지 몰라요. 술도 진탕 마셔 댔죠. 사람이 완전히 망가졌어요."

"하지만 결국에는 진정을 했겠죠."

"그래 보였어요, 선생님. 하지만 계속 주위에서 어슬렁거렸죠. 그 사람 눈에 이상한 기운이 흐르는 것 같았어요. 마님한테 경고를 했지만 그냥 웃어넘기더군요. 아씨는 자기 힘을 과시하는 걸 워낙 좋아하니까요, 제 말이 무슨 뜻인지 아시겠죠?"

"그럼요. 무슨 뜻인지 잘 알고 있습니다."

푸아로는 진지하게 대답했다.

"최근에는 마틴 씨를 자주 보지 못했어요, 제가 보기에는 잘 된 일이었죠. 그도 슬슬 극복하고 있는 것처럼 보이거든요. 그러길 바라고요."

"어쩌면요."

푸아로의 그 단어를 듣고 놀란 것 같았다. 그녀는 걱정스러운 말투로 물었다.

"지금 아씨가 위험에 처해 있다는 건가요?"

푸아로가 엄숙하게 답했다.

"그렇습니다. 아주 위험한 상황에 처해 있다고 생각해요. 하지만 스스로 자초한 거죠."

그는 손으로 난로 선반을 쓰다듬다가 장미 화병을 건드렸다. 화병은 바닥에 떨어져 깨졌고, 물이 엘리스의 얼굴과 머리에 튀었다. 나는 푸아로가 그런 실수를 하는 것을 거의 보지 못했기 때문에 그가 심적으로 매우 동요하고 있다는 것을 짐작할 수 있었다. 그는 몹시 당황하면서 수건을 가져와서 얼굴과 목을 닦는 것을 거들며 수도 없이 사과를 했다.

마침내 그는 지폐 한 장을 건네주고는 그녀를 문까지 배웅해 주더니 여기까지 찾아와 주어 무척 감사한다고 말했다.

"하지만 늦지는 않았죠? 아씨가 돌아오기 전까지는 갈 수 있을 겁니다."

그는 시계를 보며 말했다.

"오! 그건 괜찮아요, 선생님. 아씨는 늦은 저녁을 먹으러 갈 테니까요. 그리고 특별한 일 아니면 제가 늦게까지 깨서 기다리길 원치도 않고요."

느닷없이 푸아로의 말이 옆길로 샜다.

"마드무아젤, 그런데요, 다리를 좀 저시는군요."

"아무것도 아니에요, 선생님. 발바닥이 좀 아파서요."

"티눈인가요?"

푸아로는 자기도 그 고통을 충분히 짐작한다는 듯이 중얼거렸다.

그것은 티눈이 맞았다. 푸아로는 스스로가 신통한 효험을 본 바 있었던 치료법을 상세히 설명해 주었다.

엘리스가 돌아갔다.

나는 호기심에 가득한 얼굴로 물었다.

"어떻게 된 거죠, 푸아로? 잘 된 건가요?"

그는 조바심 내는 나를 보고 웃기만 했다.

"오늘 밤은 이만하기로 하세, 친구. 내일 아침 일찍 재프에게 전화를 할 거야. 여기 오라고 해야지. 또 브라이언 마틴에게도 전화를 할 거네. 우리에게 재미난 이야기를 들려줄 거야. 또 나도 그에게 진 빚을 갚아야 하고."

"네?"

나는 푸아로를 곁눈질로 보았다. 그는 당최 속을 알 수 없는 미소를 짓고 있었다.

"아무튼 브라이언 마틴에게 에지웨어 경의 살인 혐의를 씌울 수는 없어요. 오늘 밤 들은 이야기가 있잖습니까. 제인에게 유리해지잖아요. 대체 어느 남자가 여자의 남편을 죽여서 다른 남자와 결혼하게 만들겠어요?"

"아! 저 심오한 통찰력!"

"빈정거리지 좀 말아요. 그리고 아까부터 뭘 그렇게 만지작거리는 겁니까?"

나는 짜증을 내며 말했다.

푸아로는 그 문제의 물건을 눈앞에 들어 보였다.

"착한 엘리스의 코안경이야, 친구. 여기에 놔누고 갔네."

"그럴 리가! 나갈 때 코에 걸치고 있었어요."

그는 고개를 부드럽게 저었다.

"아니지! 전혀 아니지! 나의 친구 헤이스팅스, 그녀가 아까 끼고 나간 건 말이야, 우리가 칼로타 애덤스의 핸드백에서 찾아낸 그 코 안경이라네."

나는 숨을 몰아쉬었다.

# 푸아로가 입을 열다

다음 날 아침 재프 경감에게 전화를 거는 일은 내 몫이었다. 그는 다소 의기소침한 목소리로 전화를 받았다.

"오! 당신이군, 헤이스팅스 대위. 무슨 바람이 불어서 나에게 전화를 다 하셨나?"

나는 푸아로의 말을 전했다.

"11시에 오라고요? 뭐, 갈 수 있을 것 같소. 로스라는 젊은이의 죽음에 관해서 뭐 아는 것 없소? 솔직히 말해서 감을 잡질 못하겠소. 단서라고는 하나도 없고. 정말 수수께끼 같은 사건이라니까."

"아마 해 줄 말이 있긴 할 겁니다. 자기가 찾아낸 결과에 무척 만족하는 눈치에요."

나는 자신은 없었지만 일단 이렇게 말해두었다.

"나보다는 낫군. 그래, 헤이스팅스. 곧 가겠소."

다음 임무는 브라이언 마틴에게 전화 하는 것이었다. 그에게는 푸아로가 시킨 그대로, 마틴이 듣고 싶어할 만한 재미있는 사실을 발견했다고 말했다. 그것이 무엇이냐는 물음에는 나도 모른다고 답했다. 사실 푸아로는 나에게조차 털어놓질 않았었다. 잠시 침묵이 이어졌다.

"알겠습니다. 가지요."

브라이언은 마침내 이렇게 말하고 전화를 끊었다.

또한 놀랍게도 푸아로는 직접 제니 드라이버에게 전화를 걸어 참석해 달라고 부탁하고 있었다.

그는 침착했고 매우 엄숙했다. 나는 그에게 아무 질문도 하지 않았다.

브라이언 마틴이 가장 먼저 도착했다. 그는 건강해 보였고 활기에 차 있었지만 기분 탓인지 약간 불안한 기색이 감돌았다. 제니 드라이버가 바로 그 뒤를 따라 들어왔다. 그녀는 브라이언을 보고 무척 놀란 눈치였고 그 또한 마찬가지였다.

푸아로는 의자 두 개를 가져와서 앉으라고 권했다. 그는 시계를 흘끗 보았다.

"재프 경감도 자리에 함께할 겁니다."

"재프 경감이요?"

브라이언은 흠칫했다.

"그래요. 친구로서 비공식적으로 와 달라고 부탁했죠."

"그렇군요."

그는 침묵 속으로 빠졌다. 제니는 그를 슬쩍 바라보았다가 다시 눈길을 돌렸다. 그녀는 이날 아침 뭔가 다른 일에 정신이 팔린 것 같았다.

잠시 후 재프가 방으로 들어섰다. 그도 브라이언 마틴과 제니 드라이버가 와 있는 것을 보고 놀랐을 테지만 내색은 하지 않았다. 그는 평소처럼 익살을 떨며 푸아로에게 인사했다.

"푸아로, 이게 다 무슨 일이라지? 기발한 이론이라도 발표할 예정인가 보군."

푸아로는 그를 보고 활짝 웃었다.

"아니, 아니야. 기발한 건 없어. 그냥 단순한 이야기일 뿐이지. 너무 단순해서 단번에 알아보지 못한 게 억울할 뿐이라네. 자네만 허락한다면 내가 사건의 경위를 처음부터 잘 설명해 주지."

재프는 한숨을 쉬고 시계를 보았다.

"한 시간 내로 끝내 준다면……."

"안심해도 된다네. 그렇게 오래 걸리지 않을 거야. 이보게, 자네는 누가 에지웨어 경을 죽였고 누가 애덤스 양을 죽였는지, 또 누가 도널드 로스를 죽였는지 궁금하지 않나?"

"마지막 사건은 알고 싶네."

재프가 조심스럽게 말했다.

"내 말을 들어보게. 그러면 다 알 수 있을 테니. 이제부터 나는 겸손해질 작정이네."

아무려면 그런 일이! 나는 그 말을 믿을 수 없었다.

"나는 이제 전 과정을 설명할 거야. 내가 얼마나 눈이 어두웠고 내가 얼마나 바보 멍청이 같은 짓을 저질렀는지, 또 내 친구 헤이스팅스와의 대화와 낯선 사람이 내뱉은 한 마디가 나를 어떻게 바른 길로 인도했는지에 대해 모두 털어 놓을 거야."

그는 잠시 말을 멈추고 목청을 가다듬은 다음 내가 소위 '강의용'이라고 부르는 목소리로 이야기를 하기 시작했다.

"우선 사보이 호텔에서의 저녁 파티부터 시작하지요. 에지웨어 부인이 저를 불러 개인적으로 할 말이 있다고 했죠. 그러고는 남편을 제거해 버리고 싶다고 했습니다. 우리의 대화가 끝날 즈음 그녀는 참 경솔하게도 택시를 잡아타고 집에 쳐들어가서 죽여 버릴 거라는 말을 서슴없이 내뱉었습니다. 그때 방에 들어오던 브라이언 마틴 씨가 그 말을 듣게 됐고요."

그는 사람들을 빙 둘러보았다.

"자, 내 말이 맞죠?"

"우리 모두 들었습니다. 위드번 부부도 들었고 마시도 들었고 칼로타도 그 자리에 있던 모두가요."

영화 배우가 말했다.

"오! 저도 압니다. 그 말에 동의합니다. 에 비엥(그리고) 에지웨어 부인의 그 말을 잊으려 해도 잊을 수가 없더군요. 브라이언 마틴 씨가 다음 날 아침 그 말을 상기시켜 주기 위해서 저를 찾아오기까지 했으니 말이죠."

"거 참 무슨 말씀을, 저는 그저……."

브라이언 마틴이 화난 말투로 말했다.

"그래요. 당신은 표면상으로는 미행을 당했다는 허무맹랑한 이야기를 들고 왔지요. 하지만 그런 이야기엔 어린애들도 속지 않을 겁니다. 아마 옛날 영화에서 본 걸 잘 짜깁기했겠지. 어떤 여성의 허락을 구해야 한다는 둥, 금니 때문에 그 남자를 알아봤다는 둥 하면서 말이죠. 몬 아미, 요즘 세상에 어떤 젊은 남자가 금니를 하고 다닌답니까? 더군다나 미국에서 말이죠. 금니는 치과계에서는 이제 구닥다리로 여겨져요. 오! 그건 생각할 가치도 없는 부실한 이야기야. 그렇게 허무맹랑한 이야기를 하는 척 하면서 목적은 따로 있었던 게죠. 그건 바로 저한테 에지웨어 부인에 대한 나쁜 인상을 심어놓는 거였습니다. 보다 분명히 말하자면, 그녀가 남편을 죽일 때를 대비해 근거를 마련해 놓은 거지요."

"무슨 말씀을 하시는지 모르겠군요."

브라이언 마틴이 웅얼거렸다. 얼굴은 죽은 사람처럼 창백했다.

"당신은 그가 이혼에 동의할 거라는 생각을 비웃었지요! 다음 날 제가 만나러 갈 줄 알았지만 약속이 변경되었죠. 저는 바로 그날 아침에 그를 만나러 갔고 그가 이혼에 동의를 해 준 겁니다. 그러니 에지웨어 부인의 살인 동기는 사라졌다고 봐야 하죠. 게다가 그는 에지웨어 부인에게 그 같은 내용으로 편지까지 썼다고 말해 주었어요.

하지만 에지웨어 부인은 절대 받지 않았다고 맹세하더군요. 그러니 둘 중에 하나는 거짓말을 하고 있다는 게 아니면 누군가 편지를 중간에서 가로챈 것이겠지요. 그게 누굴까요?

저는 지금에서야 스스로에게 물어봤습니다. 왜 브라이언 마틴이 군이 나를 찾아와 그런 헛소리를 늘어놓은 걸까? 어떤 내면의 힘이 그를 이끌었던 걸까? 그리고 한 가지 가정을 세웠습니다, 무슈. 당신이 그 여자를 미친 듯이 사랑하고 있다는 거죠. 에지웨어 경은 한때 부인이 배우와 결혼하고 싶어 했다고 말한 적이 있어요. 사실 그럴 예정이었는데 부인이 변심했다고요. 이혼에 동의하는 에지웨어 경의 편지가 도착할 즈음엔 그녀가 결혼하고 싶어 하는 사람은 이미 다른 인물이었습니다. 당신이 아니라! 그러니 당신이 중간에 그 편지를 가로챌 이유가 충분하지요."

"저는 절대 그런……."

"앞으로 하고 싶은 말을 모두 하게 될 겁니다. 그러니 지금은 일단 제 이야기부터 들어요.

그때 당신 심경은 어땠을까요? 평생 실연이라고는 모르고 살았던, 여성들의 우상인 당신의 심경 말입니다. 좌절과 격정에 사로 잡혀 에지웨어 부인을 파멸시켜 버리고 싶은 욕망이 들끓어 올랐겠죠. 그렇다면 살인 혐의를 씌우는 것, 나아가 교수형을 당하게 하는 것보다 더 효과적인 복수가 또 있을까요?"

"하느님 맙소사!"

재프가 외쳤다. 푸아로는 그를 향해 돌아섰다.

"그래, 그것이 내 마음에 조금씩 자리 잡아 가던 견해일세. 몇 가지가 내 견해를 뒷받침해 줬지. 칼로타 애덤스는 제법 가까운 두 명의 이성 친구가 있었어. 마시 대위와 브라이언 마틴이지. 그 둘 중

재력이 있는 브라이언 마틴이 만 달러라는 거금을 제시하면서 장난질을 부탁했겠지. 애덤스 양은 마시 대위가 만 달러를 줄 것이라고는 믿지 않았을 거야. 그가 재정적으로 얼마나 곤란한 처지였는지 잘 알았으니까. 그러니 브라이언 마틴이 그 배후의 인물일 가능성이 크지."

"그게 아닙니다. 제가 말했잖아요……."

그 영화배우가 목쉰 소리로 말했다.

"애덤스 양이 동생에게 보낸 편지가 워싱턴에서 전보로 왔을 때……. 아! 저는 정말 화가 났어요. 제 추론이 완전히 틀렸다는 걸 보여 줬거든요. 나중에 실제 편지를 받아보고서야 편지 한 장이 중간에 찢겼다는 것을 알아낸 겁니다. 그래서 편지에서의 '그'가 마시 대위가 아닌 다른 남자를 가리킨다는 사실도 파악했지.

또 하나의 증거가 있습니다. 마시 대위가 체포되던 날 그는 브라이언 마틴이 집으로 들어가는 것을 본 것 같다고 진술했습니다. 이미 기소된 사람이 한 진술이니 별 무게를 두지 않았죠. 또 마틴 씨에게는 알리바이가 있었으니. 당연히 그랬겠지! 그래야만 하니까. 만약 마틴이 살인을 저질렀다면 알리바이 조작이 절대적으로 필요했겠지요. 그리고 그 알리바이는 단 한 명, 드라이버 양만이 확인해 주었고요."

"그게 어쨌다는 거죠?"

여자가 날카롭게 반박했다.

"아니죠, 마드무아젤."

푸아로가 웃으며 말했다.

"당신은 요전 날 마틴 씨와 점심을 들고 있다가 일부러 우리에게 건너와 당신 친구 애덤스 양이 로널드 마시에게 관심을 보였다는 이야기를 해 주었죠. 제가 생각하기에는 브라이언 마틴이었지만 말입니다."

"말도 안 됩니다."

그 영화배우는 단호하게 말했다.

"당신은 아마 눈치 못 챘을 수도 있습니다, 무슈."

푸아로가 침착하게 말했다.

"하지만 저는 그랬을 거라고 생각합니다. 그녀가 에지웨어 부인을 싫어했다는 것만으로도 충분히 설명이 되지. 그건 바로 당신 때문이었어요. 당신이 실연당한 이야기를 그녀에게 했었죠, 그렇지 않나요?"

"맞습니다. 그래요. 저에겐 누군가 털어놓을 사람이 필요했습니다. 그녀는……."

"그래요. 마음이 따뜻했어요. 동정심이 있었죠. 저 또한 그 점을 느낀 바 있습니다. 에 비엥(그러면), 그 다음은 어떻게 되었을까? 로널드 마시가 체포되었습니다. 이내 당신은 기운을 차렸겠지. 당신의 불안감은 사라진 겁니다. 물론 에지웨어 부인이 마지막 순간 변덕을 부려 파티에 가 버리는 바람에 계획이 완전히 틀어졌지만 다른 누군가가 희생되었으니 당신 입장에서는 불안에 떨 필요가 없었죠. 하지만 그러던 중 오찬 모임에서 그 명랑하지만 좀 어리석은 도널드 로스가 헤이스팅스에게 말을 건네는 걸 본 당신은 아직 안심할 처지가 못 된다는 것을 느낀 겁니다."

"사실이 아닙니다."

영화 배우는 고함쳤다. 그의 얼굴에 식은땀이 주르륵 흘러내렸고 눈은 공포에 젖어 있었다.

"전 아무 말도 듣지 못했습니다. 안 들었어요. 전 아무것도 안 했다구요."

그 다음, 내가 생각하기에 그날 아침을 통틀어 가장 충격적인 장면이 이어졌다.

"알아요. 그 말이 맞습니다."

푸아로가 조용히 말했다.

"이제 당신은 다른 누구도 아닌, 에르퀼 푸아로에게 감히 얼토당토않은 이야기를 꾸며 낸 일에 대한 보상은 충분히 받은 것 같군요."

우리 모두 숨조차 제대로 쉬지 못했다. 푸아로는 계속 나른한 목소리로 말을 이었다.

"이제 모두들 봤겠죠. 이제까지는 저의 실수들만을 나열한 겁니다. 그동안 저는 다섯 개의 질문을 만들어 봤습니다. 헤이스팅스도 잘 알고 있죠. 그 중 세 가지는 잘 들어맞았어요. 누가 그 편지를 가로챘을까? 확실히 브라이언 마틴이라면 대답이 됐죠. 그리고 왜 에지웨어 경은 갑자기 마음을 바꿔 이혼에 동의한 걸까? 나름대로 해답이 있었습니다. 그걸 뒷받침해 줄 증거는 없지만 그가 다른 누군가와 결혼하고 싶었을 수도 있습니다. 그게 아니라면 그가 협박을 받았을 수도 있고요. 에지웨어 경은 특이한 취향을 가진 사내였습니다. 세상에 드러나면 안 될 비밀이 있었겠죠. 영국에서는 아내에게 이혼의 권리가 주어지지 않지만 그 아내는 그 사실을 공표하겠다고 협박하면서 그를 움직이는 무기로 사용했을 거고요. 그랬을 가능성이 높아요. 에지웨어 경은 스캔들 기사 속에 자기 이름이 오르내리는 것을 원치 않았을 테니까요. 그는 포기했습니다. 그렇기 때문에 사람들의 눈이 없는 줄 알고 흉악한 표정을 지은 거고요. 그러면 제가 묻기도 전에 '아내의 편지 내용 때문은 아니오.'라고 수상할 정도로 서둘러 얼버무린 것도 설명이 되죠.

두 가지 질문이 남았습니다. 애덤스 양의 핸드백 속에 들어 있던 주인을 알 수 없는 코안경이 있었죠. 그리고 에지웨어 부인이 치스윅의 디너파티에 있을 때 걸려온 전화에 관한 의문도요. 이 두 가지 모두 브라이언 마틴과는 결부시킬 수가 없었죠.

그래서 저는 브라이언 마틴을 범인으로 지목한 제가 틀렸거나 질문 자체가 틀렸다는 잠정적인 결론을 내렸습니다. 절망감에 빠져서 애덤스 양의 편지를 다시 한 번 읽어 봤습니다. 그리고 뭔가 찾아냈지요! 그래요. 나는 찾아냈습니다!

여러분도 한번 보시지요. 여기 있습니다. 여기 종이가 찢어졌죠? 들쭉날쭉하게 찢겨나갔어요. 이제 여기 'h' 앞에 's'가 하나 더 붙어 있다고 가정해 봅시다.

바로 그겁니다! 이제 알겠죠. 그(he)가 아니라 그녀(she)였던 겁니다. 칼로타 애덤스에게 그런 장난을 제안한 것은 여자였던 겁니다.

그래서 저는 간접적으로라도 이 사건과 관련된 여성은 모두 열거해 보았습니다. 제럴딘 마시, 캐롤 양, 미스 드라이버, 그리고 머튼 공작 부인. 이렇게 네 명이죠. 이중에서 가장 제 흥미를 끈 건 캐롤 양이었습니다. 그녀는 안경을 썼으며 사건 당일 밤 집에 있었습니다. 또 에지웨어 부인을 범인으로 몰아 넣을 수 있는 부정확한 증언을 하기도 했죠. 또 그녀가 가진 용기와 수완을 볼 때 능히 범죄를 저지를 수 있는 인물 같았거든요. 하지만 동기가 애매했습니다. 하지만 어쨌건 그녀가 에지웨어 경과 몇 년간 일하는 중에 우리가 짐작도 하지 못하는 어떤 동기가 존재했을 수도 있으니까요.

또한 제럴딘 마시도 완전히 제외하지는 못했습니다. 제게 그렇게 말한 대로 아버지를 극도로 싫어했죠. 신경과민에 흥분하기 쉬운 성격이고요. 그녀가 그날 밤 아버지를 찌르고 냉정하게 계단으로 올라간 다음 진주를 가지고 왔다고 상상해 보십시오. 또 그때 그토록 사랑하는 사촌이 택시에 그냥 있지 않고 집 안에 들어와 있는 걸 발견하고 얼마나 놀랐을지 생각해 보세요.

그녀의 흔들리던 태도는 이것만으로도 충분히 설명이 됩니다. 그녀 자신이 죄가 없어서일 수도 있지만 사촌이 정말 범죄를 저질렀을지도 모른다는 공포심에서 나왔을 수도 있지요. 또 사소하지만 주목해야 할 점이 있어요. 애덤스 양의 가방에서 발견된 금색 상자에는 D라는 이니셜이 새겨져 있었죠. 그의 사촌이 제럴딘에게 가끔 '디나'라고 부르는 걸 들었습니다. 또 그녀도 작년 11월에 파리의 수도원에 있었으니 파리에서 칼로타 애덤스를 만났을 수도 있죠.

이 명단에 공작 부인을 넣은 것은 지나친 망상이 아니냐고 할 사람이 있을지도 모르겠습니다. 하지만 그녀가 저를 찾아왔을 때 저는 그녀가 광적인 기질을 가졌다는 걸 알았습니다. 그녀는 자기 인생 전부를 아들에게 걸고 있더군요. 아들의 인생을 망치려는 여자를 제거할 계획 정도는 충분히 세울 수 있지요. ……그리고 드라이버 양이 있습니다."

그는 말을 멈추고 제니를 바라보았다. 그녀도 건방진 태도로 고개를 갸웃거리면서 그의 눈을 정면으로 마주보았다.

"그래서 저한테는 뭘 발견하셨죠?"

"아무것도 없어요, 마드무아젤. 당신이 브라이언 마틴의 친구라는 점과 또 당신의 성이 D로 시작된다는 것밖에는."

"별 것 아니군요."

"또 하나가 있지요. 당신에겐 그런 범죄를 저지를 만한 두뇌와 대담함이 있죠. 달리 누군가가 그런 자질들을 갖고 있을지는 모르겠습니다."

여자는 담뱃불을 붙이더니 명랑하게 덧붙였다.

"계속하세요."

"마틴의 알리바이가 진짜일까 가짜일까? 저는 그걸 결정해야 했습니다. 만약 진짜라면 로널드 마시가 봤다는 남자는 누굴까? 그때 한 가지가 생각났어요. 리전트 게이트에서 일하던 잘생긴 집사가 마틴과 매우 닮았었지요. 마시 대위가 봤다는 남자는 바로 그 사람이 되는 겁니다. 그래서 그에 관련한 가설도 세워 보았죠. 그가 주인이 죽어 있는 것을 발견했다고 합시다. 주인의 시체 옆에는 100파운드 상당의 프랑스 지폐가 든 봉투가 놓여 있었습니다. 집사는 이것들을 주머니에 넣고 집 안을 빠져나와서 같은 패거리 집에 안전하게 맡겨놓고는 다시 들어온 거예요. 에지웨어 경의 열쇠를 갖고서 말이죠. 그리고 다음 날 아침 가정부가 경의 죽음을 발견할 때까지 내버려 둔 겁니다. 그는 에지웨어 부인이 범죄를 저질렀다고 거의 확신했으니 자기 신변의 위험은 느끼지 않았겠죠. 그리고 도난 사실이 발견되기 전에 돈은 이미 집 밖으로 옮겨져 다른 화폐로 바뀌었을 테고요. 하지만 에지웨어 부인에게 알리바이가 있었고 런던 경시청이 그의 뒷조사를 하기 시작하니까 겁을 먹고 줄행랑을 쳐 버린 겁니다."

재프는 그 말에 동의한다는 듯이 고개를 끄덕였다.

"아직 코안경 문제가 남아 있어요. 캐롤 양이 주인공이라면 이번 사건은 해결된 거나 마찬가지죠. 그 편지를 중간에 가로챘을 수도 있고 칼로타 애덤스와 계획을 짜거나 살해 전에 만났을 때 그 코안경이 핸드백 안에 들어가 있게 된 걸 수도 있지.

하지만 그 코안경은 캐롤 양과는 관련이 없었어요. 그때 전 맥이 빠진 채 헤이스팅스와 걸어오면서 어떻게든 질서와 체계에 맞게 생각들을 정리하려고 애쓰고 있었죠. 그러다가 기적이 일어난 겁니다!

일단 헤이스팅스가 어떤 순서에 따라 이야기를 하기 시작했어요. 그는 도널드 로스가 몬태규 코너의 집에서 앉아 있던 13명 중에 하나였고 그가 자리를 가장 먼저 떴다는 말을 했습니다. 저는 그때만 해도 생각에 몰두해 있느라 별로 주의를 기울이지 않았어요. 그때는 말 그대로 그게 사실이 아니라는 생각이 스쳐 지나갔죠. 디너파티 후에 가장 먼저 자리에서 일어난 게 로스일지는 모르지만 실제로 가장 먼저 일어난 건 전화를 받기 위해 일어난 에지웨어 부인이었습니다. 그녀를 생각하니까 어떤 수수께끼가 떠오르더군요. 어린애 같은 정신세계를 갖고 있는 그녀와 아주 잘 어울리는 수수께끼죠. 저는 그것을 헤이스팅스에게 이야기했습니다. 그는 마치 빅토리아 여왕처럼 별로 재미있어하지 않았죠. 저는 마틴이 제인 윌킨슨에 대해 갖고 있는 감정을 누구에게 물어야 하나 고심하고 있었죠. 그녀는 말해 줄 것 같지 않았으니까요. 그때 우리와 함께 길을 건너던 행인이 어떤 단순한 문장을 말했죠. 누군가 자기 여자 친구한테 '엘리스에게 물어봤어야 했다'고 한 겁니다. 바로 그때 사건의 전모가 제 눈 앞에 번개처럼 지나갔습니다!"

그는 주위를 둘러보았다.

"그래요, 그래. 코안경, 전화, 파리에서 금색 상자를 찾아간 키 작은 부인, 엘리스. 물론 제인 윌킨슨의 하녀 말이죠. 저는 사건의 지난 모든 과정들을 하나하나 밟아 보았습니다. 촛불, 희미한 불빛, 반 듀센 부인. 그 모든 것들을 저는 알게 되었던 겁니다!"

## 사건의 전말

그는 우리를 둘러보았다.

"이리 와요, 친구들."

그가 온화한 음성으로 말했다.

"그날 밤 무슨 일이 일어났는지에 대해 이야기해 주겠습니다. 칼로타 애덤스는 7시경에 아파트를 떠났어요. 거기서 택시를 타고 피카디리 펠리스 호텔로 갔죠."

"뭐라고요?"

내가 소리쳤다.

"피카디리 펠리스. 그날 오전에 그녀는 반 듀센 부인이라는 이름으로 방을 잡아 놓았죠. 그녀는 도수 높은 안경을 쓰고 있었는데 아시다시피 그러면 외모가 확연히 달라 보이죠. 앞서 말씀드린 것처럼 방을 미리 예약했던 그녀는 그날 밤 야간열차로 리버풀에 갈 예정인데 짐은 모두 부쳤다고 이야기해 놓았습니다. 8시 30분, 에지웨어 부인이 도착했고 애덤스 양을 방문합니다. 그 방으로 안내됐겠죠. 그리고 그들은 서로 옷을 갈아입습니다. 칼로타는 제인의 금발 머리 가발을 쓰고 흰 호박단 드레스와 담비 숄을 걸치죠. 그리고 칼로타 애덤스는 제인 윌킨슨이 되어 호텔을 나가 치스윅으로 떠납니다. 그래요, 그래요. 가능합니다. 저는 저녁에 그 집에 가 본 적이 있어요. 만찬 테이블은 촛불로만 밝혀져 있고 조명이 어둡습니다. 제인 윌킨슨을 잘 아는 사람은 없었어요. 금발 머리에 그 유명한 허스키 보이스, 특징적인 행동만 따라하면 되는 겁니다. 오! 식은 죽 먹기였을 겁니다. 그리고 만약 실패했을 경우, 그러니까 누군가 그녀가 가짜인 걸 알아채는 경우를 대비해서도 미리 각본을 짜 놓았겠죠. 한편 에지웨어 부인은 칼로타의 옷을 입고 검은색 가발 및 코안경을 쓴 다음에 돈을 지불하고는 서류 가방을 들고 택시에 올라타 유스턴으로 향합니다. 화장실에서 검은색 가발을 벗고 서류 가방을 수화물 취급소에 맡기죠. 리전트 게이트로 가기 전에 치스윅에 전화를 걸어서 에지웨어 부인을 바꿔 달라고 합니다. 사전에 약속되어 있던 일이겠죠. 만약 일이 무사히 진행되고 칼로타가 들키지 않았다면 그냥 간단히 '맞는데요.'라고 대답하기만 하면 된 겁니다. 나는 애덤스 양은 그 전화가 걸려온 진짜 이유를 전혀 몰랐을 거라고는 생각합니다. 그 말을 들은 후 에지웨어 부인은 갈 길을 가죠. 리전트 게이트로 가서 에지웨어 경을 만나겠다고 한 다음 자기 신분을 밝히고 서재로 들어가죠. 그리고 첫 번째 살인을 저지릅니다. 물론 그녀는 캐롤 양이 문을 들어서는 자신의 모습을 위에서 지켜보고 있는 줄은 몰랐습니다. 또한 열두 명이나 되는 유명 인사의 증언 대 집사 한 명의 증언이 되리라는 점을 낙관하면서도, 그녀는 집사의 시선을 피하기 위해 모자를 쓰는 치밀함을 보였죠.(한편 집사는 에지웨어 부인을 예전에 한 번도 보지 못했다는 사실을 기억하십시오.)

그녀는 집을 떠나서 유스턴으로 돌아와 금발에서 검은 머리로 변장한 다음 서류 가방을 들고 갑니다. 이제는 칼로타 애덤스가 치스윅에서 돌아오기 전까지 시간을 때워야 했죠. 둘은 적당한 시간에 약속을 해 놓았을 겁니다. 그녀는 코너 하우스로 갔고 가끔 시계를 보면서 시간이 지나기를 기다렸죠. 그러면서 두 번째 살인을 준비합니다. 그녀는 파리에서 주문한 금색 상자를 칼로타 애덤스가 갖고 다니던 가방 속에 집어넣었어요. 그러다가 편지를 발견한 거죠. 주소를 보자마자 위험한 냄새를 맡은 그녀가 열어 보니 아니나 다를까 의심한 대로의 내용이었던 겁니다.

아마 처음에는 그냥 편지를 없애 버리고 싶은 충동을 느꼈겠죠. 하지만 더 좋은 방법을 생각해 냈습니다. 편지의 한 페이지만 찢어 버리면 로널드 마시에게 죄를 뒤집어씌울 수 있었거든요. 아주 강력한 동기를 갖고 있는 남자이기도 하죠. 로널드 대위에게 알리바이가 있다고 해도 어쨌건 'she'의 's'를 찢어냈으니 의심받는 건 남자가 되겠죠. 그렇게 편지를 조작한 다음 다시 봉투에 넣고 봉투는 핸드백에 넣었죠.

그리고 시간이 되자 사보이 호텔 쪽으로 걸어갑니다. 자동차가

지나가고 (가짜) 제인이 그 안에 있는 것을 보고는 서둘러서 거의 동시에 들어가 계단을 올라갑니다. 별로 눈에 띄지 않은 검은색 드레스를 입었으니 누가 그녀를 알아볼 일은 별로 없었죠.

위층으로 올라가 방으로 들어갑니다. 칼로타 애덤스가 이제 막 도착해 있었죠. 애덤스 양의 가정부에게는 귀가를 기다리지 말고 평상시처럼 먼저 잠자리에 들라는 말을 해 놓았고요. 그들은 다시 옷을 바꿔 입습니다. 아마 그때 에지웨어 부인이 자축하는 의미에서 음료를 권했겠죠. 그 음료 안에 다량의 베로날이 들어 있었습니다. 그녀는 자기의 희생자를 위해 건배를 들고 다음 날 수표를 보내주겠다고 약속한 겁니다. 칼로타 애덤스는 호텔을 떠나 자기 집으로 갔습니다. 매우 졸리고 피곤했을 겁니다. 원래는 빅토리아에 사는 친구인 마틴 씨나 마시 대령에게 전화를 걸려고 했을 겁니다. 하지만 그냥 그렇지 않기로 하죠. 말을 하지 못할 정도로 피곤했으니까. 베로날이 효력을 발휘하기 시작한 겁니다. 그런 다음 잠자리에 든 그녀는 두 번 다시 깨어나지 못합니다. 두 번째 범죄도 성공적으로 이루어졌습니다.

이제 세 번째 범죄죠. 오찬 파티에서였습니다. 몬태규 코너 경이 살인이 일어났던 밤에 에지웨어 부인과 나누었던 대화에 대해 언급한 일이 있었습니다. 그거야 은근슬쩍 넘어가면 되는 문제였죠. 하지만 복수의 여신 네메시스가 그녀를 덮친 겁니다. 좌중에 '파리스의 심판'이라는 말이 나왔을 때 그녀는 그 파리스를 자기가 아는 유일한 파리, 패션과 유행의 본고장 파리로 해석하지요!

하지만 맞은편에는 치스윅에서도 저녁을 함께 들었던 젊은이가 앉아 있었습니다. 에지웨어 부인이 그날 밤 호머와 그리스 문명의 전반에 대해 유창하게 논하는 것을 들었던 청년이죠. 칼로타 애덤스는 교양 있고 독서량도 풍부한 여성이었거든요. 그는 이해가 되질 않았어요. 그래서 빤히 쳐다만 보고 있었습니다. 그리고 이런 생각에 다다른 거죠. 이 여자는 그 여자가 아니야. 그는 무척 당황했지만 확신이 서진 않았죠. 그래서 조언을 구하려 한 그는 저를 생각해 내고 헤이스팅스에게 말을 걸죠.

하지만 문제의 여인이 그의 말을 엿듣습니다. 눈치 빠르고 빈틈없는 여인은 어떤 식으로든 그가 자기를 고해바칠 것이라는 걸 직감했죠. 그녀는 헤이스팅스가 제가 5시까지는 들어오지 않는다고 말하는 것을 들었습니다. 그래서 4시 40분에 로스의 아파트로 갔죠. 그가 문을 열어 주었겠죠. 그녀를 보고 놀랐을 테고요. 하지만 청년 로스에게 두렵다는 생각은 아예 들지 않았겠죠. 사지 멀쩡하고 신체 건강한 젊은이가 연약한 여자를 두려워할 리가 있겠습니까? 그는 그녀를 식당으로 안내했어요. 그녀는 쓸데없는 소리들을 지껄여 댔겠죠. 그리고 무릎을 꿇고 그의 목에 팔을 감았을 겁니다. 그런 다음 순식간에 정확하게 목을 찌른 겁니다. 예전과 똑같이요. 아마 그는 소리도 내지 못하고 죽었을 겁니다. 그도 이제 침묵을 지키게 된 겁니다."

침묵만이 흘렀다. 재프가 쉰 목소리로 말했다.

"그러면 이 모든 것이 그녀의 소행이란 말인가?"

푸아로는 고개를 끄덕였다.

"하지만 왜 그랬지? 에지웨어 경은 기꺼이 이혼해 주겠다고 하질 않았나?"

"머튼 공작이 영국 가톨릭계의 중심인물이었기 때문이지. 그는 아마 남편이 살아 있는 여자와 결혼할 생각은 추호도 없었을 거네. 그는 광신적으로 교리를 지키는 젊은이야. 만약 과부가 된다면 그 남자와 결혼할 수 있었겠지. 물론 그녀는 이혼으로 설득해 보려고 했겠지만 공작은 꿈쩍도 하지 않았을 걸세."

"하지만 왜 자네를 에지웨어 경에게 보낸 거지?"

"아! 파블로(물론이지)!"

푸아로는 영어를 정확하게 구사하다가도 난데없이 본래 모습으로 돌아가곤 했다.

"내 눈 앞에 장막을 쳐 놓으려는 거였어! 나를 자신에게 살인 동기가 없다는 사실의 증인으로 만든 거야. 그래, 감히 나 에르퀼 푸아로를 자기 앞잡이로 만들었다니까! 마 푸아(틀림없어). 게다가 성공까지 했잖아! 아, 도대체 그 희한한 머릿속이 궁금해. 아이 같으면서도 교활하기 이를 데 없지. 게다가 그녀는 연기도 되잖나! 남편이 썼다는 편지 이야기를 듣고 처음 들어본다는 듯 놀라던 표정하며……, 절대 받아 본 적 없다고 딱 잡아떼던 때의 연기력을 보라고. 세 번의 살인을 저지르면서 양심의 가책을 털끝만큼이라도 느꼈을까? 천만의 말씀."

"제가 그녀가 어떤 사람인지 말했잖습니까?"

브라이언 마틴이 외쳤다.

"제가 말씀 드렸잖아요. 저는 그녀가 그 남자를 죽이게 될 줄 알았습니다. 느낌이 왔다고요. 하지만 그러고도 쏙 빠져나갈 것 같아서 걱정됐어요. 아주 영리한 여자거든요. 멍청한 것 같으면서도 실은 악마처럼 영특하다고요. 저는 그녀가 고통당하기를 원했어요. 고통스러워하는 모습을 보고 싶었다고요. 그 일로 교수형 당하는 꼴을 꼭 보고 싶었답니다."

그의 얼굴은 진홍빛으로 붉어졌고 목소리는 탁해졌다.

"진정해요, 진정해."

제니 드라이버였다. 그녀는 마치 공원에서 어린 아이를 달래는 보모처럼 말했다.

"그러면 D라는 이니셜과 11월 파리가 어쩌고 하는 말이 새겨진 금색 상자는 어떻게 된 건가?"

재프가 말했다.

"편지로 그걸 주문한 건 에지웨어 부인이었고, 자기 하녀 엘리스를 보내 가져오라고 한 게야. 엘리스는 그 포장을 받고 돈만 지불했겠지. 그 안에 뭐가 들었는지는 몰랐을 거야. 또 에지웨어 부인이 반 듀센으로 변장하기 위해서 엘리스의 코안경을 빌린 사실이 있었고. 그녀는 깜빡 잊고 코안경을 칼로타 애덤스의 핸드백에 놔둔 거네. 그게 한 가지 실수였지.

그때 생각난 거야. 내가 도로 한복판에 서 있을 때 말이지. 버스 운전사가 나한테 한 말은 예의와는 거리가 멀었지만 그 정도는 참

을 수 있을 정도의 가치가 있었다네. 엘리스! 엘리스의 코안경……,
엘리스가 파리에 상자를 가지러 갔다……. 엘리스는 바로 제인 윌
킨슨과 연결되지. 아마 그녀는 엘리스에게 코안경 외에도 다른 한
가지 물건을 빌렸을걸."

"그게 뭔가요?"

"티눈 자르는 칼."

순간 오싹하고 소름이 끼쳤다.

그리고 잠시 동안 침묵이 흘렀다.

재프는 믿고 있음이 확실해 보였지만 재차 확인했다.

"푸아로, 그게 사실인가?"

"그렇다네, 몬 아미."

그때 브라이언 마틴이 너무나 자기다운 말을 했다.

"그럼 이거 보세요."

그가 볼멘소리로 말했다.

"그러면 왜 하필 접니까? 왜 오늘 저를 여기까지 부른 거죠? 왜
그렇게 사람을 겁주고 그러세요?"

푸아로가 그를 냉정하게 바라보았다.

"벌주려고 그랬습니다, 무슈. 그렇게 오만방자하다니! 어떻게 감
히 에르퀼 푸아로와 머리싸움을 하겠다고 덤비는 거지?"

그때 제니 드라이버가 웃음을 터트렸다. 실컷 웃고 난 다음에야
이렇게 말했다.

"꼴좋네요, 브라이언."

그녀는 푸아로를 돌아보았다.

"범인이 로니 마시가 아니라서 정말 기뻐요. 저도 그 사람을 항상 좋아했거든요. 그리고 칼로타를 죽인 진짜 살인자가 밝혀져서 진심으로 기쁩니다. 그리고 여기 있는 브라이언이란 사람 말인데요, 푸아로 씨, 저는 이 사람과 결혼할 거예요. 이 사람이 할리우드 방식대로 2~3년에 한 번씩 결혼했다 이혼할 수 있을 거라 생각한다면 큰 오산일걸요. 저와 한번 결혼하면 끝까지 붙어 있어야 하니까요.

푸아로는 그녀의 단호한 턱과 불타는 머리카락을 바라보았다.

"아마 당신이라면 가능할 겁니다, 마드무아젤. 당신에게는 어떤 일이든 도전할 수 있는 용기가 있어요. 물론 '스타' 영화 배우와 결혼하는 일까지 말입니다."

# 인간의 수기

　나는 그로부터 2~3일 후 갑작스럽게 아르헨티나로 돌아가야 했다. 그래서 제인 윌킨슨을 다시는 보지 못한 채 신문을 통해서만 재판과 유죄 선고에 대한 정보를 알 수 있었다. 그녀는 모든 진실이 폭로되자 자제력을 잃고 광분했다고 하는데, 그건 뜻밖이었다. 그녀는 스스로의 교묘한 술수와 감쪽같은 연기에 자신이 넘쳤을 때는 전혀 실수를 하지 않았다. 그러나 누군가 진상을 밝히자 그녀의 자신감은 연기처럼 사라졌고 마치 어설픈 거짓말을 감추려는 아이처럼 무기력하게 굴복해 버렸다. 반대심문까지 하자 완전히 무너져 내렸다고 한다.

　그리하여 내가 방금 말했듯이 그 오찬 모임이 내가 제인 윌킨슨을 본 마지막 순간이 되고 말았다. 그러나 나는 그녀를 생각하면 언제나 같은 장면이 떠오르곤 했다. 사보이 호텔의 자기 방 거울 앞에

서서 화려한 검은 드레스를 몸에 대보던 그녀의 진지한 얼굴. 그것은 순수한 몰입이었고 나는 거기에만은 아무런 거짓이 없었다고 확신한다. 그녀는 완벽하게 자연스러웠다. 일단 계획은 성공했고 더 이상 불안이나 걱정 따위가 그녀를 파고들지 않았던 것이다. 나는 또한 그녀가 세 번의 범죄를 저지르면서 단 한순간도 후회한 적이 없으리라는 것을 확신한다.

나는 여기에 그녀가 자신이 죽은 후 푸아로에게 보내 달라고 한 편지를 싣고자 한다. 나는 이것이야말로 그토록 사랑스럽고, 또 그토록 비양심적인 그 여인을 더없이 훌륭하게 묘사해 주는 글이라고 생각한다.


푸아로 씨에게

근래 많은 생각을 하면서 당신에게 이 편지를 써야만 할 것 같은 느낌이 들었습니다. 가끔 당신이 맡았던 사건의 보고서를 신문에 발표한다는 것을 알고 있어요. 하지만 범인이 직접 쓴 기록을 발표하셨던 적은 없었던 것 같네요. 나는 세상 사람들에게 내가 정확히 어떻게 했는지 알리고 싶어요. 굉장히 주도면밀한 계획이었다고 자신하거든요. 사실 당신만 아니었다면 만사가 형통했을 텐데. 그 점만 생각하면 속이 좀 쓰리지만 어쩌겠어요. 당신도 해야 할 일을 한 건데요. 그리고 내가 이 글을 보내면 당신이 이걸 세상에 알려 주리라 믿어요. 꼭 그래 주실 거죠? 나는 사람들의 기억에 남고 싶단 말이에요. 내 생각에도 나는 정말 특이한 사람 같아요. 이곳에 있는 모는 사람들이 그렇게 생각하는 것 같지만요.

이 모든 건 미국에서 머튼 공작을 알게 되면서 시작되었어요. 내가 미망인이 되면 그 사람도 나와 결혼할 거란 걸 알았죠. 불행하게도 그는 이혼에 대해 아주 괴상한 편견을 갖고 있었거든요. 요리조리 설득해 보려고 했지만 소용이 없었어요. 그리고 워낙 변덕스러운 사람이라 너무 세게 밀어붙여서는 안 된다는 것도 알았죠.

그래서 방법은 남편이 죽어 주는 것밖에 없다는 걸 깨달았지만 어디서부터 시작을 해야 할지 몰랐어요. 미국에서라면 이런 일이 훨씬 쉬웠을 텐데 말이죠. 궁리하고 또 궁리했지만 뾰족한 수가 떠오르지 않았답니다. 그러던 중 칼로타 애덤스가 연기하는 걸 보는 순간 즉시 방법이 떠올랐어요. 그녀의 도움을 받으면 알리바이를 꾸밀 수 있을 테니까요. 그리고 그날 저녁 당신을 만났고 남편에게 당신을 보내 이혼을 부탁하자는 아이디어도 떠올랐죠. 동시에 나는 남편을 없애 버려야겠다는 말을 함부로 떠들고 다녔어요. 왜냐하면 아무리 옳은 말이라도 그렇게 바보처럼 떠벌리면 아무도 믿지 않는다는 걸 평소부터 깨닫고 있었거든요. 사실 계약할 때 많이 써먹던 방법이에요. 그리고 원래보다 더 멍청해 보이면 좋으면 좋았지 나쁠 것 없다고요.

칼로타 애덤스와 두 번째로 만났을 때 나는 그 제안을 꺼내 봤어요. 그냥 이건 내기라고 했더니 바로 걸려들더군요. 그녀가 나인 척하고 파티에 간 다음에 사람들을 제대로 속일 수만 있다면 만 달러를 주겠다고 약속했죠. 그녀는 굉장히 흥미를 보이더니 옷을 바꿔서 입자는 등 자기 나름대로 아이디어를 내놓기도 했답니다. 하지만 엘리스 때문에 내 방은 쓸 수 없었고 그녀의 집도 하녀 때문에 곤란했죠. 물론 그녀는 하녀가 무슨 상관인지 알지 못했어요. 그 점이 난감했지만 나는 그냥 '안 된다'고만 못 박았죠. 나를 좀 멍청하다고 보는 것 같긴 했지만 그녀는 승복했고 같이 호텔 계획을 짰죠. 나는 엘리스의 코안경을 가지고 갔고요.

물론 그녀도 없애 버려야 한다는 건 알았어요. 가엾긴 했지만 그래도 나를 그렇게 얄밉게 따라하다니. 그 연기는 정말 무례했다고요. 그 여자가 이용가치만 없었어도 있는 대로 화를 퍼부었을 거예요. 나는 자주 복용하지는 않지만 베로날을 갖고 있었고 일은 쉬웠죠. 그때 더 기가 막힌 아이디어가 스쳐 지나갔답니다. 그녀가 평소에도 상습적으로 베로날을 복용한 것처럼 꾸미면 훨씬 그럴듯하잖아요. 그래서 상자를 주문했어요. 내가 전에 받았던 것과 똑같은 걸로 골라 그녀의 이니셜과 헌사를 새겼죠. 그냥 아무 알파벳이나 이니셜로 갖다 붙이고 '파리, 11월'이라고 하면 사람들을 더욱 헷갈리게 할 수 있을 테니까요. 나는 리츠 호텔에서 점심을 먹으면서 상자를 주문한 후 엘리스한테 찾아오라고 했어요. 물론 엘리스는 그게 뭔지 몰랐죠.

그날 밤은 모든 것이 순조롭게 흘러갔어요. 엘리스가 파리에 있는 동안 티눈용 칼을 빌렸는데 아주 날카롭고 쓰기 편했거든요. 그 다음에 바로 가져다 놓았으니까 눈치도 못 챘을 거예요. 어디를 찌르면 즉사하는지는 샌프란시스코의 의사에게서 배웠답니다. 요신경이니 낭이니 그런 말을 했었는데요. 자칫해서 중요한 신경들이 집중되어 있는 골수를 찌르면 즉사할 수도 있다고 경고하더군요. 나는 그 정확한 지

점을 몇 번이나 다시 보여 달라고 졸랐어요. 언젠가는 유용하게 써먹을 거라고 생각했거든요. 영화에서 이 아이디어를 사용할 거라고 말해 두었죠.

칼로타 애덤스가 동생에게 편지를 쓴 건 정말이지 비겁했다고요. 아무한테도 이야기하지 않겠다고 약속했으면서 말이죠. 그래도 편지 한 장을 찢고 'she'를 'he'로 만들어 놓은 것은 지금 생각해도 탁월했다고 생각해요. 다른 무엇보다도 스스로 자랑스럽고 대견했던 일이었답니다. 다들 내가 머리가 나쁘다고 말하지만 이런 결정적일 때 기발한 아이디어를 생각할 줄 알아야 정말 머리 좋은 사람 아니겠어요?

나는 치밀한 준비를 통해 경시청에서 사람이 왔을 때도 계획대로 행동했어요. 그 역할을 연기하는 건 실제로 재미있었죠. 체포당하면 어쩌나 싶기도 했지만 그래도 안전하다고 느꼈어요. 그들은 디너파티에 있던 모든 사람들의 증언을 믿을 테니까요. 그리고 나와 칼로타가 옷을 바꿔 입었을 거란 건 짐작조차 못했겠죠.

그 다음부터는 참 행복하고 만족스러운 나날이었어요. 행운이 나를 향해 미소 짓는 것 같았죠. 모든 일이 예상대로 술술 풀리고 있었으니까요. 그 늙은 공작 부인은 내가 미워 안달이었지만 머튼은 한없이 다정했죠. 아무 의심 없이 가능한 한 빨리 결혼하고 싶어 했고요.

그 몇 주만큼이나 행복했던 적은 별로 없었던 것 같아요. 남편의 조카가 체포되자 이제 확실히 안전하다는 느낌이 들었죠. 칼로타 애덤스의 편지를 찢어낸 내 재치가 자랑스럽기 그지없었답니다.

도널드 로스 일은 그냥 운이 나빴을 뿐이에요. 지금도 나를 어떻게 알아봤는지 모르겠다니까요. 파리가 도시 이름이 아니라 사람이라잖아요. 아직까지도 그 파리스란 사람이 누군지 모르겠네요. 어쨌건 사람 이름치고 정말 희한하다니까요.

한 번 행운이 나를 비껴가기 시작하니까 걷잡을 수가 없더군요. 도널드 로스를 빨리 처치해야만 했고, 그건 성공적이었어요. 알리바이를 조작할 시간도 없이 급히 단행한 일 치고는요. 나는 그 이후에도 안전하다고 생각했어요.

물론 당신이 엘리스를 불러서 몇 가지를 물어봤다고 했지만 브라이언 마틴과 관계된 일이겠거니 했죠. 대체 무얼 조사하고 계신지는 정말 몰랐어요. 그녀에게 파리에서 물건을 찾아왔느냐는 말은 묻지 않으셨잖아요. 만약 그랬다면 엘리스는 내게도 이야기해 주었을 테고 나도 뭔가 수상한 낌새를 눈치 챘겠죠. 그래서 모든 일이 밝혀진 다음에는 너무나 놀랐답니다. 도저히 믿을 수가 없었어요. 내가 저지른 모든 일을 당신이 다 안다는 게 불가사의하기만 했죠.

이제는 벗어날 수 없겠다고 생각했어요. 운명을 거스를 수는 없는 노릇이니까요. 이건 그냥 운이 나빴던 거예요, 그렇지 않은가요? 당신도 스스로 한 일에 대해서 후회하지 않을까 해요. 결국 나는 내 방식대로 행복을 잡으려고 했을 뿐이잖아요. 그리고 내가 아니었다면 당신도 이 사건과 아무 관련이 없었겠죠. 당신이 그렇게 무서울 정도로 똑똑한 줄은 생각지 못했답니다. 솔직히 그렇게 안 보여요.

그래도 나는 여전히 미모를 잃지 않았답니다. 그 모든 지독한 재판이며 내 앞에 있던 사람들의 협박이며 무자비한 질문 공격에도 아직은 멀쩡해요.

지금은 더 야위고 더 창백해졌지만 왠지 나와 더 잘 어울리네요. 다들 내가 정말 용감하다고 해요. 그런데 설마 나를 사람들 보는 앞에서 교수형에 처하진 않겠죠? 그건 너무 가혹하잖아요. 나 같은 미녀 살인범은 전에는 없었겠죠.

이제 작별 인사를 할 시간이 왔어요. 사실 아직도 기분이 이상해요. 전혀 실감나지가 않네요. 나는 내일 목사님을 만나야 한답니다.


당신을 용서하면서

(왜냐하면 나는 내 적들까지도 용서해야 하니까요, 그렇지 않나요?)

제인 윌킨슨


추신. 사람들이 나를 마담 터소*에 전시할 거라고 생각하세요?


〈끝〉

--------------------------------------------------

\* 밀랍 인형관

**옮긴이 | 노지양**

연세대학교 영어영문학과를 졸업하고 미국 산타바바라와 콜로라도에서 연수하였다. 1999년부터
2004년까지 KBS 2FM『유열의 음악앨범』,『황정민의 FM대행진』, EBS 라디오 『왕초보영어』등
에서 라디오 작가로 활동하였으며 현재는 전문번역가로 일하고 있다. 옮긴 책으로 큐리어스 시
리즈 『미국』,『호주』,『칠레』,『오스트리아』,『헝가리』를 비롯,『성찰』,『믿는 만큼 이루어진다』등
이 있다.

애거서 크리스티 푸아로 셀렉션
# 에지웨어 경의 죽음

1판 1쇄 펴냄  2015년 7월 10일
1판 3쇄 펴냄  2022년 5월 3일

**지은이 |** 애거서 크리스티
**옮긴이 |** 노지양
**발행인 |** 박근섭
**편집인 |** 김준혁
**펴낸곳 |** 황금가지

**출판등록 |** 2009. 10. 8 (제2009-000273호)
**주소 |** 135-887 서울 강남구 신사동 506 강남출판문화센터 5층
**전화 | 영업부** 515-2000 **편집부** 3446-8774 **팩시밀리** 515-2007
**홈페이지 |** www.goldenbough.co.kr

도서 파본 등의 이유로 반송이 필요할 경우에는 구매처에서 교환하시고
출판사 교환이 필요할 경우에는 아래 주소로 반송 사유를 적어 도서와 함께 보내주세요.
135-887 서울 강남구 신사동 506 강남출판문화센터 6층 민음인 마케팅부